EDIÇÕES BESTBOLSO

O diário de Bridget Jones

Helen Fielding nasceu em Yorkshire, Inglaterra, em 1958. Formada em jornalismo, a autora trabalhava para a rede de televisão BBC quando publicou seu primeiro livro, *Causa nobre*, em 1994. Mas foi seu segundo livro que a transformou em uma das autoras inglesas mais populares da atualidade. Responsável por um dos maiores fenômenos literários da década de 1990 – *O diário de Bridget Jones* –, Helen Fielding deu origem a um novo gênero de literatura feminina apelidado pelos críticos britânicos de *chicklit*, romances bem-humorados para mulheres modernas. A protagonista do livro ganhou as telas de cinema em 2001, no filme homônimo estrelado por Renée Zellweger.

Helen Fielding

O DIÁRIO DE BRIDGET JONES

Tradução de
BEATRIZ HORTA

11ª edição

EDIÇÕES
BestBolso
RIO DE JANEIRO – 2014

CIP-Brasil. Catalogação na fonte
Sindicato Nacional dos Editores de Livros, RJ.

Fielding, Helen, 1958-
F478d O diário de Bridget Jones / Helen Fielding; tradução de Beatriz Horta;
11ª ed. – 11ª edição – Rio de Janeiro: BestBolso, 2014.

Tradução de Bridget Jones's Diary
ISBN 978-85-7799-061-0

1. Romance inglês. I. Horta, Beatriz. II. Título.

CDD – 823

08-0546

O diário de Bridget Jones, de autoria de Helen Fielding.
Título número 058 das Edições BestBolso.
Décima primeira edição impressa em setembro de 2014.

Título original inglês:
BRIDGET JONES'S DIARY

O diário de Bridget Jones é uma obra de ficção. Nomes, personagens, fatos e lugares são frutos da imaginação da autora ou usados de modo fictício. Qualquer semelhança com fatos reais ou qualquer pessoa, viva ou morta, é mera coincidência.

www.edicoesbestbolso.com.br

Ilustração de capa: Mateu Velasco, a partir da imagem da capa publicada pela Editora Record (Glenda Rubinstein, 1996)
Design de capa: Carolina Vaz

Impresso no Brasil

ISBN 978-85-7799-061-0

Para minha mãe, Nellie,
por não ser igual à de Bridget.

Agradecimentos

Um agradecimento especial a Charlie Leadbeater por ter sugerido a coluna no *Independent*. Obrigada também a Gillon Aitken, Richard Coles, Scarlett Curtis, à família Fielding, Piers, Paula e Sam Fletcher, Emma Freud, Georgia Garrett, Sharon Maguire, Jon Turner e Daniel Woods pelas idéias e pelo apoio e, especialmente, como sempre, a Richard Curtis.

Resoluções de ano-novo

NÃO VOU

Tomar mais de 14 unidades alcoólicas por semana.

Fumar.

Desperdiçar dinheiro com: máquinas de fazer macarrão, sorvete ou qualquer outro utensílio culinário que jamais usarei; livros de autores que nunca conseguirei ler e que só servem para impressionar na estante; lingerie exótica, inútil já que não tenho namorado.

Ficar pela casa em atitudes indecorosas, e sempre imaginar que pode ter alguém olhando.

Gastar mais do que ganho.

Perder o controle dos papéis empilhados pela casa.

Ficar interessada por qualquer um desses tipos: alcoólatras, workaholics, homens com horror a compromisso, os casados ou que têm namorada, misóginos, megalomaníacos, chauvinistas, babacas emocionais ou interesseiros, pervertidos.

Ficar irritada com mamãe, Una Alconbury ou Perpétua.

Ficar arrasada por causa de homem, mas sim ser sensata e fria como gelo.

Enlouquecer por causa de homem, mas sim ter relações com base numa avaliação madura do caráter.

Falar mal de ninguém pelas costas, mas sim ter uma postura positiva em relação a todo mundo.

Ficar obcecada por Daniel Cleaver, já que é patético ter uma queda pelo chefe, tipo Miss Moneypenny, a secretária de James Bond.

Ficar deprimida por não ter namorado, mas sim desenvolver equilíbrio interior, autoridade e a certeza de que sou uma mulher com conteúdo e completa, mesmo *sem* namorado, pois essa é, certamente, a melhor forma de conseguir um.

EU VOU

Parar de fumar.

Tomar, no máximo, 14 unidades alcoólicas por semana.

Reduzir a circunferência das coxas em 7 centímetros (ou seja, 3,5 centímetros de cada lado), fazendo uma dieta anticelulite.

Tirar tudo o que é irrelevante do apartamento.

Dar para os pobres todas as roupas que não uso há mais de dois anos.

Investir na profissão e encontrar um emprego novo com potencial.

Economizar, abrindo uma poupança. Talvez até mesmo um plano de previdência privada.

Ser mais segura.

Ser mais firme.

Aproveitar melhor o tempo.

Não sair toda noite, mas sim ficar em casa lendo livros e ouvindo música clássica.

Destinar parte do salário para obras de caridade.

Ser mais gentil e ajudar mais os outros.

Comer mais legumes.

Levantar da cama assim que acordar.

Ir à academia três vezes por semana e não só para comprar sanduíche.

Organizar fotos em álbuns.

Preparar uma seleção de fitas que dão "o clima" para ter sempre à mão as melhores músicas românticas/ para dançar/ excitantes/ feministas etc. em vez de me transformar em uma espécie de DJ bêbada com todas as fitas espalhadas pelo chão.

Criar uma relação sólida com um adulto responsável.

Aprender a programar o videocassete.

Janeiro

Um péssimo começo

Domingo, 1º de janeiro

58,5 quilos (mas pós-Natal), 14 unidades alcoólicas (na verdade, somando dois dias, já que quatro horas da festa foram antes da meia-noite), 22 cigarros, 5.424 calorias.

Comida ingerida hoje:

2 pacotes de queijo emmenthal em fatias;
14 batatinhas frias;
2 *bloody marys* (conta como comida, já que contém molho inglês e tomate);
1/3 de pão ciabatta com queijo brie;
1/2 pacote de folhas de coentro;
12 barrinhas de chocolate ao leite (é melhor acabar logo com tudo que é doce de Natal e começar amanhã a dieta pra valer);
13 palitinhos de queijo com abacaxi;
1 porção de peru ao curry de Una Alconbury, com ervilhas e bananas;
1 porção de torta surpresa de frambroesa de Una Alconbury feita com biscoitos-champanhe, amoras em conserva, 30 litros de chantilly, e decorada com glacê de cerejas e angélica.

MEIO-DIA. LONDRES: MEU APARTAMENTO. Argh. A última coisa que me sinto física, emocional e mentalmente capaz de fazer agora é pegar o carro e ir até a casa de Una e Geoffrey Alconbury, que oferecem peru ao curry como ceia de ano-novo, em Grafton Underwood. Geoffrey e Una Alconbury são os melhores amigos de meus pais e, como tio Geoffrey não se cansa de lembrar, me conhecem desde que eu vivia correndo pelada pelo jardim. Minha mãe ligou às 8h30 no feriado bancário de agosto passado e me obrigou a jurar que iria. Fez uma série de rodeios até chegar aonde queria.

– Ah, oi, querida. Estou ligando só para saber o que você quer ganhar de Natal.

– *Natal*?

– Prefere uma surpresa, querida?

– Não! – berrei. – Desculpe. Quer dizer...

– Achei que você ia gostar de um jogo de rodinhas para sua mala de viagem.

– Mas eu não tenho mala.

– Então posso dar uma *que já venha com rodinhas*. Sabe, como as que as aeromoças usam.

– Já tenho uma bolsa de viagem.

– Ah, querida, você não pode ficar usando aquela coisa de lona verde horrorosa. Fica parecendo uma Mary Poppins com dificuldades financeiras. Uma mala compacta, com alça dobrável. Você não imagina quanta coisa cabe nela. Prefere azul-marinho com vermelho ou vermelho com azul-marinho?

– Mãe. São 8h30. É verão. Faz muito calor. Não quero uma mala de aeromoça.

– Julie Enderby tem uma. E disse que não usa outra coisa.

– Quem é Julie Enderby?

– Você conhece a *Julie*, querida! A filha de Mavis Enderby. Julie! Aquela que conseguiu aquele superemprego na Arthur Andersen...

– Mãe...

– Ela sempre viaja com essa mala.

– Eu não quero uma mala com rodinhas.

– Tive uma idéia. Jamie, papai e eu podemos nos juntar e dar para você uma mala boa, grande e nova, *e* um jogo de rodinhas. O que acha?

Exausta, afastei o fone do ouvido, me perguntando por que todo aquele empenho missionário em me dar uma mala de presente de Natal. Quando coloquei o fone no ouvido de novo, minha mãe estava dizendo:

– ... aliás, tem uma que já vem com um compartimento para colocar o xampu e o sabonete. Outra coisa que pensei em dar para você foi um carrinho de compras.

– Tem alguma coisa que *você* queira ganhar de Natal? – perguntei desesperada, ofuscada pela forte claridade do feriado bancário.

– Não, não – respondeu ela, sem prestar atenção. – Tenho tudo de que preciso. Mas, querida – sibilou ela de repente –, este ano você vai à ceia de ano-novo na casa de Geoffrey e Una, não vai?

– Ah, bom, eu... – fiquei completamente apavorada. O que podia inventar que ia fazer? – ... acho que vou ter de trabalhar no ano-novo.

– Não tem problema. Você pode ir de carro, depois do trabalho. Ah, já te contei? Malcolm e Elaine Darcy vão, e Mark vai com eles. Lembra-se de Mark, querida? Ele agora é considerado um dos melhores advogados da cidade. Muito dinheiro. Divorciado. Vai começar lá pelas 20 horas.

Ai, meu Deus. Que o tal Mark não seja mais um doido por ópera com roupas estranhas e cabelo ouriçadinho repartido para o lado.

– Mãe, eu já disse. Não preciso me grudar num...

– Venhamos e convenhamos, querida. Una e Geoffrey oferecem a ceia de ano-novo desde de que você vivia correndo pelada pelo jardim! Claro que você vai. E assim terá a chance de usar sua mala nova.

23H45. Argh. O primeiro dia do ano-novo foi um dia de horror. Não posso acreditar que estou mais uma vez começando o ano numa cama de solteiro, na casa de meus pais. Isso é humilhante demais na minha idade. Imagino se eles vão sentir o cheiro se eu fumar na janela. Fiquei o dia inteiro enfiada em casa, esperando melhorar da ressaca, acabei desistindo e cheguei bem tarde na ceia de peru ao curry. Quando apertei a campainha da casa dos Alconbury – com som em estilo carrilhão-de-relógio-da-prefeitura – ainda estava me sentindo uma alienígena: enjôo, cabeça pesada, boca amarga. Além do mais, estava com ódio de dirigir, depois de entrar sem querer na rodovia M6, em vez de pegar a M1 e precisar ir quase até Birmingham para achar um retorno. Fiquei tão irritada que enfiei o pé no acelerador para descontar minha raiva, o que é um perigo. Esperei, resignada, enquanto o vulto de Una Alconbury se aproximava – estranhamente deformado através do vidro ondulado da porta – num conjuntinho fúcsia.

– Bridget! Já estávamos achando que você tinha se perdido! Feliz ano-novo! Íamos começar sem você.

Ela conseguiu de uma só vez me dar um beijo, tirar meu casaco, pendurá-lo no cabide, limpar o batom que ficou no meu rosto e fazer com que me sentisse completamente culpada, enquanto eu procurava me recuperar encostando numa estante.

– Desculpe, eu me perdi.

– Se perdeu? Meu Deus! Como você conseguiu? Entre!

Fui atrás dela, passando por portas de vidro fosco até chegar à sala de estar, onde Una informou bem alto:

– Gente, ela se perdeu!

– Bridget! Feliz ano-novo! – disse Geoffrey Alconbury, que usava um suéter amarelo com estampas de losango. Ele deu um passo atlético, como um palhaço, depois me abraçou como se fosse me esmagar. Quem não soubesse que era apenas um abraço poderia até chamar a polícia.

– Nossa! – disse ele, com o rosto vermelho e puxando as calças pela cintura. – Que saída da estrada você pegou?

– A 19, mas tinha um desvio...

– Saída 19! Una, ela saiu na 19! Você viajou uma hora a mais antes de pegar a estrada certa. Venha, vou fazer um drinque para você. Aliás, como vai a vida amorosa?

Ai, Deus. Por que as pessoas casadas não conseguem entender que essa não é mais uma pergunta educada a se fazer? Nós não chegaríamos para *eles* perguntando: "Como vai seu casamento? Continuam transando?" Todo mundo sabe que arrumar namorado depois dos 30 anos não é a mesma maravilha que era aos 22 e que, em vez de dizer "Superbem, obrigada", o mais provável é que a resposta de uma garota nessa idade seja: "Olha, na noite passada meu amante casado apareceu de suspensórios e casaco justinho de cashmere, me confessou que era gay/ tarado sexual/ viciado em drogas/ tinha horror a compromissos e me espancou com um vibrador."

Como não consigo mentir, acabei resmungando meio envergonhada para Geoffrey: "Está ótima", e ele interrompeu: "Ah, quer dizer que você *ainda* não conseguiu arrumar um namorado!"

– Bridget! O que você vai fazer da vida? – perguntou Una. – Vocês, moças trabalhadoras! Eu não entendo! Não pode continuar adiando isso para sempre, sabe. Tique-taque, tique-taque.

– É verdade. Como pode uma mulher chegar à sua idade sem se casar? – grasnou Brian Enderby (casado com Mavis, que era presidente do Rotary Club em Kettering), balançando seu cálice de xerez. Felizmente meu pai veio me socorrer.

– Que bom ver você, Bridget – disse ele, me segurando pelo braço. – Sua mãe colocou todos os destacamentos policiais de Northamptonshire de prontidão para vasculhar cada milímetro da região à procura dos restos mortais de seu corpo. Venha mostrar que está viva para eu também poder relaxar. Que tal a mala de rodinhas?

– É um exagero, grande demais. Que tal o cortador de pêlos de orelha?

– Ah, ótimo, sabe como é... *cortante.*

Correu tudo bem, eu acho. Iria me sentir meio mal se não tivesse ido, mas quanto a Mark Darcy... argh. Antes da ceia, minha mãe passou semanas me ligando só para dizer: "Claro que você se lembra dos Darcy, querida. Eles nos visitaram quando morávamos em Buckingham e você e Mark brincavam na piscininha de plástico!" Ou então: "Ah, já contei que Malcolm e Elaine vão levar Mark na casa de Una para a ceia de ano-novo? Acho que ele acaba de chegar dos Estados Unidos. Divorciado. Está procurando uma casa em Holland Park. Parece que sofreu um bocado na mão da ex-mulher. Japonesa. Raça muito cruel."

Numa outra vez, sem mais nem menos, ela disse: "Lembra-se de Mark Darcy, querida? O filho de Malcolm e Elaine? Ele hoje é um dos advogados mais bem-sucedidos. Divorciado. Elaine contou que ele só faz trabalhar e está muito sozinho. Acho que vai à ceia de ano-novo da Una."

Não sei por que ela não foi direto ao assunto, dizendo: "Querida, agarre Mark Darcy durante a ceia, está bem? Ele é *muito* rico."

– Venha cumprimentar Mark – disse Una Alconbury com uma vozinha cantante antes mesmo que eu conseguisse beber alguma coisa. Ser jogada para cima de um homem sem querer é uma humilhação. Pior ainda é ser literalmente carregada até ele por Una Alconbury quando se está tentando recuperar de uma ressaca terrível, numa sala cheia de amigos dos pais.

Mark (bela altura), o rico divorciado-da-esposa-cruel, estava de costas para a sala, examinando livros nas estantes dos Alconbury: a maioria coleções de lombada de couro sobre o Terceiro Reich, que Geoffrey compra da Reader's Digest por mala direta. Achei um tanto ridículo ser chamado de Sr. Darcy e ficar sozinho com cara de esnobe numa festa. É como se chamar Heathcliff e insistir em passar a noite inteira no jardim gritando "Cathy" e batendo com a cabeça numa árvore.*

– Mark! – chamou Una, como se fosse uma das fadas de Papai Noel. – Quero que você conheça uma pessoa maravilhosa.

Ele se virou e o que de costas parecia um simples suéter azul-marinho era, na verdade, um suéter com gola em V com losangos em vários tons de amarelo e azul – como costumam usar os comentaristas esportivos mais velhos. Como diz meu amigo Tom, as pessoas poderiam gastar muito menos tempo e dinheiro no mundo dos encontros se prestassem atenção aos detalhes. Uma meia branca aqui, um par de suspensórios vermelhos ali, um mocassim cinza acolá, uma suástica são suficientes para informar que não vale a pena anotar um telefone e gastar dinheiro com almoços em restaurantes caros porque aquela história nunca vai dar certo.

– Mark, esta é Bridget, filha de Colin e Pam – disse Una, enrubescendo, toda agitada. – Bridget trabalha no mercado editorial, não é, Bridget?

– É verdade – respondi não sei por quê, como se estivesse participando de um programa de rádio ao vivo pelo

*Refere-se aos personagens do livro *O morro dos ventos uivantes*. (*N. do E.*)

telefone e prestes a perguntar a Una se podia "mandar um alô" para meus amigos Jude, Sharon e Tom, meu irmão Jamie, o pessoal da editora, mamãe, papai e todas as pessoas presentes na ceia de peru ao curry.

– Bem, vou deixar vocês jovens a sós – disse Una. – Nossa! Acho que vocês não agüentam mais a gente, esses velhos bobocas.

– Imagina – disse Mark Darcy sem jeito, tentando dar um sorriso, enquanto Una, depois de revirar os olhos, colocando a mão no peito e dando uma risadinha cacarejante, nos deixou imersos em um silêncio mortal.

– Hum, bem. Está lendo algum, hum... Tem lido algum livro interessante? – disse ele.

Ah, pelo amor de Deus.

Tentei freneticamente me lembrar da última vez que eu tinha lido um livro recomendável. O problema de se trabalhar com livros é que ler nas horas vagas é meio parecido com ser gari e à noite e passear no lixão. Estava no meio de *Homens são de Marte, mulheres são de Vênus*, que Jude me emprestou, mas eu não tinha muita certeza se Mark Darcy aceitaria ser considerado um marciano, apesar de claramente estranho. Então me lembrei de um livro perfeito.

– *Backlash*, de Susan Faludi – respondi, orgulhosa. Boa! Na verdade, não tinha exatamente lido o livro, mas era como se tivesse, já que Sharon falou tanto nele. De todo modo, a opção era totalmente segura já que não tinha a menor chance de o mocinho perfeito de casaco de losangos ter lido um tratado feminista de quinhentas páginas.

– Ah, é mesmo? – disse ele. – Li logo que saiu. Você não acha que a autora exagerou nos argumentos em defesa da mulher?

– Bem, quer dizer, acho que *nem tanto*... – respondi em pânico, tentando encontrar um jeito de mudar de assunto. – Você passou o ano-novo com seus pais?

– Passei – disse ele ansioso. – Você também?

– Passei. Não. Fui a uma festa em Londres ontem à noite. Estou meio de ressaca, aliás. – Falei mais um pouco de amenidades, meio nervosa, para que Una e mamãe não achassem que eu era um fracasso tamanho com homens que não conseguia nem conversar com Mark Darcy. – Mas acho que não se pode tecnicamente esperar que as resoluções de ano-novo comecem no primeiro dia do ano, não acha? Em primeiro lugar, porque esse dia é uma continuação do réveillon, os fumantes já estão fumando e é impossível querer que parem de repente à meia-noite com tanta nicotina no sangue. Da mesma forma, não é uma boa idéia começar uma dieta no primeiro dia do ano, já que você não pode fazer um controle do que come e precisa comer livremente, sempre que necessário, para diminuir a ressaca. Acho que seria bem mais sensato se as pessoas começassem a colocar em prática suas resoluções no dia 2 de janeiro.

– Talvez fosse bom você comer alguma coisa – disse ele, e de repente foi em direção à mesa, me deixando plantada sozinha ao lado da estante, enquanto todo mundo me olhava, pensando: "É por isso que Bridget não se casa. Ela afasta os homens."

O pior era que Una Alconbury e mamãe não iam desistir fácil assim. Fizeram com que eu circulasse com bandejas de minipepinos em conserva e taças de xerez numa tentativa desesperada para que eu tropeçasse em Mark Darcy. Acabaram ficando tão frustradas que, quando parei a um metro e meio dele com a bandeja de minipepinos, Una atravessou a sala rápida como uma águia e disse:

– Mark, antes de ir você precisa anotar o telefone de Bridget. Assim vocês podem se falar em Londres.

Foi impossível não ficar vermelha. Podia sentir o calor subindo pelo pescoço. Agora Mark ia pensar que eu tinha pedido para ela fazer isso.

– Tenho certeza de que a vida de Bridget em Londres já é bem agitada, Sra. Alconbury – disse ele. Hum. Eu não queria que pegasse meu telefone ou tomasse qualquer iniciativa do tipo, mas ele não precisava deixar tão claro para todo mundo que não queria. Quando baixei os olhos, vi que ele usava meias brancas com estampa de abelhinhas amarelas.

– Posso lhe oferecer um minipepino? – perguntei, com a intenção de mostrar que eu tinha um bom motivo para aparecer, mais relacionado a pepinos em conserva do que a números de telefone.

– Não, obrigado – disse ele, me olhando meio assustado.

– Tem certeza? Então uma azeitona recheada? – insisti. – Cebolinhas douradas? – insisti novamente. – Cubos de beterraba?

– Obrigado – agradeceu ele, desesperado, pegando uma azeitona.

– Bom proveito – completei, vitoriosa.

Lá pelo final do evento, vi que ele foi agarrado por sua mãe e por Una, que o trouxeram até onde eu estava e ficaram atrás dele, enquanto Mark perguntava, seco:

– Vai voltar de carro para Londres? Vou ficar aqui, mas posso fazer com que meu carro leve você.

– Ué, o carro anda sozinho? – perguntei.

Ele ficou meio desconcertado.

– Ai, boba, Mark tem um carro com motorista da empresa onde trabalha – disse Una.

– Obrigada, é muito gentil – respondi. – Mas voltarei de trem pela manhã.

2 HORAS. Ah, por que sou tão pouco atraente? Por quê? Até um homem que usa meias com estampas de abelhinhas me acha horrível. Detesto ano-novo. Detesto todo mundo. Exceto Daniel Cleaver. Não importa, tenho uma enorme

barra de chocolate ao leite que sobrou do Natal, além de uma garrafinha de gim-tônica. Vou consumi-los e fumar um cigarro.

Terça-feira, 3 de janeiro

58,9 quilos (caminho célere rumo à obesidade. Por quê? Por quê?), 6 unidades alcoólicas (excelente), 23 cigarros (muito bom), 2.472 calorias.

9 HORAS. Argh. Não posso nem pensar em ir para o trabalho. A única coisa que me faz aceitar a idéia é pensar em ver Daniel de novo, mas até isso é pouco aconselhável já que estou gorda, com uma espinha no queixo e meu único desejo é me sentar no sofá, comer chocolate e assistir aos especiais de Natal na tevê. Parece errado e injusto que primeiro você seja obrigado a aceitar o Natal, com todos os seus estressantes desafios emocionais e financeiros, e depois de repente ele acabe exatamente quando você estava começando a entrar na onda. Eu estava começando a gostar do fato de os serviços públicos não funcionarem e de não ter nada demais em ficar na cama o quanto quisesse, comendo tudo o que bem entendesse e bebendo sempre que tivesse oportunidade, mesmo de manhã. E subitamente somos todos obrigados a seguir uma autodisciplina como se fôssemos galgos jovens e esguios.

10 HORAS. Argh. Perpétua, um pouco mais velha e por isso pensando que tem o direito de tomar conta de mim, estava irritada e mandona, falando sem parar até a exaustão sobre

a mais recente mansão de 500 mil libras que está pensando em comprar com seu namorado Hugo, rico e superesnobe:

– Ai,... a casa *é* de frente para o norte, mas fizeram uma coisa muito interessante com a luz.

Dei um olhada triste para ela, com seu traseiro enorme apertado numa saia vermelha e um colete estranho de listras amarrado por cima da blusa. Que maravilha nascer com a segurança que vem do fato de ser milionária. Perpétua podia ficar do tamanho de um Renault Espace e não dar a mínima. Quantas horas, meses, anos eu já passei preocupada com a balança enquanto Perpétua procurava alegremente abajures com pés de porcelana em forma de gato na sofisticada Fulham Road? Mas ela está se privando de uma das melhores formas de felicidade. As pesquisas provam que a felicidade não depende de amor, segurança ou poder, mas de buscar metas atingíveis: e o que é uma dieta senão isso?

Na volta para casa em frustração pós-Natal, comprei na liquidação um pacote de enfeites de chocolate para a árvore de Natal e uma garrafa de 3,69 libras de vinho espumante da Noruega, Paquistão ou qualquer coisa assim. A seguir, com a sala iluminada só pela árvore de Natal, bebi à beça e comi dois pasteizinhos de carne, o restante do bolo de Natal e umas fatias de queijo stilton, enquanto assistia a *Eastenders*, pensando que era um especial de Natal.

Mas agora estou com vergonha, me achando um nojo. Quase consigo sentir a gordura explodindo do meu corpo. Não tem problema. Às vezes é preciso mergulhar numa profunda intoxicação alimentar para depois ressurgir das cinzas como uma fênix, transformada numa linda e maravilhosa Michelle Pfeiffer. Amanhã começo uma nova dieta espartana e um tratamento de beleza.

Humm. Esse Daniel Cleaver. Adoro seu jeito meio depravado, embora ele seja um cara muito bem-sucedido e inteligente. Hoje ele contou uma coisa hilária na editora: a mãe dele deu de presente de Natal para a tia um porta-papel negro para cozinha e a tia achou que era uma escultura de um pênis. Foi superengraçado. Depois ele perguntou, com um jeito sedutor, se eu tinha ganhado alguma coisa interessante de Natal. Acho que amanhã vou usar minha saia preta.

Quarta-feira, 4 de janeiro

59,4 quilos (situação de emergência; como se a gordura estivesse armazenada desde o Natal e fosse liberada aos poucos), 5 unidades alcoólicas (melhor), 20 cigarros, 700 calorias (mt. b.).

16 HORAS. Trabalho. Situação de emergência. Jude acaba de ligar aos prantos do celular e depois de um tempo conseguiu dizer, com uma voz chorosa, que não tinha ido a uma reunião da diretoria (ela é chefe de Novos Projetos na Brightlings) porque estava prestes a chorar e agora estava no banheiro feminino com os olhos borrados como os de Alice Cooper e sem bolsa de maquiagem. O namorado dela, Richard o Vil (sujeito acomodado com horror a compromisso), com quem ela vai e volta há 18 meses, tinha terminado tudo porque ela perguntou se podiam passar as férias juntos. Bem típico dele, mas é claro que Jude estava achando que era culpa dela.

– Sou uma dependente. Pedi muito mais do que o necessário só para satisfazer minha carência. Ah, se pelo menos eu pudesse fazer os ponteiros do relógio andarem para trás.

Liguei em seguida para Sharon e marcamos uma reunião de emergência para as 18h30 no Café Rouge. Espero que consiga sair da editora sem que a droga da Perpétua reclame.

23 HORAS. Noite agitada. Sharon veio logo com uma tese: o que está acontecendo com Richard é um caso típico de "babaquice emocional", fato que vem se alastrando como fogo entre os homens com mais de 30 anos. Ela garante que, à medida que as mulheres vão passando dos 20 para os 30, o equilíbrio de poder muda de repente. Até as mulheres mais seguras perdem as estribeiras, lutando contra os primeiros sinais de angústia existencial: medo de morrer sozinha e ser encontrada três semanas depois semidevorada por um pastor alemão. Idéias estereotipadas a respeito de solteironas, abismos e migalhas sexuais conspiram para fazer com que você se sinta idiota, mesmo que passe um bom tempo pensando nas atrizes Joanna Lumley e Susan Sarandon.

– Homens como Richard – concluiu Sharon, furiosa – usam qualquer coisa para fugir da raia, do compromisso, para não enfrentar a maturidade, a honra e a progressão natural das coisas entre um homem e uma mulher.

Nesse ponto, Jude e eu estávamos nos escondendo nos casacos e fazendo discretamente "shh, shh" para ela falar mais baixo. Afinal, não tem nada menos atraente para um homem do que feminismo raivoso.

– Como ele pode dizer que você estava levando muito a sério a relação só porque perguntou se podiam passar as férias juntos? – gritou Sharon. – Que história é essa?

Pensando vagamente em Daniel Cleaver, argumentei que nem todos os homens são como Richard. Foi aí que Sharon começou a enumerar uma longa lista de babaquices emocionais entre nossos amigos: uma amiga que namora há 13 anos mas o namorado não quer nem falar em morar junto; outra que saiu com um homem quatro vezes e ele terminou a relação porque estava ficando muito séria; mais outra que foi perseguida por um cara durante três meses com propostas de casamento apaixonadas, para três semanas depois de ela ter aceitado, ele cair fora e usar a mesma fórmula com a melhor amiga dela.

– Nós, mulheres, somos vulneráveis apenas porque integramos uma geração pioneira que tem a ousadia de não fazer concessões em se tratando de amor e depender de nossos próprios recursos financeiros. Daqui a vinte anos, os homens não vão nem pensar em babaquice emocional porque nós vamos *rir na cara deles* – berrou Sharon.

Nessa altura, Alex Walker, que trabalha na mesma empresa que Sharon, entrou acompanhado de uma loura sensacional cerca de oito vezes mais atraente do que ele. Alex se aproximou da mesa para nos cumprimentar.

– É sua nova namorada? – perguntou Sharon.

– Bem, quer dizer... Ela acha que é, mas não estamos saindo, só dormindo juntos. Eu deveria acabar com essa história mas, bem... – disse ele, orgulhoso.

– Ah, mas isso é uma sacanagem, seu covarde, seu bundão. Muito bem. Eu vou falar com essa moça – disse Sharon, levantando-se da mesa. Jude e eu a seguramos enquanto Alex, com uma cara apavorada, se afastava de fininho para prosseguir com sua babaquice emocional.

Nós três acabamos inventando uma estratégia para Jude. Ela precisa parar de pensar em termos de *Mulheres que amam demais* e passar a pensar em termos de *Homens são de Marte, mulheres são de Vênus*. Jude vai encarar o comportamento de Richard não como um sinal de que ela é dependente e ama demais, mas vê-lo mais como um elástico marciano que precisa ser bem esticado para bater de volta.

– Certo, mas isso significa que eu devo ligar para ele ou não? – perguntou Jude.

– Não – disse Sharon, exatamente na mesma hora em que eu dizia "Sim".

Depois que Jude foi embora – ela levanta às 5h45 para fazer ginástica, se encontra com a moça que faz as compras para ela e só então vai para o trabalho, que começa às 8h30 (loucura) – Sharon e eu ficamos cheias de remorso e raiva de nós mesmas por não termos dito para Jude se livrar de Richard o Vil simplesmente porque ele é desprezível. Mas aí Sharon se lembrou de que na última vez em que fizemos isso os dois voltaram a namorar e Jude contou tudo o que tínhamos falado num acesso de confissão reconciliatória e agora é extremamente desagradável todas as vezes em que o encontramos e ele acha que nós duas somos as Rainhas Escrotas – o que, segundo Jude, é um erro, porque embora tenhamos descoberto nossa canalhice, ainda não usufruímos dela.

Quinta-feira, 5 de janeiro

58,5 quilos (grande progresso – 1 quilo queimado espontaneamente graças à expectativa de uma provável oportunidade de fazer sexo), 6 unidades alcoólicas (muito bom, já que teve festa), 12 cigarros (continuo no bom caminho), 1.258 calorias (o amor não me deixou beliscar).

11 HORAS. Trabalho. Ai, meu Deus. Daniel Cleaver acaba de me mandar uma mensagem. Estava tentando fazer meu currículo sem que Perpétua notasse (estou querendo melhorar na profissão) quando vi no alto da tela um aviso piscando: VOCÊ TEM UMA NOVA MENSAGEM. Encantada por qualquer coisa que, bem, não diga respeito ao trabalho, apertei rápido a tecla RECEBER e quase caí dura quando vi que o remetente era Cleave. Imediatamente achei que ele

tivesse conseguido entrar no computador e ver que eu não estava trabalhando. Mas aí li a mensagem:

> Mensagem para Jones
> Parece que você se esqueceu de vestir a saia. Creio que está bem claro em seu contrato de trabalho que a empresa espera que, durante o expediente, seus funcionários estejam vestidos corretamente.
> Cleave

Ah! Claro que era uma brincadeira sedutora. Pensei um pouco enquanto fingia examinar um chatíssimo manuscrito de um maluco. Nunca tinha me correspondido com Daniel Cleaver pelo computador, mas esse sistema tem uma coisa ótima: você pode ser completamente atrevida e informal até com o chefe. E também pode ficar horas ensaiando. Eis o que respondi.

> Mensagem para Cleave
> Senhor, estou surpresa com sua mensagem. Embora minha saia possa ser considerada um tanto curta (nas nossas reuniões editoriais a economia está sempre em pauta), considero péssima sua avaliação de que estou sem saia e penso na possibilidade de consultar o sindicato.
> Jones

Aguardei a resposta com grande ansiedade. VOCÊ TEM UMA NOVA MENSAGEM começou a piscar. Apertei a tecla RECEBER:

> A pessoa que levou sem querer o original de *A motocicleta de Kafka* da minha mesa queira, POR FAVOR, fazer a gentileza de devolver imediatamente.
> Diane

Argh. Depois dessa, desliguei o computador.

MEIO-DIA. Ai, Deus. Daniel não respondeu. Deve estar uma fera. Talvez ele estivesse falando sério sobre a saia. Ai, Deus. Ai, Deus. Fiquei entusiasmada com a chance de ser tão informal via computador e exagerei com o chefe.

12H10. Talvez ele ainda não tenha recebido a mensagem. Se ao menos eu pudesse recuperá-la. Acho que vou dar uma volta, ver se consigo entrar na sala dele e apagar a mensagem da tela.

12H15. Ah. Tudo explicado. Ele está em reunião com Simon do marketing. Olhou para mim quando passei. Rá. Rá-rá. VOCÊ TEM UMA NOVA MENSAGEM:

> Mensagem para Jones
> Se o fato de passar pela porta da minha sala era uma tentativa de demonstrar que está de saia, só posso dizer que foi totalmente inútil. Não existe saia. Será que a saia não veio hoje por motivo de doença?
> Cleave

VOCÊ TEM NOVA MENSAGEM piscou outra vez, imediatamente depois.

> Mensagem para Jones
> Se a ausência da saia é realmente por motivo de doença, por favor, verifique quantas vezes isso ocorreu nos últimos 12 meses. A saia está ausente, indiscutivelmente. Ela está doente?
> Cleave

Resposta imediata:

> Mensagem para Cleave
> A saia não demonstra estar doente nem auzente. Está surpresa com a atitude fortemente preconceituosa da

chefia em matéria de comprimento de saias. Interesse obsessivo faz supor que a chefia está mais doente do que a saia.
Jones

Hum. Acho melhor tirar esta última frase, que tem uma leve acusação de assédio sexual enquanto estou adorando ser assediada sexualmente por Daniel Cleaver.

Aaargh. Perpétua acaba de entrar e ficou atrás de mim, lendo o que eu estava escrevendo. Tentei apertar a tecla FECHAR TEXTO rapidamente mas, por engano, coloquei o currículo na tela.

– Quando você terminar de ler me avise, por favor – disse Perpétua com um sorriso afetado. – Não gostaria que você fosse *mal aproveitada* na empresa.

Voltei para minha mensagem assim que ela pegou no telefone: "Para ser sincera, Sr. Birkett, o que adianta colocar três/quatro quartos, quando é óbvio que o quarto número quatro é do tamanho de um armário?" Eis o que estou mandando agora:

Mensagem para Cleave
A saia não demonstra estar doente ou auzente. Está surpresa com a atitude fortemente preconceituosa da chefia em matéria de comprimento de saias. Concidero a possibilidade de recorrer ao tribunal de trabalho, comunicar o fato a tablóides sensacionalistas etc.
Jones

Ai, meu Deus. A resposta que recebi:

Mensagem para Jones
Ausente, Jones, e não auzente. Considero e não concidero. Por favor, tente pelo menos escrever com alguma

correção. Isso não significa absolutamente que a linguagem seja algo imutável e fixo e não sempre em mutação, sendo uma ferramenta variada de comunicação (segundo Hoenigswald), talvez seja útil checar antes no corretor ortográfico.
Cleave

Estava completamente arrasada quando Daniel passou com Simon do marketing, deu um olhar bem sexy para minha saia e levantou a sobrancelha. Adoro o maravilhoso sistema de mensagem por computador. Mas tenho de prestar atenção à ortografia. Afinal de contas, tenho diploma de letras.

Sexta-feira, 6 de janeiro

17H45. Não poderia estar mais alegre. As mensagens com referência à presença ou não da saia continuaram a tarde inteira. Não consigo acreditar que o respeitável chefe tenha trabalhado um minuto que seja. Situação esquisita em relação a Perpétua (subchefe), ficou de mau humor desde que soube que eu estava trocando mensagens e também muito zangada, mas a verdade é que o fato de eu estar trocando mensagens com o chefe supremo me causou sentimentos de lealdade conflitantes – campo de batalha obviamente desequilibrado, onde qualquer um com um pingo de bom senso diria que o chefe supremo deveria segurar a onda.

Última mensagem lida:

Mensagem para Jones
No fim de semana, gostaria de mandar um buquê de flores para a saia adoentada. Favor fornecer contato o

mais rápido possível pois, por razões óbvias, não posso confiar na grafia de "Jones" para procurar na lista.
Cleave

Siiim! Siiim! Daniel Cleaver quer meu telefone. Sou maravilhosa. Sou uma irresistível deusa do sexo. Oba!

Domingo, 8 de janeiro

58 quilos (bom à beça, mas e daí?), 2 unidades alcoólicas (excelente), 7 cigarros, 3.100 calorias (ruim).

14 HORAS. Ai, Deus, por que sou tão pouco atraente? Não posso acreditar que me convenci que não faria nada o fim de semana inteiro para trabalhar quando na verdade estava em estado de alerta para o encontro-com-Daniel. Horrível, perdi dois dias olhando para o telefone como uma psicopata e comendo. Por que ele não ligou? Por quê? O que há de errado comigo? Por que pediu meu telefone se não ia ligar e, se fosse, certamente seria no fim de semana? Preciso me centrar mais. Vou pedir a Jude um bom livro de auto-ajuda, de preferência baseado em alguma religião oriental.

20 HORAS. Alerta: o telefone toca, mas é Tom perguntando se há alguma novidade telefônica. Tom, que começou a se autodefinir de brincadeira como bicha-velha, tem sido um excelente apoio na crise deflagrada por Daniel. Tom tem uma teoria de que homossexuais e mulheres solteiras quando chegam aos 30 anos criam uma ligação natural porque ambos já se acostumaram a desapontar os pais e a serem tratados como

malucos pela sociedade. Ele me consolou enquanto eu falava sem parar do meu problema de ser pouco atraente – problema, como eu disse a ele, deflagrado em primeiro lugar pela droga do Mark Darcy e depois pela droga do Daniel, diante do que ele perguntou, embora não fosse de grande ajuda:

– Mark Darcy? Não é aquele famoso advogado, o cara dos direitos humanos?

Humm. Bom, não importa. O que dizer do meu direito humano de não ter de viver com um assustador complexo de feiúra?

23 HORAS. Muito tarde para Daniel ligar. Muito chateada e traumatizada.

Segunda, 9 de janeiro

58 quilos, 4 unidades alcoólicas, 29 cigarros, 770 calorias (mt.b., mas a que preço?).

Dia de pesadelo na editora. Esperei Daniel chegar a manhã inteira: nada. Lá pelas 11h30 estava seriamente preocupada. Será que eu devia avisar as pessoas?

Então, de repente, Perpétua berrou no telefone:

– Daniel? Foi a uma reunião em Croydon. Volta amanhã. – Bateu o telefone e disse: – Ai, Deus, essas garotas chatas ligam para ele sem parar.

Em pânico, agarrei o maço de Silk Cut. Que garotas? Como? De algum modo consegui trabalhar, ir para casa, e num momento de insanidade deixei um recado na secretária eletrônica de Daniel dizendo (não, não acredito que fiz isso):

– Oi, aqui é Jones. Estava querendo saber como você está e se gostaria de se encontrar comigo para a reunião pela saúde das saias.

No instante em que desliguei percebi que era uma situação de emergência e telefonei para Tom que, calmamente, disse para eu não me preocupar, ele resolveria o problema: bastava ligar várias vezes para a secretária eletrônica até descobrir o código para ouvir os recados e assim poderia apagar o meu. Depois de algum tempo achou que tinha conseguido, mas infelizmente Daniel acabou atendendo o telefone. Em vez de dizer "Desculpe, foi engano", Tom desligou. Assim, Daniel ficou não só com o meu recado maluco, mas ainda vai pensar que eu liguei 14 vezes esta tarde e, quando consegui que ele atendesse, bati o telefone.

Terça-feira, 10 de janeiro

57,6 quilos; 2 unidades alcoólicas, 0 cigarro, 998 calorias (excelente, mt.b., uma perfeita santa).

Entrei no escritório meio escondida, constrangida por causa do recado na secretária. Tinha resolvido manter total distância de Daniel, mas aí ele apareceu absurdamente sexy e começou a fazer graça com todo mundo, de modo que fiquei em frangalhos.

De repente, VOCÊ TEM UMA NOVA MENSAGEM piscou no alto da tela do computador.

Mensagem para Jones
Obrigado por me ligar.
Cleave

Quase morri. Meu telefonema sugeria que nos encontrássemos. Quem responde com "obrigado" e fica por isso mesmo é porque... mas depois de pensar um pouco, escrevi:

Mensagem para Cleave
Por favor cale a boca. Estou muito ocupada resolvendo um assunto importante.
Jones

E depois de mais alguns minutos ele respondeu.

Mensagem para Jones
Desculpe interromper, Jones, a pressão deve ser infernal. Câmbio e desligo.
P.S.: Gostei dos seus peitos nessa blusa.
Cleave

...E pronto. Mensagens frenéticas continuaram a semana inteira, terminando com ele sugerindo que nos encontrássemos no domingo à noite e eu, incrédula, eufórica, aceitando. Às vezes, dou uma olhada em volta quando estamos todos escrevendo no computador e fico pensando se alguém está trabalhando mesmo.

(É besteira minha ou domingo à noite é um dia estranho para um primeiro encontro? Tão errado quanto sábado de manhã ou segunda-feira às 14 horas.)

Domingo, 15 de janeiro

57 quilos (excelente), 0 unidade alcoólica, 29 cigarros (mt.
 mt. ruim, principalmente em duas horas), 3.879 calorias

(horrível), 942 pensamentos negativos (média por minuto), 127 minutos contando pensamentos negativos (aprox.).

18 HORAS. Completamente exausta depois de passar o dia todo me preparando para o encontro. Ser mulher é pior do que ser lavrador – tem tanta coisa para cuidar na plantação e na colheita: depilar pernas com cera, raspar axilas, fazer sobrancelhas, passar pedra-pomes nos pés, esfoliar e hidratar a pele, tirar os cravos, pintar a raiz dos cabelos, passar rímel, lixar as unhas, massagear a celulite, exercitar os músculos da barriga. A coisa é tão complexa que basta você esquecer durante uns dias e lá se vai a plantação. Às vezes penso como eu ficaria se deixasse tudo por conta da natureza – barba comprida, bigode de pontas viradas, sobrancelhas grossas, rosto igual a um cemitério, cheio de células mortas, espinhas na pele, unhas longas como as de Mortícia Adams, cega como um morcego sem minhas lentes de contato, o corpo flácido balançando. Argh, argh. É de espantar que as garotas sejam inseguras?

19 HORAS. Não posso acreditar. Quando ia para o banheiro dar os últimos retoques na plantação, vi que a luzinha da secretária eletrônica estava piscando: Daniel.

"Olha, Jones, mil desculpas. Acho que não vai dar para nos encontrarmos hoje à noite. Tenho de fazer uma apresentação de campanha às 10 horas e ler uma pilha de 45 laudas de texto."

Não acredito. Levei um bolo. Desperdício total de um dia inteiro de esforço e energia corporal hidrelétrica. Mas não se deve viver na dependência dos homens, e sim ser uma mulher de fibra.

21 HORAS. É preciso considerar que ele tem um cargo muito importante. Talvez não quisesse estragar um primeiro encontro com nervosismo por causa do trabalho.

23 HORAS. Argh. Bem que ele podia ter ligado de novo. Vai ver que saiu com alguém mais magra do que eu.

5 HORAS. O que eu tenho de errado? Estou completamente sozinha. Detesto Daniel Cleaver. Não vou ter mais nada com ele. Vou me pesar.

Segunda-feira, 16 de janeiro

58 quilos (saídos de onde? por quê? por quê?), 0 unidade alcoólica, 20 cigarros, 1.500 calorias, 0 pensamento positivo.

10H30. Trabalho. Daniel continua trancado numa reunião. Vai ver que *era* uma desculpa sincera.

13H. Vi Daniel saindo para almoçar. Não me mandou mensagem nem nada. Mt. deprimida. Vou fazer compras.

23H50. Acabei de jantar com Tom no quinto andar da Harvey Nichols. Ele está obcecado por um pretenso cineasta freelance chamado Jerome. Reclamei de Daniel, que passou a tarde inteira em reunião e só às 16h30 conseguiu me dizer "Olá, Jones, como vai a saia?". Tom disse para não ficar paranóica, dar tempo ao tempo, mas eu sabia que ele não estava prestando atenção e só queria falar de Jerome pois está louco de tesão por ele.

Terça-feira, 24 de janeiro

Um dia maravilhoso. Às 17h30, como uma dádiva dos deuses, Daniel surgiu, sentou-se na beirada da minha mesa, de costas para Perpétua, pegou a agenda e murmurou:

– Você tem algum compromisso para sexta?

Siiim! Siiim!

Sexta-feira, 27 de janeiro

58,5 quilos (mas cheia de comida genovesa), 8 unidades alcoólicas, 400 cigarros (sinto como se fossem), 875 calorias.

Hum. Tive um encontro divino num aconchegante restaurante genovês perto do apartamento de Daniel.

– Ahn... então tá. Vou pegar um táxi – disse eu sem jeito, quando saímos do restaurante. Aí ele afastou delicadamente uma mecha de cabelo da minha testa, segurou meu rosto e me beijou, com urgência, desesperadamente. Apertou meu corpo e sussurrou com uma voz rouca:

– Acho que você não vai precisar desse táxi, Jones.

Assim que entramos no apartamento dele nos enroscamos como dois bichos: sapatos e casacos formavam uma trilha, espalhados pela sala.

– Acho que a saia não está se sentindo bem – murmurou ele. – É melhor ela deitar no chão. – Quando começou a abrir o zíper da saia ele sussurrou: – Isso é só uma brincadeirinha, certo? Acho que a gente não deve se envolver. – Dito isso, continuou abrindo o zíper. Se não fosse por

Sharon com sua tese da babaquice emocional e por eu ter bebido mais de meia garrafa de vinho, acho que teria caído nos braços dele. Mas consegui me levantar, puxando a saia para cima.

– Isso é um absurdo – esbravejei, com a língua meio enrolada. – Como você pode ser tão falsamente sedutor, covarde e sem noção? Não estou interessada em babaquice emocional. Tchau.

Foi ótimo. Valeu a pena ver a cara dele. Mas agora que estou em casa, fiquei deprimida. Posso ter feito a coisa certa, mas tenho certeza de que minha recompensa vai ser acabar sozinha, parcialmente devorada por um pastor alemão.

Fevereiro

O massacre do Dia dos Namorados

Quarta-feira, 1º de fevereiro

57 quilos, 9 unidades alcoólicas, 28 cigarros (mas vou parar na Quaresma, então posso muito bem fumar desesperadamente), 3.826 calorias.

Passei o fim de semana lutando para ficar *blasé* depois da derrota com Daniel. Fiquei repetindo as palavras "amor próprio" e "argh" sem parar até ficar tonta, tentando reprimir: "Mas eu gosto tanto dele." Fumei horrores. Parece que existe um tipo de fumante tão viciado que fica querendo um cigarro até quando já está fumando. Sou eu. Foi bom ligar para Sharon e ficar ironizando o fato de eu ser Dona Calcinhas-de-Ferro, mas quando liguei para Tom ele percebeu logo como eu estava e disse: "Ah, minha queridinha", o que me fez ficar quieta para não cair no choro com pena de mim mesma.

– É só esperar – avisou Tom. – Ele agora vai ficar implorando para sair com você. Implorando.

– Não vai, não – respondi desolada. – Eu estraguei tudo.

No domingo fui a um grande almoço cheio de calorias na casa dos meus pais. Mamãe estava toda de laranja berrante e falando como nunca, tinha acabado de passar uma semana em Albufeira, Portugal, com Una Alconbury e Audrey, a mulher de Nigel Coles.

Mamãe foi à missa e de repente teve uma iluminação, como se fosse São Paulo-a-caminho-de-Damasco: o padre era gay.

– É pura preguiça, querida – foi a conclusão dela a respeito de toda a problemática homossexual. – Eles simplesmente não querem se dar o trabalho de manter relações com o sexo oposto. Veja o seu amigo Tom. Se tivesse alguma coisa na cabeça, ele sairia com você do jeito certo, em vez de ficar com essa história ridícula de "somos amigos".

– Mãe, Tom sabe que é homossexual desde os 10 anos de idade – garanti.

– Ah, querida! Francamente! Você sabe como as pessoas chegam a essas conclusões idiotas. Sempre dá para convencê-las do contrário.

– Você quer dizer que se eu for bem convincente você é capaz de largar o papai e ir começar um caso com a tia Audrey?

– Bom, assim você está exagerando, querida.

– É mesmo – concordou papai. – A tia Audrey parece um bujão.

– Ah, por favor, Colin – disse mamãe, de um jeito agressivo, o que achei esquisito, já que não costuma ser assim com papai.

Antes de eu ir embora, estranhamente, meu pai insistiu em fazer uma revisão completa no meu carro, embora eu lhe garantisse que tudo estava funcionando. O único problema foi que não consegui lembrar como é que abria o capô.

– Você notou alguma coisa estranha em sua mãe? – perguntou ele meio sem jeito, enquanto empunhava a vareta do óleo, limpando-a num pano e enfiando de novo no motor, de uma maneira que os freudianos achariam preocupante. Eu não sou freudiana.

– Estranha? Quer dizer, fora o fato de estar de laranja-berrante? – perguntei.

– Sim, bom, fora as, ahn, *qualidades* de sempre.

– Ela parecia particularmente irritada com os gays.

– Ah, o problema não é esse. Hoje de manhã ela não gostou do novo hábito do padre, só isso. Para ser sincero, a roupa tinha *mesmo* um pouco de frufrus demais. O padre acabou de chegar de Roma com o abade de Dumfries. Estava de rosa dos pés à cabeça. Mas não era a isso que estava me referindo: perguntei se recentemente você notou alguma coisa *diferente* em sua mãe.

Tentei lembrar.

– Sinceramente, acho que não, exceto uma espécie de agitação e segurança.

– Humm – resmungou ele. – É melhor você pegar a estrada antes que anoiteça. Mande um beijo para Jude. Ela está bem?

Papai fechou o capô de um jeito decidido, tipo agora sim, com tanta força que achei que podia ter quebrado a mão.

Pensei que na segunda-feira estaria tudo resolvido em relação a Daniel, mas ele não foi trabalhar. Também não foi ontem. Trabalhar passou a ser como ir a uma festa para ver se sai de lá com alguém e descobrir que a pessoa não foi. Tenho preocupações com ambição, chances na carreira e seriedade moral, já que tudo parece estar reduzido a uma festa de escoteiros. Consegui arrancar de Perpétua a informação de que Daniel tinha ido a Nova York. A essa altura ele deve estar saindo com uma americana magrinha e certinha chamada Winona que é desinibida, anda armada e é tudo o que eu não sou.

Como se não bastasse, à noite tenho de ir ao jantar dos Bem-Casados na casa de Magda e Jeremy. Esse tipo de festa sempre faz o meu ego ficar do tamanho de um caracol, embora eu goste de ser convidada. Adoro Magda e Jeremy. Às vezes vou à casa deles e fico admirada com os lençóis novinhos e os potes cheios de tipos diferentes de macarrão, fazendo de conta que eles são meus pais. Mas quando eles chamam os casais amigos me sinto como se tivesse me transformado numa solteirona.

23H45. Ai, Deus. Os convidados do jantar eram eu, quatro casais e o irmão de Jeremy (nem pensar, suspensórios e rosto vermelhos. Chama as garotas de fofinhas).

– E então? – berrou Cosmo, servindo um drinque para mim. – Como vai sua vida amorosa?

Ai, não. Por que eles fazem isso? Por quê? Vai ver que os jovens casais só se relacionam com outros jovens casais e não têm mais assunto com solteiros. Vai ver que, no fundo, eles querem nos inferiorizar e nos fazer sentir como seres humanos fracassados. Ou talvez estejam num tal estado de excitação que imaginam que "Tem muita coisa rolando no mundo lá fora" e querem viver grandes emoções ouvindo os detalhes escabrosos da nossa vida sexual.

– É mesmo, por que você ainda não se casou, Bridget? – perguntou Woney, com um sorriso irônico e um toque de preocupação, enquanto passava a mão na barriga de grávida. (Woney é o apelido que Fiona tinha quando criança; ela é casada com Cosmo, amigo de Jeremy).

"Porque eu não quero ficar como você, sua gorda chata, vaca leiteira", era o que eu devia ter dito, ou "Porque se eu tivesse de fazer o jantar para Cosmo, depois ir para a cama com ele, mesmo que fosse uma vez só, quanto mais toda noite, eu preferia cortar a cabeça e depois comê-la", ou "Porque, na verdade, Woney, por baixo da roupa, meu corpo é coberto de escamas". Mas não disse isso porque, por incrível que pareça, eu não queria magoá-la. Então dei um sorriso sem graça e alguém chamado Alex disse com uma voz fininha:

– Sabe como é, depois que você chega numa certa idade...

– Exatamente. Todos os sujeitos legais já foram agarrados – disse Cosmo, batendo no barrigão e rindo tanto que suas bochechas balançaram.

O lugar que Magda escolheu para mim na mesa fez com que eu parecesse um sanduíche incestuoso: entre Cosmo e o chatíssimo irmão de Jeremy.

– Olha, minha cara, você tem que se apressar e dar um jeito nisso – disse Cosmo, enquanto engolia meia garrafa de um Pauillac 82. – O tempo não pára.

A essa altura, eu também já tinha tomado meia garrafa do Pauillac 82.

– Hoje as estatísticas dizem que um em cada três casamentos termina em divórcio, ou um em cada dois? – perguntei, enrolando um pouco as palavras, tentando ser sarcástica.

– Falando sério, minha cara – disse ele, ignorando minha pergunta. – O escritório está cheio de solteiras com mais de 30 anos. Mulheres lindas. Mas não conseguem arrumar um cara.

– Na verdade, não é um problema que eu tenha – disse eu, acenando com meu cigarro.

– Aaah. Conta mais – disse Woney.

– Quem é ele? – perguntou Cosmo.

– Tem dado umas trepadinhas, minha cara?– perguntou Jeremy. Todos os olhos se viraram para mim. Bocas abertas, salivando.

– Não é da conta de vocês – disse eu, com arrogância.

– Então não existe homem nenhum! – grasnou Cosmo.

– Ah, nossa, são 23 horas – constatou Woney. – A babá! – e todos se levantaram e começaram a se aprontar para ir embora.

– Olha, desculpe essa história, meu bem. Você está legal? – disse Magda baixinho, sabendo como eu estava me sentindo.

– Quer uma carona? – perguntou o irmão de Jeremy, dando um arroto.

– Na verdade, eu vou a uma boate. – disse eu, correndo para a rua. – Obrigada pelo jantar! – Aí, peguei um táxi e caí em prantos.

MEIA-NOITE. Argh, argh. Acabei de falar com Sharon.

– Você devia ter dito: "Não me casei porque sou uma *solteirete*, seus idiotas, velhos precoces, caretas chatos – disse Sharon irada. – E porque há outras formas de viver a vida: uma em cada quatro pessoas mora sozinha, a maioria dos membros da família real é solteira e, segundo uma pesquisa, ficou provado que os homens do país são *completamente incasáveis*, e o resultado é que existe uma geração inteira de garotas solteiras como eu, com renda e casa própria, que se divertem à beça e não precisam lavar as meias de ninguém. Nós ficaríamos muito felizes se pessoas como vocês não fizessem a gente se sentir idiota só porque têm inveja da vida que levamos."

– Solteirete – gritei, feliz. – Viva as solteiretes!

Domingo, 5 de fevereiro

Ainda sem qualquer notícia de Daniel. Não posso nem pensar no domingo se esvaindo, enquanto o mundo inteiro a não ser eu está na cama com alguém rindo e fazendo sexo. O pior é que falta pouco mais de uma semana para eu passar pela humilhação do Dia dos Namorados. Claro que não vou receber nenhum cartão. Pensei em paquerar insistentemente alguém que pudesse me mandar um, mas afastei a idéia por achá-la imoral. Melhor enfrentar a realidade.

Humm. Boa idéia. Acho que vou visitar meus pais outra vez, já que estou preocupada com papai. Depois me sentirei como um anjo da guarda ou uma santa.

14 HORAS. O único tapete antiderrapante que ainda restava sob meus pés foi puxado. Minha generosa sugestão de visita-surpresa foi recebida com um jeito estranho de papai ao telefone.

– Errr... Vir aqui, não sei, querida. Pode aguardar um instante?

Fiquei perdida. Em parte, a arrogância da juventude (eu disse "juventude") é a certeza de que os pais vão parar qualquer coisa que estejam fazendo e receber você de braços abertos na hora em que resolver aparecer. Meu pai voltou ao telefone.

– Olha, Bridget, sua mãe e eu estamos com alguns problemas. Podemos ligar depois, durante a semana?

Problemas? Que problemas? Tentei fazer papai me explicar, mas não consegui. O que está acontecendo? Será que o mundo inteiro está condenado a traumas emocionais? Coitado do papai. Será que agora, para completar, serei a pobre vítima de um lar desfeito?

Segunda-feira, 6 de fevereiro

56,2 quilos (mistério: meu peso sumiu), 1 unidade alcoólica (mt. b.), 9 cigarros (mt. b.), 1.800 calorias (b.).

Daniel volta hoje para o escritório. Vou ficar centrada e distante e me lembrar de que sou uma mulher de fibra e não preciso de homem para me completar, principalmente um homem como ele. Não vou mandar nenhuma mensagem pelo computador nem tomar conhecimento dele.

9H30. Hum, parece que Daniel ainda não chegou.

9H34. Nenhum sinal de Daniel.

9H36. Ai, meu Deus; ai, meu Deus. Ele deve ter se apaixonado em Nova York e ficado por lá.

9H47. Vai ver que foi para Las Vegas se casar.

9H50. Humm. Acho que vou dar uma checada na maquiagem, pode ser que ele apareça.

10H05. Meu coração deu um salto quando voltei do toalete e vi Daniel com Simon do marketing, ao lado da fotocopiadora. Da última vez que o vi ele estava deitado no sofá do apartamento dele com uma cara perdida, enquanto eu fechava a saia e dissertava sobre babaquice emocional. Agora estava com uma cara ótima e saudável, tipo "estive viajando". Quando passei pela porta, ele olhou direto para minha saia e deu um enorme sorriso.

10H30. VOCÊ TEM UMA NOVA MENSAGEM surgiu na tela. Apertei a tecla RECEBER.

> Mensagem para Jones
> Vaca frígida.
> Cleave.

Tive que rir, não consegui evitar. Quando olhei para a salinha envidraçada de Daniel, ele estava rindo para mim de um jeito aliviado e carinhoso. Mas não vou responder.

10H35. Parece uma grosseria não responder.

10H45. Nossa, estou num tédio mortal.

10H47. Vou mandar só um recadinho simpático, nada sedutor, só para reatar relações.

11 HORAS. Rá, rá. Entrei no sistema como Perpétua para assustar Daniel.

Mensagem para Cleave
Já é tão difícil fazer um bom trabalho, atingir as metas, e os colegas ainda ficam usando o tempo da minha equipe para mandar mensagens fúteis pelo computador.
Perpétua
P.S.: A saia de Bridget não está se sentindo muito bem e foi mandada para casa.

22 HORAS. Humm. Daniel e eu trocamos mensagens o dia inteiro. Mas não tenho a menor intenção de ir para a cama com ele.

Liguei para os meus pais hoje à noite e ninguém atendeu. Mt. estranho.

Quinta-feira, 9 de fevereiro

58 quilos (gordura em excesso, provavelmente causada pela camada protetora contra o frio), 4 unidades alcoólicas, 12 cigarros (mt. b.), 2.845 calorias (mt. frio).

21 HORAS. Estou adorando os encantos do inverno. Eles nos mostram que estamos à mercê das intempéries e não devemos nos apegar muito a hábitos sofisticados nem trabalhar demais, mas sim nos manter aquecidos e assistir tevê.

Liguei para os meus pais pela terceira vez esta semana e ninguém atendeu. Será que a neve deixou o bairro deles isolado do mundo? Preocupada, liguei para meu irmão James, em Manchester, só para ouvir um dos seus recados hilários na secretária eletrônica: som de água correndo e Jamie fingindo que é o presidente Clinton na Casa Branca, depois uma descarga de privada e o risinho da sua namorada patética ao fundo.

21H15. Liguei três vezes seguidas para meus pais, deixando tocar vinte vezes. Minha mãe acabou atendendo com uma voz estranha dizendo que não podia falar, mas ligaria para mim no fim de semana.

Sábado, 11 de fevereiro

56,7 quilos, 4 unidades alcoólicas, 18 cigarros, 1.467 calorias (queimadas durante as compras).

Acabei de chegar das compras e ouvi um recado que meu pai deixou na secretária perguntando se podia almoçar comigo no domingo. Levei um susto. Meu pai não vem a Londres sozinho para almoçar comigo aos domingos. Ele come rosbife, ou salmão com batatas cozidas, em casa com mamãe.

– Não precisa ligar de volta – dizia o recado. – Encontro você amanhã.

O que está acontecendo? Fui até a esquina, trêmula, louca por um cigarro. Quando voltei tinha um recado da mamãe. Pelo que entendi, ela também vem para o almoço amanhã. Vai trazer um pouco de salmão e chega às 13 horas.

Liguei para Jamie e ouvi Bruce Springsteen cantando durante vinte segundos e depois Jamie rosnando: "... seu tempo acabou."

Domingo, 12 de fevereiro

56,7 quilos, 5 unidades alcoólicas, 23 cigarros (nenhuma surpresa), 1.647 calorias.

11 HORAS. Ai, Deus, é impossível conversar com papai e mamãe ao mesmo tempo. É dose para leão. Vai ver que essa história de almoço é só uma brincadeira de pais que assistem a muito programa de auditório na televisão. Vai ver que minha mãe vai chegar com um salmão vivo numa coleira e anunciar que está trocando papai pelo salmão. Ou papai vai chegar plantando bananeira na janela, vestido de bobo-da-corte, entrar quebrando tudo e começar a bater na cabeça da mamãe com uma bexiga; ou, de repente, cair do armário de vassouras de cara no chão com uma faca de plástico enfiada nas costas. A única coisa capaz de colocar tudo no lugar é um *bloody mary*. Afinal, já é quase meio-dia.

12H05. Mamãe ligou.

– Deixa *ele* ir, então – disse ela. – Deixa que faça o que bem entender, como sempre. – (Minha mãe é incapaz de xingar alguém. Diz coisas do tipo "fula da vida" e "ai, meu Pai do Céu"). – Não vou me alterar – continuou mamãe. – Vou ficar limpando a casa como uma Amélia. – (Será que minha mãe estava de porre? Ela não bebe nada além de um único licor de xerez nas noites de domingo desde 1952, quando ficou alegrinha com meio litro de sidra na festa de 21 anos de Mavis Enderby e nunca mais se esqueceu disso nem deixou ninguém se esquecer. "Nada pior que uma mulher bêbada, querida.")

– Mãe, escuta. Será que não podemos conversar os três juntos, no almoço? – perguntei, como se fosse uma cena do filme *Sintonia de amor* que terminaria com meus pais de mãos dadas e eu, de mochila, dando uma piscadela para a câmera.

– Espere um pouco – disse ela, soturna. – Você vai descobrir como os homens são.

– Mas eu já... – comecei.

– Vou sair, querida – disse ela. – Vou sair para *transar.*

Meu pai chegou às 14 horas com um exemplar do *Sunday Telegraph* dobrado embaixo do braço. Quando se sentou no sofá fez uma careta e as lágrimas começaram a escorrer pelo rosto dele.

– Ela está assim desde que foi para Albufeira com Una Alconbury e Audrey Coles – soluçou ele, tentando secar as lágrimas com uma das mãos. – Quando voltou, começou a dizer que queria receber salário para fazer o serviço doméstico e que tinha desperdiçado uma vida inteira como nossa escrava. – (*Nossa* escrava? Eu sabia. Tudo culpa minha. Se eu fosse uma pessoa melhor, mamãe não teria deixado de gostar do papai.)

– Ela quer que eu saia de casa durante um tempo e... e... – ele ficou chorando baixinho.

– E o quê, papai?

– Ela disse que eu achava que clitóris era alguma coisa que tinha a ver com a coleção de borboletas de Nigel Coles.

Segunda-feira, 13 de fevereiro

57,6 quilos, 5 unidades alcoólicas, 0 cigarro (o enriquecimento espiritual tira a vontade de fumar – grande mudança), 2.845 calorias.

Apesar de estar aborrecida com o problema de meus pais, tenho de admitir um sentimento paralelo e vergonhoso de pretensão quanto a meu novo papel de protetora e, como eu chamo, de conselheira sensata. Há muito tempo não faço alguma coisa por alguém, por isso essa sensação é totalmente nova e complexa. Era o que faltava na minha vida. Tenho tido umas fantasias de virar samaritana ou professora de catecismo, fazer sopa para os desabrigados (ou, como sugeriu meu amigo Tom, *bruschette* com molho ao pesto) ou até cursar medicina. Talvez fosse melhor ainda eu sair com um médico, o que seria vantajoso tanto do ponto de vista sexual quanto espiritual. Comecei a pensar até em pôr um anúncio na coluna "Corações Solitários" dos classificados do *Lancet*. Eu podia anotar os recados, dizer aos pacientes que quisessem visitas médicas à noite para desaparecerem, fazer suflês de queijo de cabra para ele e, quando chegasse aos 60 anos, estaria no maior tédio, igual à mamãe.

Ai, Deus. Amanhã é Dia dos Namorados. Por quê? Por quê? Por que o mundo faz com que as pessoas sem um romance se sintam idiotas quando todos sabem que romances não funcionam? Basta ver a família real. Ou papai e mamãe.

O Dia dos Namorados não passa de uma promoção comercial, uma iniciativa cínica. Merece toda a minha indiferença.

Terça-feira, 14 de fevereiro

57 quilos, 2 unidades alcoólicas (à altura do Dia dos Namorados: 2 garrafas de cerveja Beck, sozinha, argh), 12 cigarros, 1.545 calorias.

8 HORAS. Oh, meleca. Dia das Namorados. Será que o carteiro já passou? Pode ser que tenha um cartão do Daniel. Ou de um admirador secreto. Um buquê de flores ou uma caixa de chocolates em forma de coração. Estou bem animada.

Momento de uma alegria selvagem ao ver um buquê de rosas na portaria do prédio. Daniel! Desci a escada correndo e peguei o buquê toda feliz exatamente na hora em que a porta do apartamento térreo abriu e Vanessa apareceu.

– Ah, que lindas flores! – disse ela, invejosa. – Quem mandou?

– Não sei! – respondi sem jeito, olhando o cartão. Ah... são para você.

– Não tem problema. Olha, isso é para você – disse ela, me consolando. Era a conta do cartão de crédito.

Resolvi que ia tomar um cappuccino e comer uns croissants de chocolate para me animar antes de ir para o escritório. Não ligo para o corpo. Não vale a pena, já que ninguém me ama nem quer saber de mim.

No caminho para o trabalho, dentro do metrô, dava para ver quem tinha recebido cartão de Dia dos Namorados e quem não tinha. As pessoas se entreolhavam tentando sorrir, maliciosas, ou afastavam o olhar.

Cheguei no escritório e vi que na mesa de Perpétua tinha um buquê do tamanho de uma ovelha.

– Então, Bridget! – cumprimentou ela, alto para todo mundo ouvir. – Quantos você ganhou?

Caí na cadeira resmungando "cala a boca" entre os dentes, como uma adolescente humilhada.

– Diga lá, quantos recebeu?

Achei que ela ia pegar minha orelha e puxar, ou alguma coisa assim.

– Eu *sabia* que você não tinha ganhado nenhum – grasnou Perpétua. Foi só aí que percebi que Daniel estava ouvindo e rindo do outro lado da sala.

Quarta-feira, 15 de fevereiro

Surpresa inesperada. Estava saindo de casa para o trabalho quando vi um envelope rosa na mesa da portaria – obviamente um cartão atrasado do Dia dos Namorados – endereçado "À Bela Triste". Fiquei emocionada, imaginando que fosse para mim, e de repente me vi como obscuro e misterioso objeto do desejo dos homens. Depois me lembrei da droga da Vanessa e seu sedutor cabelinho preto curto. Argh.

21 HORAS. Acabei de chegar e o cartão continua lá.

22 HORAS. Continua lá.

23 HORAS. Inacreditável. O cartão ainda está lá. Vai ver que Vanessa ainda não chegou.

Quinta-feira, 16 de fevereiro

56,2 quilos (emagreci subindo e descendo as escadas), 0 unidade alcoólica (excelente), 5 cigarros (excelente), 2.452 calorias (não mt. b.), número de vezes que desci e subi escadas para ver o envelope do Dia dos Namorados: 18 (psicologicamente negativo, mas ótimo exercício).

O cartão continua lá! Claro que deve ser como pegar a última barra de chocolate ou comer a última fatia do bolo. Vanessa e eu somos muito educadas para fazer isso.

Sexta-feira, 17 de fevereiro

56,2 quilos, 1 unidade alcoólica (mt. b.), 2 cigarros (mt. b.), 3.241 calorias (ruim, mas queimadas na escada), número de vezes que fui ver o cartão: 12 (obsessiva).

9 HORAS. Cartão continua lá.

21 HORAS. Continua lá.

21H30. Continua lá. Não agüento mais. Senti um cheiro de comida saindo do apartamento de Vanessa, então bati na porta. Quando ela abriu, eu disse:

– Acho que isso deve ser para você – e mostrei o cartão.

– Ah, pensei que fosse para você.

– Vamos abrir? – sugeri.

– Vamos. – Entreguei a ela, que me devolveu, rindo. Devolvi. Adoro garotas.

– Abra – pedi, e ela cortou o envelope com a faca de cozinha que segurava. Era um cartão artístico, devia ter sido comprado numa galeria de arte.

Ela fez uma careta.

– Não sei o que isso quer dizer – disse, me entregando o cartão.

O texto dizia: "Apenas uma exploração comercial, ridícula e sem sentido. Para minha vaquinha frígida."

Dei uma espécie de guincho agudo.

22 HORAS. Acabo de ligar para Sharon e contar tudo. Ela disse que eu não devia perder a cabeça por causa de um cartão barato e devia esquecer o Daniel, já que ele não é uma pessoa muito recomendável e não vai dar em nada que preste.

Telefonei para saber a opinião do Tom, principalmente sobre se eu deveria ligar para Daniel no fim de semana. "Nãããããão!", gritou ele. E perguntou várias coisas:, por exemplo, como tinha sido o comportamento de Daniel nos últimos dias quando, depois de mandar o cartão, eu não tinha demonstrado nada. Eu disse que ele parecia mais sedutor do que nunca. Tom receitou aguardar até a próxima semana e continuar indiferente.

Sábado, 18 de fevereiro

57 quilos, 4 unidades alcoólicas, 6 cigarros, 2.746 calorias, 2 números certos na loteria (mt. b.).

Finalmente descobri o que há com meus pais. Estava começando a imaginar uma situação tipo mulher-de-meia-idadevolta-de-férias-e-enlouquece e ia abrir o *Sunday People* e ver uma foto da minha mãe com cabelo oxigenado e blusa de oncinha sentada num sofá com um sujeito chamado Gonzalez de jeans desbotado e declarando que, quando você gosta mesmo de um homem, uma diferença de idade de 46 anos não é importante.

Hoje ela pediu para almoçarmos juntas no café da loja Dickens & Jones e fui logo perguntando se ela estava saindo com algum homem.

– Não. Não há ninguém no meio dessa história – disse ela, fazendo um olhar distante com um toque de corajosa resignação que garanto que copiou da Princesa Diana.

– Então por que você está sendo tão cruel com papai?

– Querida, apenas porque, quando seu pai se aposentou, eu percebi que tinha passado 35 anos da minha vida tomando conta da casa dele e criando seus filhos...

– Jamie e eu somos seus filhos também – interrompi, magoada.

– ... e que ele tinha terminado seu trabalho, mas o meu ia continuar sempre, exatamente como eu me sentia quando vocês eram pequenos e chegava o fim de semana. A gente só vive uma vez. É simples, tomei a decisão de mudar um pouco as coisas e passar o que ainda me resta da vida cuidando de mim, para variar um pouco.

Quando fui ao caixa pagar a conta, fiquei pensando em tudo aquilo e tentando avaliar o argumento de mamãe sob a ótica feminista. Nessa hora, vi um homem alto e distinto, de cabelo grisalho, jaqueta de couro estilo europeu, carregando uma daquelas bolsas masculinas. Ele procurava alguém no café, olhava o relógio, parecia nervoso. Dei uma olhada em volta e vi minha mãe fazendo um movimento mudo com os lábios para dizer "Já estou indo" e me indicando com um gesto.

Na hora, não comentei nada com mamãe, só me despedi logo depois disso. Mas dei a volta no quarteirão e fui atrás dela, para garantir que não estava imaginando coisas. Era isso mesmo: vi quando ela entrou na seção de perfumes e ficou passeando com o bonitão, experimentando no pulso todos os perfumes expostos, levantando o braço para ele cheirar e dando risadinhas charmosas.

Quando cheguei em casa tinha um recado de Jamie na secretária. Liguei para ele na hora e contei tudo.

– Ah, pelo amor de Deus, Bridget – disse ele, morrendo de rir. – Você tem tanta mania de sexo que se visse mamãe recebendo a hóstia na comunhão ia achar que ela estava dando uma chupada no padre. Você não recebeu nenhum cartão do Dia dos Namorados, não é?

– Fique sabendo que sim – disse eu, zangada. E ele caiu na gargalhada outra vez, depois disse que tinha de desligar porque ia ao parque com Becca fazer *tai chi*.

Domingo, 19 de fevereiro

56,7 quilos (mt. b., mas graças apenas a preocupações), 2 unidades alcoólicas (mas é o Dia do Senhor), 7 cigarros, 2.100 calorias.

Liguei para mamãe querendo uma explicação sobre o gostosão de meia-idade que vi com ela depois do almoço.

– Ah, você deve estar falando do Julian – disse ela, com uma voz emocionada.

Sem querer, minha mãe se denunciou. Meus pais jamais se referem aos amigos apenas pelo nome de batismo.

É sempre Una Alconbury, Audrey Coles, Brian Enderby: "Você sabe quem é o David Ricketts, querida. Casado com Anthea Richetts, que participa dos almoços da Associação Salva-vidas."

No fundo, falam desse jeito porque sabem que não tenho a menor idéia de quem é Mavis Enderby, o que não impede que falem sobre Brian e Mavis Enderby durante quarenta minutos, como se eu os conhecesse desde os 4 anos.

Percebi logo que Julian não participava dos almoços da Associação Salva-Vidas, nem tinha uma esposa que participava da Associação Salva-Vidas, do Rotary ou da Liga dos Amigos de São Jorge. Percebi também que ela o tinha conhecido em Portugal antes do problema com papai, e que era bem provável que se chamasse Julio e não Julian. Percebi, enfim, que Julio *era* o problema com papai.

Comentei minha suspeita com ela. Ela negou. Chegou até a contar uma mentira muito enrolada de que tinha esbarrado em "Julian" na loja de departamentos Marks & Spencer de Marble Arch, deixando cair no chão sua nova terrina Le Creuset. Por isso, ele a convidou para tomar um cafezinho na Selfridges e a partir de então nasceu uma relação completamente platônica entre os dois que consistia apenas em idas a cafés de lojas de departamentos.

Por que será que, quando uma pessoa está largando seu marido/mulher, acha que é melhor fingir que não é por causa de outro/a? Será que acham que é menos doloroso para o parceiro pensar que vão se separar só porque não conseguem mais suportá-lo e então duas semanas depois terem a sorte de encontrar um tipo alto, estilo Omar Sharif com bolsa masculina, enquanto o ex-parceiro passa as noites aos prantos cada vez que vê o copo de escovas de dentes? É como aquelas pessoas que, em vez de dizerem a verdade, inventam uma mentira para se desculpar, quando a verdade é melhor do que a mentira.

Uma vez ouvi meu amigo Simon cancelando um encontro com uma garota em quem estava muito interessado porque tinha aparecido com uma espinha amarela bem do lado direito do nariz e todas as roupas estavam na lavanderia. Foi trabalhar com uma jaqueta ridícula, dos anos 1970, pensando em pegar a jaqueta nova na lavanderia na hora do almoço, mas ela não tinha ficado pronta.

Ele então deu tratos à bola para dizer à garota que não podia encontrá-la porque a irmã tinha chegado de repente e ele precisava lhe fazer companhia e também assistir a uns vídeos do escritório para o dia seguinte. A essa altura, a garota lembrou que ele disse que era filho único e sugeriu que levasse os vídeos para ver na casa dela, enquanto ela fazia o jantar. Mas não existiam vídeos do escritório para assistir, então precisou aumentar mais a mentira. Ele e a garota só tinham saído duas vezes, mas ela acabou achando que ele estava saindo com outra e deu o fora. Simon passou a noite sozinho e chateado, com a espinha no nariz e a jaqueta dos anos 1970.

Tentei explicar à mamãe que não estava dizendo a verdade, mas ela estava tão envolvida com o sujeito que perdeu completamente a noção de... bom, tudo.

– Você está ficando um tanto cínica e desconfiada, querida – disse ela. – Júlio – Ah! Rá-rá-rá! – é apenas um amigo. Eu só quero conquistar um *espaço*.

Então, fiquei sabendo que, para fazer a vontade dela, papai está se mudando para o apartamento em que morava a avó dos Alconbury, nos fundos do jardim deles.

Terça-feira, 21 de fevereiro

Mt. cansada. Papai agora liga várias vezes durante a noite, só para conversar.

Quarta-feira, 22 de fevereiro

57 quilos, 2 unidades alcoólicas, 19 cigarros, 8 unidades de gordura (uma idéia subitamente repulsiva: jamais tinha visto a gordura escorrendo da bunda e das coxas por baixo da pele. Amanhã vou voltar a contar apenas as calorias).

Tom tinha toda razão. Fiquei tão preocupada com meus pais e tão cansada com os telefonemas desesperados de papai que quase não tomei conhecimento do Daniel. A maravilhosa conseqüência disso foi que ele não tirou os olhos de mim. Mas hoje fiz uma grande besteira. Estava indo comprar um sanduíche e encontrei Daniel no elevador com Simon do marketing, conversando sobre jogadores de futebol que foram presos por se venderem.

– Soube dessa história, Bridget? – perguntou Daniel.

– Claro – menti, tentando fazer algum comentário. – Mas acho que isso é bobagem. É uma atitude boba, mas desde que eles dêem bola para as mulheres certas, para mim não tem o menor problema. Não sei por que estão fazendo tanta onda em cima disso.

Simon me olhou como se eu fosse doida e Daniel ficou sério um instante e caiu na gargalhada. Riu sem parar até sair do elevador com Simon, aí virou para trás e disse, enquanto as portas se fechavam:

– Casa comigo. – Humm.

Quinta-feira, 23 de fevereiro

56,7 quilos (se ao menos eu conseguisse me manter abaixo dos 57 quilos, em vez de ficar subindo e descendo como o cadáver de um afogado – afogado na gordura), 2 unidades alcoólicas, 17 cigarros (tensão pré-sexo, perdoável), 775 calorias (última tentativa desesperada de chegar a 48,3 quilos até amanhã).

20 HORAS. Nossa. O computador quase estourou de tanto ficar piscando o sinal de mensagem. Às 18 horas em ponto, decidida, vesti meu casaco e fui embora, mas encontrei Daniel que, no andar de baixo, entrou no meu elevador. Lá estávamos nós, só eu e ele, num enorme campo de eletricidade magnética, atraídos irresistivelmente como dois ímãs. Então de repente o elevador parou e nos separamos, ofegantes, e Simon do marketing entrou com sua horrenda capa de chuva bege sobre o corpo gorducho. Sem querer, arrumei minha saia e ele disse, com um sorriso afetado:

– Bridget, parece que você foi pega em flagrante.

Quando saí do prédio, Daniel veio atrás de mim e me convidou para jantar com ele amanhã. Siiiiim!

MEIA-NOITE. Argh. Estou totalmente exausta. Será que é normal se preparar para sair com um homem como se fosse para uma entrevista de emprego? Tenho a impressão de que a cabeça muito culta de Daniel pode acabar virando uma chatice se as coisas continuarem. Vai ver eu devia me interessar por um homem mais jovem e mais desligado que cozinharia para mim, lavaria minhas roupas e concordaria com tudo o que eu dissesse. Depois que saí do escritório às 18 horas, quase desloquei uma vértebra suando numa aula de aeróbica; passei sete minutos esfregando o corpo com uma escova de cerdas duras; limpei o apartamento; coloquei comida na geladeira, fiz as sobrancelhas, dei uma olhada nos jornais e no *Ultimate Sex Guide*; coloquei a roupa para lavar e me depilei sozinha, já que estava muito tarde para marcar hora. Acabei ajoelhada numa toalha tentando arrancar uma tira de cera que grudou atrás da minha perna enquanto assistia ao jornal na tevê para me atualizar e ter algo interessante para discutir. Fiquei com as costas doloridas, a cabeça doendo e as pernas vermelhas e cheias de restos de cera.

As pessoas sensatas dirão que Daniel deve gostar de mim do jeito que sou, mas sou uma filha da cultura *Cosmopolitan*, fui traumatizada por supermodelos e todo tipo de testes e sei que nem minha personalidade nem meu corpo darão conta do recado se não forem bem trabalhados. Não agüento a tensão. Vou cancelar o encontro e passar a noite inteira comendo biscoitos metida numa camiseta suja de ovo.

Sábado, 25 de fevereiro

55,3 quilos (milagre: prova de que o sexo é realmente o melhor exercício), 0 unidade alcoólica, 0 cigarro; 200 calorias (finalmente descobri o segredo para não comer: basta substituir comida por sexo).

18 HORAS. Ah, que alegria. Passei o dia num estado que só
 posso descrever como ebriedade sexual, andando pelo apar-

tamento, sorrindo, pegando uma coisa aqui, outra ali e colocando-as no mesmo lugar outra vez. Foi tão bom. Os únicos pontos negativos foram: 1) assim que terminou, Daniel disse "Droga, eu combinei de pegar o carro na oficina da Citroën"; 2) quando saí da cama e fui ao banheiro, ele avisou que minha meia-calça estava presa atrás da minha panturrilha.

Mas, à medida que as nuvens cor-de-rosa começam a se dispersar, vou me apavorando. O que será que vai acontecer agora? Não combinamos nada. De repente, percebo que estou de novo esperando o telefone tocar. Como é que a situação entre duas pessoas pode ficar tão angustiantemente indefinida depois que dormem juntas pela primeira vez? Tenho a sensação de que acabo de fazer uma prova e estou aguardando os resultados.

23 HORAS. Ai, meu Deus. Por que Daniel não ligou? Será que vamos sair ou não? Como é que minha mãe pode sair com tanta facilidade de uma relação e entrar noutra, enquanto eu não consigo nem ter umazinha? Será que a geração dela é melhor que a minha para fazer com que as relações dêem certo? Talvez eles não vivam por aí paranóicos e inseguros. Vai ver que a melhor ajuda é não ler nenhum livro de auto-ajuda na vida.

Domingo, 26 de fevereiro

57 quilos, 5 unidades alcoólicas (afogando as tristezas), 23 cigarros (fumando as tristezas), 3.856 calorias (cobrindo as tristezas com uma camada de gordura).

Acordo sozinha e fico pensando em minha mãe na cama com Julio. Há uma profunda repulsa em pensar nos pais fazendo sexo, ou melhor, um dos pais. Sinto ódio deles por causa de meu pai; fico sensata, otimista com o exemplo de mais trinta anos de paixão desenfreada diante de mim (algo relacionado às lembranças freqüentes de Joanna Lumley e Susan Sarandon), mas, principalmente, sinto muita inveja, sou um fracasso e uma burra por estar na cama sozinha num domingo de manhã, enquanto minha mãe com mais de 60 anos está quase dando a segunda... Ai, meu Deus. Não agüento nem pensar.

Março

Pânico total em relação ao aniversário de 30 anos

Sábado, 4 de março

57 quilos (para que fazer dieta durante o mês de fevereiro inteiro se no começo de março acabo exatamente com o mesmo peso? Argh. Não vou mais me pesar e anotar tudo o que como, já que não adianta).

Minha mãe passou a ter uma energia jamais vista. Hoje de manhã, ela irrompeu no meu apartamento quando eu ainda estava de roupão, pintando a unha dos pés, no maior tédio, olhando na tevê os preparativos para uma corrida.

– Querida, posso deixar essas coisas aqui por umas horas? – perguntou ela, carregando um monte de sacolas de compras e entrando no meu quarto.

Logo depois, morta de curiosidade, fui ver o que ela estava fazendo. Sentada na frente do espelho, usava um caro conjunto cor-de-café de corpete e calcinha e passava rímel nos cílios, com a boca aberta (um dos grandes mistérios da natureza é a necessidade de abrir a boca para aplicar rímel).

– Não acha que você devia se arrumar, querida?

Ela estava incrível: a pele linda, o cabelo brilhando. Dei uma olhada na minha imagem refletida no espelho. Eu devia mesmo ter tirado a maquiagem antes de dormir. Um lado do meu cabelo estava grudado na cabeça, o outro formava uma série de pontas e chifres. Era como se meu cabelo tivesse autonomia, comportando-se muito bem o dia todo, aguardando até eu dormir para começar a correr e pular como crianças se perguntando: "O que a gente inventa agora?"

– Você sabe – disse mamãe, perfumando o colo com seu Givenchy II –, durante todos esses anos seu pai criou tanto problema para pagar as contas e os impostos, como se isso redimisse os 30 anos em que lavei pratos. Bom, a declaração do imposto de renda não estava pronta e pensei: dane-se, eu faço. Claro que aquilo me pareceu tão complicado quanto grego arcaico, então liguei para a Secretaria das Finanças. O funcionário que atendeu foi meio arrogante. "Sinceramente, Sra. Jones, não entendo qual é o problema", disse ele. "Escuta uma coisa, o *senhor* é capaz de fazer um brioche?"

Aí ele explicou tudo e em 15 minutos estava pronta a declaração. Aliás, ele me convidou para almoçar hoje. Um funcionário da Receita, imagine!

– Como? – perguntei, pasma, me apoiando no batente da porta. – Que fim levou o Julio?

– Só porque sou "amiga" do Julio não significa que não posso ter outros "amigos" – informou ela candidamente, vestindo um conjuntinho amarelo.

– O que acha desse conjunto? Comprei agora. Amarelo-limão. Mas tenho de me apressar. Vou encontrar com ele na lanchonete da Debenhams às 13h15.

Depois que ela saiu, abri um pacote de granola, comi uma colher e acabei com a sobra de vinho que estava na geladeira.

Conheço o segredo dela: descobriu o poder. Tem poder sobre papai: ele quer que ela volte. Tem poder sobre Julio e sobre o funcionário da Receita, e todo mundo está sentindo esse poder e querendo ter um pouco, o que a torna ainda mais irresistível. Só me resta encontrar alguém ou alguma coisa para dominar e então... ai, meu Deus. Não domino nem o meu próprio cabelo.

Estou tão deprimida. Embora Daniel estivesse muito simpático esta semana, conversador, fazendo até um charme para mim, não consigo entender o que está havendo entre nós, como se fosse completamente normal um homem dormir com uma colega e ficar por isso mesmo. O trabalho, que antes era só uma chateação, passou a ser uma tortura. Fico sofrendo cada vez que ele sai para almoçar ou veste o casaco no fim do dia para ir embora: aonde vai? com quem? quem?

Perpétua parece ter conseguido jogar todas as tarefas dela em cima de mim e passa o dia inteiro telefonando para Arabella ou Piggy, falando sobre o apartamento de meio milhão de libras em Fulham que vai comprar com Hugo. "É. Não. É. Não, concordo *plenamente*. Mas o problema é o seguinte: será que alguém vai querer pagar mais 30 mil para ter mais um quarto?"

Às 16h15 de sexta-feira, Sharon ligou para o escritório.

– Você vai sair comigo e Jude amanhã?

– Ahn... – Fiquei em pânico, pensando: "Será que, antes de ir embora, Daniel vai me convidar para sair com ele no fim de semana?"

– Me liga, se ele não te convidar – disse Sharon, depois de uma pausa.

Às 17h45, vi Daniel de casaco, se encaminhando para a porta. Minha expressão assustada deve ter feito ele se sentir culpado, porque sorriu sem graça, mostrou a tela do computador e saiu.

Logo depois, estava piscando VOCÊ TEM UMA NOVA MENSAGEM. Cliquei em receber. Dizia:

Mensagem para Jones
Tenha um bom fim de semana. Bip-bip.
Cleave

Me sentindo a última das mulheres, peguei o telefone e liguei para Sharon.

– Nos encontramos amanhã a que horas? – perguntei, humilde.

– Às 20h30, no Café Rouge. Não se preocupe, nós te amamos. Diga a ele para não encher com suas babaquices emocionais.

2 HORAS. Ah, foi maravilhoso com Sharon e Jude. Não quero mais nada com aquela besta do Daniel. Estou enjoada. Opa.

Domingo, 5 de março

8 HORAS. Argh. Melhor morrer. Nunca, nunca mais bebo na vida.

8H30. Aaai. Seria bom comer umas batatas fritas.

11H30. Estou morrendo de sede, mas é melhor ficar de olhos fechados e deixar a cabeça enfiada no travesseiro para não atrapalhar os pinos batendo e os faisões passeando dentro dela.

MEIO-DIA. Foi bem divertido, mas estou mt. confusa com o conselho sobre Daniel. Primeiro, tive de ouvir os problemas de Jude com Richard o Vil, já que eles são um caso mais sério, estão saindo há 18 meses, bem mais do que uma transadinha de nada. Portanto, esperei com humildade a minha vez de contar as últimas de Daniel. A conclusão geral foi, a princípio: babaquice emocional.

Jude apresentou a interessante teoria do Tempo Masculino, como no filme *As patricinhas de Beverly Hills*: os chamados cinco dias ("sete", corrigi) depois do sexo durante os quais um novo relacionamento fica em suspenso. Essa fase não parece um tempo desesperador para os machos da espécie, mas um período normal de esfriamento para avaliar as emoções antes de prosseguir. Jude argumentou que Daniel estava muito nervoso com sua situação profissional etc. etc. então eu tinha de compreender, ser simpática e agradável para mostrar que confio nele e não vou ficar carente, nem pular fora da relação.

Nesse ponto Sharon quase cuspiu sobre o queijo ralado e disse que não era humano deixar uma mulher no ar sem saber o que fazer durante dois fins de semana depois de dormir com ela e que isso causava uma enorme insegurança e eu devia dizer a ele o que eu achava. Humm. Vamos ver. Vou dar mais uma dormidinha.

14 HORAS. Retorno triunfal de uma heróica expedição ao térreo para pegar o jornal e um copo d'água. Dava para sentir a água correndo como um riacho cristalino nos cantos recônditos da minha cabeça. Embora não haja provas, estive pensando na teoria de que a água percorre mesmo a cabeça da gente. Deve entrar através da corrente sanguínea. Como a desidratação provoca ressaca, talvez a água penetre no cérebro através de uma espécie de ação capilar.

14H15. Dei um pulo quando li nos jornais a notícia de duas crianças de 2 anos que tiveram de fazer prova para entrar no jardim de infância. Tenho de ir à festa de aniversário do Harry, meu afilhado.

18 HORAS. Dirigi feito uma louca pelas ruas londrinas, cinzentas e molhadas de chuva, até a casa de Magda, parando antes na Waterstone para comprar um presente. Fiquei péssima só de pensar que estava atrasada, de ressaca e ainda ia ter de ficar cercada de mães que um dia trabalharam, tiveram uma carreira e agora participavam da Competição Cuidados com os Filhos. Magda, que foi corretora de ações, mente a idade do filho Harry para fazer com que ele pareça mais inteligente. Até para engravidar foi um espanto: Magda tomava oito vezes mais vitaminas e sais minerais do que qualquer outra mulher. O nascimento foi o máximo. Ela passou a gravidez inteira dizendo para todo mundo que seria parto natural, mas foi só sentir a primeira contração que começou a gritar:

– Apliquem uma anestesia, seus idiotas!

A festa de aniversário foi um cenário de pesadelo: eu numa sala cheia de orgulhosas mamães, uma delas com um bebê de um mês.

– Ah, não é um *amorzinho*? – disse Sarah de Lisle com ternura, depois perguntou, rápida: – Como ele foi no teste de bebês?

Não sei qual é o problema desses testes que as crianças são obrigadas a fazer com dois minutos de vida. Num jantar, dois anos atrás, Magda ficou sem graça quando contou que Harry tinha tirado 10 no teste e uma das convidadas, que era enfermeira, disse que a nota máxima era 9.

Sem se abalar, Magda começou a se vangloriar de que o filho era um prodígio em matéria de cocô, causando uma série de ataques e contra-ataques. Àquela altura, as criancinhas, numa idade em que deveriam estar envoltas em fraldas plásticas, passeavam pela sala, vestidas em modelinhos da grife Baby Gap. Menos de dez minutos depois que cheguei, o tapete já tinha três cocôs. Ocorreu então uma discussão inútil sobre quem tinha feito os cocôs, seguida de um tenso trocar de roupas, oportunidade para outra competição a respeito do tamanho dos pintos dos bebês e, em conseqüência, dos pintos dos maridos.

– É assim mesmo, o tamanho do pênis é hereditário. Cosmo não tem esse problema, sabe?

Depois dessa, achei que minha cabeça ia explodir. Pedi licença, peguei o carro e voltei para casa, dando graças a Deus por ser solteira.

Segunda-feira, 6 de março

56,2 quilos (mt.mt.b.: percebi que o segredo da dieta é não se pesar).

11 HORAS. Trabalho. Completamente exausta. Na noite passada, eu estava imersa num banho morno com óleo de gerânio, tomando vodca com tônica, quando a campainha tocou. Era minha mãe, chorando na escada. Levei algum tempo para entender o que estava acontecendo, enquanto ela andava pela cozinha, chorando cada vez mais alto e recusando-se a falar. Comecei a desconfiar que seu ataque de poder sexual perpétuo tinha desmoronado como cartas de baralho: papai, Julio e o funcionário da Receita tinham perdido o interesse por ela ao mesmo tempo. Mas não era isso. Ela estava com a síndrome do "Tenho tudo".

– Estou me sentindo como a cigarra que passou o verão inteiro cantando – disse ela, assim que percebeu que eu estava me desinteressando do caso. – E agora chegou o inverno da minha vida e não reservei nada para mim.

Eu ia argumentar que não se pode dizer que três candidatos em potencial, a metade de uma casa e a pensão não eram nada, mas fiquei quieta.

– Quero ter uma profissão – confessou ela. E alguma parte mesquinha de mim se sentiu feliz e segura porque eu tinha uma profissão. Bom, um emprego, pelo menos. Eu era uma cigarra juntando muita comida, ou moscas, ou seja lá o que as cigarras comam no inverno, apesar de não ter um namorado.

Acabei consolando mamãe, deixando que ela abrisse o meu guarda-roupa e criticasse todas as minhas roupas e dissesse porque eu devia começar a comprar só na Jaeger e na Country Casuals. Minha estratégia funcionou bem e ela se recuperou tão depressa que conseguiu até ligar para Julio e marcar para tomarem uns drinques.

Quando ela saiu já eram mais de 22 horas, então liguei para contar a Tom as horrendas novidades: Daniel não tinha ligado no fim de semana inteiro e eu queria saber o que ele achava dos conselhos controversos de Jude e Sharon. Tom disse que eu não devia seguir nenhum deles, não me fazer de sedutora, não comentar nada e continuar como uma rainha da frieza e da indiferença.

Tom disse que os homens costumam se imaginar numa espécie de escada do sexo, com todas as mulheres acima ou abaixo deles. Se a mulher está "abaixo" (isto é, querendo dormir com o homem e dando em cima dele), então, no melhor estilo Groucho Marx, ele não quer entrar para o clube dela. Essa mentalidade masculina me deixa deprimida, mas Tom disse para eu não ser ingênua e, se gosto mesmo do Daniel e quero conquistá-lo, tenho de ignorá-lo e ser o mais fria e distante possível.

Acabei indo dormir à meia-noite, mt. confusa, mas fui acordada três vezes por telefonemas de papai.

– Quando alguém te ama, é como ter um cobertor envolvendo seu coração. Mas, quando arrancam o cobertor... – disse, e caiu em prantos. Ele ligou do apartamento da avó, que fica nos fundos do jardim dos Alconbury, onde estava "até as coisas se acalmarem", como declarou, esperançoso.

De repente percebi que as coisas estavam completamente mudadas e agora era eu quem cuidava dos meus pais em vez de eles cuidarem de mim, o que parece pouco natural e errado. Será que sou tão velha assim?

Posso garantir que nos dias de hoje não adianta beleza, comida, sexo ou sedução para conquistar o coração de um homem, mas sim a capacidade de parecer pouco interessada nele.

Não tomei conhecimento do Daniel o dia inteiro e fingi estar ocupada (tente não rir). VOCÊ TEM UMA NOVA MENSAGEM ficou piscando, mas só olhei e ajeitei o cabelo como se fosse uma mulher muito charmosa e importante, com mais o que fazer. No fim do dia, percebi que a fórmula estava funcionando como num milagre de laboratório escolar de química (teste de acidez, fósforo ou algo parecido). Ele continuou me olhando e fazendo caras e bocas. A certa altura, quando Perpétua saiu da sala, ele passou pela minha mesa, parou um instante e disse, baixinho:

– Jones, sua criatura maravilhosa. Por que está me ignorando?

Num ímpeto de alegria e ternura, fiquei prestes a contar todas as teses controversas de Tom, Jude e Sharon, mas, por sorte, exatamente nessa hora tocou o telefone. Fiz um olhar de desculpas e atendi, depois Perpétua entrou de repente, colocando uma pilha de papéis sobre a minha mesa e, empurrando-os com a bunda, berrou: "Ah, Daniel. Vamos..." e botou-o para fora. Isso foi ótimo porque o telefonema era de Tom, que disse para eu manter a pose de rainha da frieza e me deu um mantra para ficar repetindo quando sentisse que estava enfraquecendo: "Avante, inacessível rainha de gelo. Avante, inacessível rainha de gelo."

Terça-feira, 7 de março

58,9 quilos, 58 quilos ou 59,4 quilos?, 0 unidade alcoólica, 20 cigarros, 1.500 calorias, 6 bilhetes de loteria instantânea (ruim).

9 HORAS. Argh. Como é que posso ter engordado 1,5 quilo desde o meio da noite? Estava com 58,9 quilos quando fui dormir, 58 às 4 horas e 59,4 quilos quando levantei. Entendo que o peso possa *diminuir* – pode evaporar ou sair do corpo para a privada – mas como pode *aumentar*? Será que um alimento pode sofrer uma reação química com outro, dobrar de densidade e volume e se solidificar formando uma gordura mais pesada e compacta? Não estou parecendo mais gorda. Posso fechar o botão, embora, argh, não consiga fechar o zíper do meu jeans de 1989. Então pode ser que meu corpo esteja diminuindo, mas ficando mais pesado. Parece papo de marombeira, o que me deixa deprimida. Liguei para Jude reclamando da droga da dieta, e ela mandou anotar tudo o que comi, honestamente, e verificar se segui a dieta. Eis a lista do que comi:

> Café-da-manhã: pãozinho quente (pequena variação da torrada integral indicada); barra de chocolate Mars (pequena alteração da meia toranja indicada na Dieta Scarsdale).

Lanche: 2 bananas, 2 pêras (mudei para o plano F, já que estava morrendo de fome e não agüento comer petiscos de cenoura como manda a dieta Scarsdale). Um suco de laranja de caixinha (dieta de Alimentos Naturais anticelulite).

Almoço: uma batata com casca (dieta vegetariana Scarsdale) e pasta de grão-de-bico (dieta Hay; a pasta é ótima para passar na batata quente porque derrete e compensa os muitos líquidos contidos no café-da-manhã e o almoço, exceto o pãozinho quente e a barra de chocolate: pequena insubordinação).

Jantar: 4 taças de vinho, peixe e batatas fritas (dieta Scarsdale combinada à dieta Hay – aquisição de proteínas); uma porção de tiramisu; chocolate com sabor de menta.

Vejo que ficou muito fácil achar uma dieta que se adapte a tudo o que você tem vontade de comer. Concluo também que não se deve escolher uma dieta e misturar com outra, mas seguir uma só, à risca – exatamente o que vou começar a fazer logo depois de comer este croissant de chocolate.

Terça-feira, 14 de março

Desastre. Desastre completo. Entusiasmada com o sucesso da tese de total indiferença defendida por Tom, comecei a descuidar, segui os conselhos de Jude e voltei a trocar mensagens com Daniel para mostrar que confio nele e não vou ficar carente, nem sumir de vista sem uma boa razão.

Lá pelo meio da manhã, quando eu estava na máquina de café, minha técnica de rainha da frieza misturada com *Homens são de Marte, mulheres são de Vênus* ía tão bem, que Daniel se aproximou e disse:

– Você pode ir a Praga no próximo fim de semana?

– Como? Ahn, você quer dizer no fim de semana que vem?

– *Isssso*, no próximo fim de semana – disse ele de um jeito animado e meio paciente, como se estivesse me ensinando a falar inglês.

– Aaah, vou sim, *ótimo* – respondi, esquecendo o mantra da rainha da frieza.

Depois ele veio à minha mesa e perguntou se eu gostaria de almoçar no restaurante da esquina. Combinamos de nos encontrar do lado de fora do prédio para ninguém desconfiar de nada e foi tudo bem emocionante e clandestino até ele dizer, quando estávamos perto do restaurante:

– Escute, Bridget, me desculpe, fiz um rolo na minha cabeça.

– Por quê? O quê? – perguntei, ao mesmo tempo em que me lembrava da minha mãe e me perguntava se o educado seria dizer: "Perdão, como disse?"

– Não posso ir a Praga no próximo fim de semana. Não sei onde estava com a cabeça quando disse isso. Mas a gente pode ir numa outra oportunidade.

Tocou uma sirene dentro da minha cabeça e um enorme sinal luminoso começou a piscar com a cabeça de Sharon no meio, dizendo: *babaquice, babaquice.*

Fiquei grudada no chão, olhando para ele.

– O que houve? – perguntou ele, parecendo se divertir.

– Não agüento mais você – respondi, furiosa. – Desde aquele dia que você tentou tirar minha saia eu deixei bem claro que não estou a fim de babaquices. Não foi nada legal você ficar me seduzindo, dormir comigo, depois nem sequer me telefonar e ainda fazer de conta que não houve nada. Você me convidou para ir a Praga só para ter certeza de que podia dormir comigo se quisesse, como se estivéssemos numa espécie de escada, não é?

– Escada, Bridget? – disse ele. – Que escada?

– Cala a boca – disse eu, áspera. – Agora é dá ou desce. Ou você fica comigo e me trata direito, ou me deixa em paz. Como já disse, não estou interessada em babaquices.

– E o que você fez esta semana? Primeiro, me ignorou completamente como se fosse uma donzela de gelo integrante da Juventude Hitlerista, depois passou a ser uma irresistível gatinha sensual, olhando para mim por cima do computador fazendo olhares de "vamos pra cama, anda" e agora, de repente, vira uma fera.

Ficamos nos olhando como dois animais da selva africana antes de se atacarem num documentário de tevê do naturalista David Attenborough. Aí, de repente, Daniel se virou e saiu do restaurante. Tive de voltar apatetada para o trabalho e ir ao toalete, onde tranquei a porta e sentei, vigiando enlouquecida a porta. Ai, Deus.

17 HORAS. Rá-rá. Estou ótima. Orgulhosa de mim mesma. Depois do trabalho, tive uma reunião de cúpula no Café Rouge para discutir a crise com Sharon, Jude e Tom, que ficaram encantados com a mudança de Daniel, cada um convicto de que tinha sido por causa do próprio conselho. Jude tinha ouvido uma pesquisa no rádio informando que, na virada do século, um terço dos lares será habitado por apenas uma pessoa, o que pelo menos prova que não somos pobres malucos. Sharon deu uma gargalhada e disse:

– Uma casa em cada três? É mais provável que sejam nove em cada dez.

Sharon acha que é tão difícil os homens – com a honrosa exceção, óbvio, dos presentes, ou seja Tom – se envolverem afetivamente que daqui a pouco as mulheres vão mantê-los como bichinhos só para fazer sexo. Assim, um lar como esse não poderá ser considerado um domicílio partilhado, já que os homens ficarão do lado de fora em canis. De todo jeito, estou me sentido muito fortalecida. O máximo. Acho que devo ler um trecho do livro de Susan Faludi, *Backlash*.

5 HORAS. Ai, meu Deus, Daniel me deixa tão triste. Eu o amo.

Quarta-feira, 15 de março

57 quilos, 5 unidades alcoólicas (desgraça: urina de satã), 14 cigarros (erva de Satã, vou parar no dia do meu aniversário), 1.795 calorias.

Humm. Acordei mal à beça. Para culminar, faltam apenas duas semanas para o meu aniversário, quando terei de admitir que mais um ano se passou, durante o qual todo mundo menos eu virou bem-casado, teve filho, plop, plop, plop, à direita, esquerda, centro, faturou centenas de milhares de libras, progrediu na vida, enquanto eu continuo sem rumo e sem namorado, mantendo relações desestruturadas e uma carreira empacada.

Constato que toda hora estou na frente do espelho à procura de rugas e quando pego a revista *Hello!* procuro imediatamente a idade das pessoas para me comparar (a atriz Jane Seymour está com 42 anos!), lutando contra o medo onipresente de um dia, aos trinta e poucos anos, de repente e sem perceber, estar num vestido largão, carregando uma sacola de compras, de permanente no cabelo, a cara derretendo como nos efeitos especiais dos filmes e aí, pronto. Tudo acabado. Tento me concentrar em Joanna Lumley e Susan Sarandon.

Também estou preocupada em como comemorar meu aniversário. O tamanho do apartamento e da conta bancária não permitem dar uma festa. Quem sabe faço um jantar? Mas aí eu teria de ficar o tempo todo servindo as pessoas e odiaria os convidados assim que chegassem. Podíamos sair para jantar, mas fico culpada porque as pessoas têm de pagar a conta pois, egoísta, obriguei-os a comemorar o meu aniversário gastando dinheiro numa noite chata – mas também não posso pagar para todo mundo. Ai, Deus. O que faço? Gostaria de não ter nascido, mas sim ser o resultado de uma imaculada conceição como Jesus, mas não exatamente da mesma forma que Ele, assim não precisava comemorar o aniversário. Sinto-me solidária com o constrangimento que Ele deve sentir porque há dois mil anos quase o mundo inteiro é obrigado a comemorar Seu aniversário.

MEIA-NOITE. Tive uma boa idéia para o aniversário: convidar todo mundo para um coquetel, talvez Manhattans. Assim, posso oferecer algo aos convidados, no melhor estilo de uma grande dama da sociedade. Se as pessoas mais tarde quiserem jantar, ora, podem ir. Não sei bem como se prepara um Manhattan, vou pesquisar. Posso comprar um livro que ensine a fazer coquetéis. Para ser sincera, acho que não vou comprar.

Quinta-feira, 16 de março

57,6 quilos, 2 unidades alcoólicas, 3 cigarros (mt. b.), 2.140 calorias (quase só comi frutas), 237 minutos gastos fazendo lista de convidados (ruim).

Eu	Sharon
Jude	Richard o Vil
Tom	Jerome (eca)
~~Michael~~	
Magda	Jeremy
Simon	
Rebecca	Martin Chato-de-Galocha
Woney	Cosmo
Joanna	
Daniel?	Perpétua? (argh) e Hugo?

Ai, não. Ai, não. O que eu faço?

Sexta-feira, 17 de março

Acabo de ligar para Tom, que disse, com muita sensatez:

– O aniversário é seu e você deve convidar única e exclusivamente quem quiser.

Então, só vou convidar as seguintes pessoas:

Sharon
Jude
Tom
Magda e Jeremy

E preparar um jantar para todos. Liguei de novo para comentar a lista com Tom e ele perguntou:

– E Jerome?

– O quê?

– E Jerome?

– Achei que como você disse que eu só devia convidar... – parei no meio da frase porque se dissesse "quem eu gosto" mostraria que não gostava do insuportável e pretensioso namorado dele. – Ah! – mostrando um susto exagerado. – O *seu* Jerome? *Claro* que ele está convidado, bobo. Mas você acha que fica ruim não chamar Richard o Vil, da Jude? E a Woney, apesar de ela ter me convidado para o aniversário dela na semana passada?

– Ela jamais vai ficar sabendo.

Quando eu relatei a lista de convidados para Jude, ela concluiu:

– Ah, então pode-se levar o namorado? – o que significa Richard o Vil. Bom, já que tem mais de seis pessoas, então vou ter de convidar o Michael. Bom. Acho que nove pessoas está perfeito. Dez, contando comigo. Ótimo.

Logo depois, Sharon ligou.

– Espero não ter dado um fora. Encontrei a Rebecca, perguntei se ela ia ao seu aniversário e ela fez uma cara bem ofendida.

Ah, não, vou ter de convidar Rebecca e Martin Chato-de-Galocha. Que chateação. Com isso, tenho de chamar a Joanna também. Merda. Merda. Como eu já disse que vou fazer um jantar não posso de repente avisar que vamos a um restaurante porque vai parecer que sou fresca e mesquinha.

Ai, Deus. Acabei de entrar em casa e ouvir na secretária eletrônica um recado gélido e ofendido de Woney.

– Cosmo e eu queríamos saber o que você gostaria de ganhar de aniversário este ano. Ligue para nós, por favor.

Já vi que vou passar o dia do meu aniversário cozinhando para 16 pessoas.

Sábado, 18 de março

56,7 quilos, 4 unidades alcoólicas (entediada), 23 cigarros (péssimo, já que fumados em duas horas), 3.827 calorias (odioso).

14 HORAS. Humm. Era só o que me faltava. Minha mãe entrou no apartamento como um furacão e, por milagre, a crise da cigarra que cantou o verão inteiro tinha passado.

– Oh, meu Santo Pai, querida! – disse, ofegante, indo direto para a cozinha. – Você teve uma semana ruim ou alguma coisa assim? Está com uma cara péssima. Parece que tem 90 anos. Mas sabe de uma coisa, querida? – perguntou, dando uma voltinha, segurando a chaleira e baixando os olhos modestamente, depois me olhando como se fosse uma grande dançarina pronta para iniciar um show de sapateado.

– O que houve? – respondi, de má vontade.

– Arrumei um trabalho como apresentadora de televisão. Vou fazer compras.

Domingo, 19 de março

56,2 quilos, 3 unidades alcoólicas, 10 cigarros, 2.465 calorias (quase só chocolate).

Puxa. Estou encarando meu aniversário de outra forma, totalmente positiva. Estive conversando com Jude sobre o livro que ela está lendo, que fala dos ritos de passagem dos povos primitivos, e isso me deixou feliz e serena.

Cheguei à conclusão de que é fútil e errado achar que o apartamento é pequeno demais para receber 19 pessoas, que não posso passar o dia do meu aniversário cozinhando e que seria melhor me arrumar e ir a um restaurante fino com um deus do sexo portador de um cartão de crédito *gold*. Em vez disso, vou considerar meus amigos uma enorme e calorosa família africana, ou talvez turca.

Nossa cultura é muito obcecada por aparência, idade e situação sócio-econômica. Mas o que vale mesmo é o amor. Essas 19 pessoas são amigas minhas; elas querem ser recebidas na minha casa para festejar com carinho meu aniversário e apreciar uma comidinha caseira – e não para avaliar nada. Vou fazer uma torta de carneiro para todos no melhor estilo caseiro. Vai ser uma festa simpática e alegre, como nas tribos étnicas do Terceiro Mundo.

Segunda-feira, 20 de março

57 quilos, 4 unidades alcoólicas (estou entrando no clima), 27 cigarros (último dia antes de parar), 2.455 calorias.

Resolvi fazer uma torta de carneiro e uma salada de endívias belgas ao forno com fatias de roquefort e *chorizos* grelhados para dar um toque diferente (não experimentei a receita, mas tenho certeza de que é fácil), seguidos por suflês ao Grand Marnier servidos em terrinas individuais. Estou ansiosa pelo meu aniversário. Espero ficar famosa como grande cozinheira e anfitriã.

Terça-feira, 21 de março: Aniversário

57 quilos, 9 unidades alcoólicas,* 42 cigarros,* 4.295 calorias.* (*Se não posso me esbaldar no meu aniversário, quando é que vou poder?)

18H30. Não dá mais. Acabo de pisar numa panela de purê de batata com os sapatos novos de camurça preta. Esqueci que o piso da cozinha e todas as superfícies da cozinha estão cobertas de panelas de picadinho de carne e purê de batata. Já são quase 18h30 e tenho de ir à Cullens comprar os ingredientes do suflê ao Grand Marnier e outras coisas que esqueci. Ai, meu Deus, de repente lembrei que o tubo de gel espermicida deve estar ao lado da pia. Preciso guardar também os potes decorados com uns esquilos cafonas e esconder o cartão de aniversário que Jamie mandou com a foto de uma ovelhinha e os dizeres: "Feliz Aniversário, sabe onde você está agora?" E dentro do cartão: "Cruzando o Cabo da Boa Esperança."

Agenda:

18h30 – Compras.
18h45 – Voltar para comprar os enlatados que esqueci.
18h45-47 – Preparar a torta de carneiro e colocar no forno (ai, Deus, espero que caiba tudo).
19-19h05 – Preparar os suflês ao Grand Marnier (acho que vou dar uma provadinha no licor agora. Afinal, é meu aniversário).

19h05-19h10. Hum. O Grand Marnier está uma delícia. Preciso arrumar os pratos e talheres para ninguém achar que está tudo uma bagunça e dar um jeito na cozinha. Ah, tenho de comprar guardanapos também (ou será que é *serviettes*? nunca lembro como se deve chamar).

19h10-19h20 – Limpar tudo e encostar os móveis na parede da sala.

19h20-19h30 – Fazer as tais fatias grelhadas de *chorizo*.

Com isso, sobra uma boa meia hora para me aprontar, então não há razão para ficar nervosa. Preciso de um cigarro. Argh. São 18h45. Como é que pode? Argh.

19H15. Voltei da loja e percebi que esqueci a manteiga.

19H35. Merda, merda, merda. A torta de carneiro ainda está em panelas espalhadas pelo chão da cozinha inteira e eu ainda não lavei o cabelo.

19H40. Ai, meu Deus. Fui pegar o leite e percebi que esqueci a sacola de compras nos fundos da loja. Os ovos estavam dentro. O que significa... Ai, Deus, o azeite também... então não dá para fazer a tal salada.

19H40. Hum. A melhor coisa a fazer, com certeza, é entrar na banheira com uma taça de champanhe e me aprontar. Se eu estiver linda, posso continuar cozinhando depois que todo mundo chegar e talvez consiga que Tom vá buscar os ingredientes que estão faltando.

19H55. Aargh. Tocou a campainha. Estou de calcinha, sutiã e cabelo molhado. O chão da cozinha está cheio de torta. De repente, odeio os convidados. Tive de ficar como uma escrava por dois dias, agora eles vão se acomodar e ficar pedindo coisas como cucos esfomeados. Dá vontade de abrir a porta e berrar: "Ah, *fodam-se!*"

2 HORAS. Estou muito emocionada. Quando abri a porta, vi Magda, Tom, Sharon e Jude com uma garrafa de champanhe. Eles disseram para eu me aprontar logo e, enquanto sequei o cabelo e me vesti, eles limparam toda a cozinha e jogaram fora a torta de carneiro. Magda tinha reservado uma grande mesa no restaurante 192 e dito a todo mundo para se encontrar lá, e não no meu apartamento; eles ficaram me esperando com presentes e ainda me pagaram o jantar. Magda disse que tiveram um sexto sentido estranho e quase paranormal de que o suflê ao Grand Marnier e aquela história de salada não iam dar certo. Adoro meus amigos, são melhores que uma enorme família turca com lenços esquisitos na cabeça.

Uma coisa é certa: no próximo ano-novo vou renovar minhas resoluções, com os seguintes acréscimos:

EU VOU
Parar de ser tão neurótica e ter medo das coisas.

NÃO VOU
Mais dormir com, nem tomar conhecimento de Daniel Cleaver.

Abril

Equilíbrio interior

Domingo, 2 de abril

57 quilos, 0 unidade alcoólica (maravilhoso), 0 cigarro, 2.250 calorias.

Li numa reportagem que a escritora Kathleen, finada esposa do finado teatrólogo Kenneth Tynan, tinha "equilíbrio interior" e só escrevia se estivesse perfeitamente arrumada, sentada numa mesinha no centro da sala e tomando um copo de vinho branco gelado. Se estivesse atrasada para entregar um texto para Perpétua, Kathleen Tynan jamais ficaria toda vestida e apavorada embaixo do cobertor, fumando sem parar, engolindo uma caneca de saquê frio e se maquiando para fugir da obrigação. Kathleen Tynan não permitiria que Daniel Cleaver dormisse com ela quando bem entendesse, sem ser seu namorado. Também não beberia demais, nem vomitaria. Eu gostaria de ser como Kathleen Tynan (mas, é claro, não gostaria de estar morta).

Por isso, sempre que as coisas ameaçam sair de controle, eu agora repito as palavras "equilíbrio interior" e fico me imaginando de vestido de linho branco, sentada numa mesa com um vasinho de flores. "Equilíbrio interior." Há seis dias não pego num cigarro. Há três semanas assumi em relação a Daniel um ar de digna superioridade, não mandei mais mensagens, não fiz olhares nem dormi com ele. Na última semana, contra a vontade, só consumi três unidades alcoólicas, fazendo uma concessão a Tom. Ele reclamou que sair à noite com uma pessoa que acaba de largar os vícios era a mesma coisa que sair com um molusco, uma ostra ou qualquer um desses flácidos seres marinhos.

Meu corpo é um templo. Será que já está na hora de dormir? Ah, não, são só 20h30. Equilíbrio interior. Aaah. Telefone tocando.

21 HORAS. Era meu pai, com uma voz estranha e enrolada, parecendo um robô.

– Bridget. Ligue a televisão na BBC1.

Mudei de canal e quase morri de susto. Vi na tela uma chamada para o programa de Anne e Nick, que, sentados num sofá, tinham entre os dois uma imagem em destaque de um rosto de mulher: minha mãe, toda emperiquitada e pintada, como se fosse a chata daquela entrevistadora Katie Boyle ou alguém do gênero.

– Nick... – chamou Anne, simpática. E ele:

– Agora vamos apresentar nossa nova atração da primavera. *Suddenly Single** problema enfrentado por um número cada vez maior de mulheres. Continue, Anne.

– Trazemos para vocês a incrível Pam Jones, nossa nova apresentadora – disse Anne. – Ela própria enfrenta a situação *Suddenly Single* e está fazendo sua estréia na tevê.

Enquanto Anne falava, a imagem de minha mãe descongelou e foi aumentando na tela até substituir a imagem de Anne e Nick e mostrar mamãe enfiando um microfone no nariz de uma mulher com cara de ratinho.

– Você chegou a pensar em suicídio? – rugiu minha mãe.

– Cheguei – confessou a mulher-ratinho, começando a chorar. Nesse ponto, a imagem congelou, diminuiu e ficou num canto da tela para mostrar Anne e Nick no sofá de novo, com cara de velório.

---

 *Em português, *De repente, solteira*. (*N. do E.*)

Papai estava arrasado. Mamãe não tinha sequer contado para ele do emprego como apresentadora de tevê. Ele parece não estar acreditando, acha que mamãe está apenas passando por uma crise de fim-de-vida e já percebeu que fez uma bobagem, mas está com vergonha de pedir para voltar.

Quanto a mim, acho que negar a realidade é uma saída. Basta que você se convença de uma coisa e fique feliz da vida – desde que sua ex-cônjuge não apareça na tela da tevê iniciando uma nova carreira pelo fato de não estar mais casada com você. Tentei fazer de conta que isso não era o fim do mundo e que minha mãe podia estar pensando em voltar para ele, dando assim um final inesperado para a série televisiva, mas não funcionou. Coitadinho do papai. Acho que ele não sabe de nada sobre Julio e o fiscal da Receita Federal. Perguntei se gostaria que eu o visitasse amanhã, podíamos sair para jantar num lugar simpático no sábado à noite e talvez dar um passeio no domingo, mas ele disse que não precisava, estava se sentindo bem. Os Alconbury vão oferecer uma ceia à moda inglesa antiga, no sábado à noite, em benefício da Associação Salva-Vidas.

Terça-feira, 4 de abril

Resolvi me esforçar para não chegar sempre atrasada no trabalho e não deixar que o escaninho de coisas a fazer fique transbordando na minha mesa etc. Vou iniciar um programa de auto-aperfeiçoamento, anotando minuciosamente o tempo gasto para fazer cada coisa.

7 horas. Me pesei.

7h03. Voltei para a cama deprimida por causa do excesso de peso. A cabeça ficou no pé. Não havia diferença entre dormir ou levantar da cama. Pensei em Daniel.

7h30. Uma fome insuportável me obrigou a sair da cama. Fiz café, pensei em comer uma toranja. Descongelei o croissant de chocolate.

7h35-7h50. Olhei pela janela.

7h55. Abri o armário. Olhei para as roupas.

8 horas. Escolhi uma blusa. Tentei achar a minissaia preta de lycra. Tirei tudo do guarda-roupa procurando a saia. Mexi nas gavetas e olhei atrás da cadeira do quarto. Procurei no cesto de roupas para passar. Olhei no cesto de roupas para lavar. A saia sumiu. Fumei um cigarro para me consolar.

8h20. Passei uma escova dura e seca (anticelulite) no corpo, tomei banho e lavei o cabelo.

8h35. Comecei a escolher a roupa de baixo. Como não tenho lavado nada, as únicas calcinhas existentes na gaveta eram calções de algodão branco. Horríveis de olhar, mesmo que só para usar no trabalho (causam efeito psicológico negativo). Voltei ao cesto de roupas para passar. Achei uma calcinha de renda preta superapertada e desconfortável, mas melhor do que a imensa e horrenda calçona estilo vovó.

8h45. Experimentei uma meia-calça preta, opaca. A primeira que vesti parecia ter encolhido: o meio das pernas ficava 10 cm acima dos joelhos. Peguei outra e vi que estava com um furo atrás. Joguei fora. De repente, lembrei que estava com a minissaia de lycra na última vez que voltei para casa com Daniel. Fui até a sala. Vitória: achei a saia atrás das almofadas do sofá.

8h55. Voltei à meia. A terceira que experimentei estava com um buraco no dedão. Vesti. O buraco se transformou num desfiado que ia até o sapato. Fui até o cesto de roupas para passar. Encontrei a última meia preta opaca, enrolada com outras coisas. Desembaracei tudo e estiquei.

9h05. Calcei a meia. Vesti a saia. Comecei a passar a blusa.

9h10. De repente, percebi que meu cabelo estava secando num jeito esquisito. Procurei a escova. Achei na bolsa. Sequei o cabelo. Não ia ficar bom. Borrifei um pouco de spray e sequei mais um pouco.

9h40. Voltei a passar a blusa e descobri uma mancha enorme na frente. Todas as outras blusas estavam sujas. Entrei em pânico por causa da hora. Tentei limpar a mancha com um pano. Molhei a blusa inteira. Sequei com ferro.

9h55. Superatrasada. Desesperada, fumei um cigarro e li um folheto de agência de turismo para me acalmar por cinco minutos.

10 horas. Tentei achar a bolsa. A bolsa sumiu. Resolvi dar uma olhada na caixa de correspondência para ver se chegou alguma coisa legal.

10h07. Só chegou a conta do cartão de crédito, acusando o não-pagamento da taxa obrigatória de manutenção. Tentei lembrar o que estava tentando fazer antes. Voltei a procurar a bolsa.

10h15. Super-hiperatrasada. Subitamente, lembrei que estava com a bolsa no banheiro quando fui procurar a escova e não encontrei. Acabei achando a bolsa no meio das roupas do armário. Enfiei as roupas no armário outra vez. Vesti a jaqueta. Pronta para sair de casa. Não achei as chaves. Vasculhei a casa inteira, enlouquecida.

10h25. Encontrei a chave na bolsa. Percebi que esqueci a escova.

10h35. Saí de casa.

Três horas e 35 minutos entre acordar e sair de casa – é tempo demais. No futuro, tenho de levantar assim que acordar e fazer uma reestruturação completa no sistema de lavanderia. Abro o jornal e leio que o acusado de um assassinato nos Estados Unidos tem certeza de que as autoridades colocaram um microchip na bunda dele para monitorar seus movimentos, digamos assim. Fico apavorada só de pensar num microchip desses na minha bunda, principalmente de manhã.

Quarta-feira, 5 de abril

56,7 quilos, 5 unidades alcoólicas (culpa de Jude), 2 cigarros (tipo da coisa que pode acontecer a qualquer um, não significa que voltei a fumar), 1.765 calorias, 2 bilhetes de loteria instantânea.

Hoje, comentei com Jude aquela história de equilíbrio interior e, engraçado, ela disse que estava lendo um livro de auto-ajuda sobre zen. Segundo ela, o conceito zen podia ser aplicado a qualquer área da vida: zen e a arte de fazer compras, zen e a arte de comprar um apartamento etc. Ela disse que é tudo uma questão de fluir, não de lutar. Se, por exemplo, você está com um problema, ou as coisas não estão andando, em vez de batalhar ou se estressar, você deve relaxar, encontrar seu caminho no fluir e tudo vai funcionar. Ela disse que é como quando não se consegue abrir uma porta com a chave e a pessoa fica forçando: isso só faz piorar. Basta retirar a chave, passar manteiga de cacau, ir com jeito e heureca! Mas Jude recomendou que não comentasse isso com Sharon porque ela acharia pura besteira.

Quinta-feira, 6 de abril

Estava no bar tomando um drinque calmamente com Jude e conversando mais a respeito do Fluir quando percebi um vulto conhecido e bem-vestido sentado num canto tranqüilo jantando: era Jeremy, marido de Magda. Acenei para ele e, por um milésimo de segundo, percebi uma expressão de horror que me fez olhar imediatamente para sua acompanhante que a) não era Magda, b) tinha menos de 30 anos, c) usava um vestido que experimentei duas vezes na Whistles e não levei porque era caro demais. Bruxa maldita.

Tinha certeza de que Jeremy ia sair do restaurante dando um rápido adeusinho tipo "Depois a gente se fala", mostrando que somos dois velhos amigos e, ao mesmo tempo, que aquele não era o momento para demonstrar isso com beijos e altos papos. Eu ia deixar, mas depois pensei, espera aí! Magda e eu somos como duas irmãs! Calma lá! Se o marido dela não tem por que se envergonhar de estar jantando com essa vadia usando o *meu* vestido, então vai me apresentar a ela.

Mudei de trajeto para passar pela mesa dele, que, nessa altura, fingiu uma acalorada discussão com a fulana, me olhou quando passei e deu um sorriso firme e seguro, como quem diz "almoço de negócios". Devolvi um olhar que dizia "Não me venha com almoço de negócios" e saí, soberba.

Mas o que devo fazer agora? Ai, ai, ai. Devo contar para Magda? Não contar? Ligar para ela e perguntar se está tudo bem? Ligar para Jeremy e perguntar se está tudo bem? Ligar para Jeremy e ameaçar contar para Magda, a menos que ele termine com a bruxa do meu vestido? Não me meter no problema dos outros?

Pensei em zen, em Kathleen Tynan e no equilíbrio interior, fiz uma espécie de saudação ao sol, que lembrava de remotas aulas de ioga, e me concentrei na roda interior até atingir o Fluir. Então resolvi serenamente que não contaria para ninguém, já que a fofoca é um veneno perigoso e contagioso. Em vez disso ligaria sempre para Magda, perguntaria se está tudo bem (com sua intuição feminina, ela vai perceber), e então Magda me contará. E, através do Fluir, se eu achar que devo, contarei o que vi. Não. As coisas que realmente têm valor não são adquiridas por meio da luta, tudo vem pelo Fluir. Zen e a arte de viver. Zen. Fluir. Hum, mas então por que eu fui encontrar com Jeremy e aquela fulaninha, senão por causa do Fluir? Ué, que diabo significa tudo isso?

Terça-feira, 11 de abril

55,8 quilos, 0 unidade alcoólica, 0 cigarro, 9 bilhetes de loteria instantânea (tenho que parar com isso).

Parece que está tudo normal com Magda e Jeremy; vai ver que era mesmo só um almoço de negócios. Talvez a noção do zen e do Fluir seja correta, pois não há dúvida de que, fazendo relaxamento e sentindo as vibrações, fiz a coisa certa. Na próxima semana, estou convidada para o badalado lançamento de *A motocicleta de Kafka*, no bar Ivy. Decidi que em vez de ficar apavorada porque tenho de ir a uma festa, ficar insegura até chegar lá e voltar para casa chateada e deprimida, vou desenvolver minha performance social e minha autoconfiança e fazer as festas renderem frutos – como ensina o artigo que acabo de ler na revista.

Pelo jeito, a editora Tina Browm da *The New Yorker* é um gênio em matéria de festas: passa de um grupo a outro com desenvoltura, cumprimentando “Martin Amis! Nelson

Mandela! Richard Gere!" com uma voz que dá a firme impressão de que ela está pensando "Meu Deus, nunca tive o prazer de encontrar alguém assim na vida! Você já viu a pessoa mais interessante da festa além de você? Converse! Converse! Faça contatos! E Tchauzinho!" Gostaria de ser como Tina Brown, só não gostaria, óbvio, de trabalhar loucamente como ela.

O artigo é cheio de dicas práticas. Pelo jeito, nunca se deve falar com ninguém numa festa por mais de dois minutos. Findo esse prazo, basta dizer: "Acho que é para a gente circular. Bom te ver" e ir saindo. Se você não souber o que falar depois de perguntar a uma pessoa o que ela faz na vida e tiver como resposta "Sou agente funerário" ou "Trabalho para a Agência de Apoio à Criança", basta perguntar: "E gosta do seu trabalho?" Ao apresentar duas pessoas, acrescente um detalhe simpático sobre cada uma, assim elas terão como iniciar uma conversa. Por exemplo: "Este é John, ele é neozelandês e adora surfar." Ou então: "Gina é uma ótima pára-quedista e mora num saveiro."

E o detalhe mais importante: nunca se deve ir a uma festa sem ter um objetivo definido – seja de "fazer contatos" e portanto aumentar sua rede de conhecidos que possam ajudá-la a melhorar na profissão; fazer amizade com uma determinada pessoa ou só "agarrar" um bom partido. Agora vejo como eu estava errada em ir a festas com o único objetivo de não ficar bêbada.

Segunda-feira, 17 de abril

56,2 quilos, 0 unidade alcoólica (mt. b.), 0 cigarro (mt. b.), 5 bilhetes de loteria instantânea (ganhei 2 libras, portanto gastei apenas 3).

Certo. Amanhã é o dia do lançamento de *A motocicleta de Kafka*. Vou me concentrar nos objetivos. Basta um minuto. Dar só uma olhada nas recomendações e depois ligar para Jude.

Certo.

1) Não beber demais.
2) Ter como meta encontrar pessoas para ampliar minha rede de contatos.

Hum. Bom, depois eu penso em mais metas.

23h. Certo

3) Colocar em prática as estratégias sociais do artigo.
~~4) Fazer com que Daniel ache que eu tenho equilíbrio interior e queira sair comigo de novo. Não. Não.~~
~~4) Encontrar um Deus do Sexo e dormir com ele.~~
4) Fazer contatos interessantes no mundo editorial, ou mesmo com profissionais de outras áreas para encontrar uma nova profissão.

Ai, Deus. Não quero ir a essa festa, fico apavorada. Quero ficar em casa tomando vinho e assistindo a *Eastenders*.

Terça-feira, 18 de abril

57 quilos, 7 unidades alcoólicas (ai, Jesus), 30 cigarros, não posso nem pensar nas calorias, 1 bilhete de loteria (excelente).

O lançamento do livro começou mal, não vi ninguém conhecido para apresentar a outra pessoa. Peguei um drinque e vislumbrei Perpétua conversando com James, do *Telegraph*. Aproximei-me, segura, pronta para entrar em ação mas, em vez de Perpétua dizer: "James, esta é Bridget, que nasceu em Northamptonshire e é ótima ginasta" (vou voltar a fazer ginástica logo), continuou conversando bem mais que os dois minutos recomendados e me ignorou.

Fiquei do lado, me sentindo uma completa idiota, quando vi Simon do marketing. Esperta, fingi que não queria participar da conversa de Perpétua e fui na direção dele, pronta para dizer "Simon Barnett!" no melhor estilo Tina Brown. Quando estava bem perto, percebi que, infelizmente, Simon do marketing estava conversando com Julian Barnes. Desconfiei que não seria capaz de exclamar animada "Simon Barnett! Julian Barnes!" com o *tom* e o entusiasmo necessários, mudei de caminho e fui me afastando. Aí, Simon disse numa voz arrogante e irritada (engraçado, ele nunca usa essa voz quando está querendo te paquerar perto da máquina de xerox):

– Quer alguma coisa, Bridget?

– Ah, sim! – respondi, sem saber o que eu poderia estar querendo. – Ahn.

– Como? – Simon e Julian ficaram me olhando, à espera de uma resposta.

– Sabem onde fica o toalete? – a pergunta escapou. Droga. Droga. Por quê? Por que perguntei isso? Vi um sorriso passar pelos lábios finos-porém-atraentes de Julian Barnes. – Acho que é por ali, que bom – completei, e fui saindo. Quando passei pelas portas de vaivém do banheiro, encostei na parede, tentando tomar fôlego e pensando: "Equilíbrio interior, equilíbrio interior, equilíbrio interior." O problema é que aquilo não estava funcionando.

Olhei para a escada, desanimada. A idéia de ir para casa, vestir meu pijaminha e ligar a tevê começou a parecer muito interessante. Mas lembrando as Metas para Festas, respirei fundo, murmurei "equilíbrio interior", empurrei a porta do banheiro e voltei para a festa. Perpétua ainda estava ali por perto, se divertindo com suas horrendas amigas Piggy e Arabella.

– Ah, Bridget, você ia pegar uma bebida, não? – perguntou ela, mostrando seu copo. Quanto voltei com três copos de vinho e um de água Perrier, elas estavam discutindo grandes temas.

– Para mim, isso é um horror. Significa que, hoje, as pessoas dessa geração só tomam conhecimento dos grandes autores da literatura – Austen, Eliot, Dickens, Shakespeare e outros – pela televisão.

– Concordo, é um absurdo. Um crime.

– Com certeza. Eles acham que, quando estão zapeando do *Noel's House Party* para o *Blind Date*, aquilo é Austen ou Eliot.

– *Blind Date* é aos sábados – informei.

– Como? – Perpétua não tinha entendido o que eu disse.

– Aos sábados. *Blind Date* é as 19h15 de sábado, depois de *Gladiators*.

– E daí? – disse Perpétua com um ar superior, olhando de soslaio para Arabella e Piggy.

– Essas grandes adaptações de obras literárias não costumam ser apresentadas nas noites de sábado.

– Ah, olha ali o Mark – interrompeu Piggy.

– É mesmo – disse Arabella, agitada. – Ele se separou da mulher, não?

– O que eu quis dizer é que não tem nada tão bom quanto *Blind Date* em outro canal na mesma hora das obras-primas da literatura, portanto não acredito que ninguém fique zapeando canais nesse horário.

– Ah, quer dizer que *Blind Date* é "bom"? – perguntou Perpétua, com um sorriso irônico.

– É, muito bom.

– Você sabe que, antes de virar novela de tevê, *Middlemarch* foi um livro, não?

Detesto Perpétua quando fica desse jeito. Velha, gorda, idiota e ensebada.

– Ah, eu achava que era uma novela patrocinada por um xampu – respondi, de mau humor, pegando vários canapés e enfiando tudo na boca. Quando olhei para cima, vi um homem moreno, de terno, bem na minha frente.

– Olá, Bridget – disse ele. Por pouco não deixei todos os canapés caírem da minha boca. Era Mark Darcy. Mas sem aquele suéter de losangos estilo comentarista esportivo de tevê.

– Olá – respondi de boca cheia, tentando não entrar em pânico. Depois me lembrei do artigo na revista e virei para Perpétua.

– Mark, esta é Perpétua – comecei e parei, gelada. O que dizer? Perpétua, que é muito gorda e passa o tempo inteiro me enchendo? Mark, que é muito rico e teve uma ex-mulher muito cruel?

– Sim? – disse Mark.

– ... ela é minha chefe e está comprando um apartamento em Fulhan. Mark é – continuei, virando para Perpétua – um grande advogado de direitos humanos.

– Olá, Mark. Conheço você de nome, é claro – anunciou Perpétua como se fosse uma heroína de novela e ele, o duque de Edinburgo.

– Mark, olá! – cumprimentou Arabella, arregalando os olhos e piscando de um jeito que devia achar muito sedutor. – Não vejo você há séculos. Como vai Nova York?

– Nós estávamos comentando sobre hierarquias culturais – informou Perpétua. – Bridget é dessas pessoas que acha que, quando a tevê mostra *Blind Date*, é o mesmo que ver Otelo de Shakespeare dizendo o monólogo "Será por causa deste teu semblante que minha alma ruirá, precipitada dos céus para os braços das fúrias infernais!" – Perpétua cacarejava de rir.

– Ah, então Bridget é uma autêntica pós-modernista – concluiu Mark Darcy. – Esta é Natasha – apresentou, apontando para uma moça alta, magra e bonita ao lado dele. – Ela é uma grande advogada de família.

Parecia que ele estava me esnobando. Que ousadia. Natasha disse então, com um sorriso de quem sabe das coisas:

– Acho que as pessoas deveriam primeiro provar que leram os clássicos para depois terem permissão de assisti-los na versão televisiva.

– Ah, concordo plenamente – disse Perpétua, continuando seu acesso de riso. – Que idéia ótima!

Com certeza, ela estava visualizando Mark Darcy e Natasha em casa, com um monte de criancinhas em volta da mesa de jantar.

– Deviam proibir o público de ouvir a música da Copa do Mundo – piou Arabella – a menos que provassem que ouviram a ópera *Turandot* inteira!

– Mas, sob vários aspectos, a democratização da nossa cultura é uma *grande meta*... – disse a Natasha de Mark, subitamente séria, como se a conversa estivesse indo pelo caminho errado.

– Exceto no caso de programas de auditório, que deviam ser cancelados antes da estréia – chiou Perpétua. Sem querer, olhei para o traseiro dela e pensei "Opinião muito sofisticada, vindo de quem vem", e vi Mark Darcy olhando para o mesmo lugar.

– O que me *incomoda* – Natasha falava como se estivesse participando de uma mesa-redonda nas universidades de Oxford ou Cambridge – é isso, essa espécie de individualismo arrogante que acha que cada geração vai criar um novo mundo.

– Mas é exatamente o que os jovens *fazem* – disse Mark Darcy, calmamente.

– Bem, se você vê por esse prisma... – respondeu Natasha, na defensiva.

– Que prisma? – perguntou Mark Darcy. – Não se trata de encarar por um determinado prisma, é um fato.

– Não, desculpe, você está entendendo errado *de propósito* – disse ela, mais irritada. – Não estou falando de uma nova visão desconstrutivista. Estou falando da total *vandalização* da estrutura cultural.

Mark Darcy fez uma cara de quem ia cair na gargalhada.

– Se você está se referindo ao tipo de bobagem moralmente relativista, que considera *Blind Date* ótimo... – disse ela, olhando para mim.

– Mas eu estava falando sério quando disse que gosto de *Blind Date* – argumentei. – Embora ache que os participantes deviam responder as perguntas, em vez de lerem respostas decoradas e idiotas, cheias de trocadilhos e implicações sexuais.

– Concordo – interrompeu Mark.

– Detesto *Gladiators*. Faz com que eu me sinta gorda – disse eu. – Mas foi ótimo encontrar vocês. Tchau!

Eu estava esperando a moça da chapelaria devolver meu sobretudo, pensando em como o fato de não usar um suéter de losangos pode alterar o charme de um homem, quando senti uma mão segurando de leve minha cintura. Virei-me.

– Daniel!

– Jones! Por que você está fugindo tão cedo? – inclinou-se e me deu um beijo. – Hum, você está com um perfume delicioso – constatou, oferecendo um cigarro.

– Não, obrigada. Encontrei o equilíbrio interior e parei de fumar – disse eu, de um jeito ensaiado, tipo Mulher Modelo, desejando que Daniel não fosse tão atraente num encontro assim, individual.

– Sei. Equilíbrio interior, não é? – disse com um sorriso afetado.

– Isso mesmo – respondi, de um jeito também afetado. – Você estava no lançamento? Não vi.

– Eu sei. Mas eu vi você. Conversando com Mark Darcy.

– Onde conheceu Mark Darcy? – perguntei, surpresa.

– Em Cambridge. Não agüento aquele chato. Parece uma velha. Onde você o conheceu?

– É filho de Malcolm e Elaine Darcy – comecei, quase acrescentando "Você conhece Malcolm e *Elaine*, querido. Eles nos visitaram quando morávamos em Buckingham..."

– Quem são...

– São amigos dos meus pais. Quando éramos crianças, eu brincava com ele na piscininha de plástico.

– Claro, só podia ser, sua sacaninha – grunhiu ele. – Você quer jantar?

Equilíbrio interior, repeti para mim mesma, equilíbrio interior.

– Vamos, Bridget – disse ele, fazendo olhares sedutores. – Preciso conversar seriamente sobre a sua blusa. É fina demais. Quando se olha com atenção, é tão fina que fica transparente. Nunca te ocorreu que sua blusa pode estar sofrendo de... *bulimia*?

– Tenho um encontro – disse, assustada.

– Vamos, Bridget.

– Não – respondi, com uma firmeza que me surpreendeu.

– Que pena – disse ele, suavemente. – Vejo você na segunda-feira – e me lançou um olhar tão ofendido que quase fui atrás dele gritando: "Transa comigo! Transa comigo!"

23 HORAS. Acabo de ligar para Jude e contar do encontro com Daniel e também do filho de Malcolm e Elaine Darcy, com quem mamãe e Una tentaram me obrigar a ficar na ceia de peru ao curry e que no lançamento me pareceu bem mais atraente.

– Espera aí – disse Jude. – Você está falando de *Mark* Darcy? O advogado?

– Esse mesmo. Mas... você o conhece?

– Bom, conheço. Quer dizer, tratamos uns processos com ele. É muito simpático e atraente. Entendi você dizer que o cara da ceia de peru ao curry era um chato de galocha.

Hum. Essa Jude.

Sábado, 22 de abril

54 quilos, 0 cigarro, 0 unidade alcoólica, 1.800 calorias.

Hoje é um dia histórico e muito feliz. Depois de 18 anos tentando pesar 54 quilos, consegui. Os ponteiros da balança não estão enganados, meu jeans confirmou. Eu estou magra.

Não existe uma explicação plausível. Fiz duas aulas de ginástica na semana passada, mas isso, embora seja raro, não é suficiente. Comi como sempre, normal. É um milagre. Liguei para Tom: ele achou que posso estar com uma lombriga. Disse que para me livrar dela devo segurar uma xícara de leite quente e um lápis na frente da boca. (Consta que lombrigas adoram leite quente.) Abrir a boca e, quando a cabeça da solitária aparecer, deixar que ela se enrosque no lápis.

– Escuta – disse eu –, essa solitária vai continuar onde está. Gosto muito dela. Fez com que eu emagrecesse, perdesse a vontade de fumar e de tomar vinho.

– Você está apaixonada? – perguntou Tom de um jeito desconfiado e ciumento. É sempre assim. Não é que queira ficar comigo, claro, ele é gay. Mas, se você é solteiro, a última coisa que deseja é que sua melhor amiga tenha uma relação estável com um homem. Pensei bem, depois parei, surpresa com uma súbita e estranha conclusão. Não estou mais apaixonada pelo Daniel. Estou livre.

Terça-feira, 25 de abril

54 quilos, 0 unidade alcoólica (excelente), 0 cigarro (mt. mt. b.), 995 calorias (continuo indo bem).

Argh. Esta noite fui a uma festa na casa de Judy usando um vestido preto justo para, orgulhosa, exibir minha silhueta.

– Puxa, você está se sentindo bem? – perguntou Jude quando cheguei. – Está com uma aparência cansada.

– Estou ótima, perdi três quilos. Por quê? – respondi, desconcertada.

– Nada. eu pensei que...

– O quê? O quê?

– Que talvez você tenha emagrecido um pouco... no rosto – ela disfarçou, olhando para meu peito murcho.

Simon teve a mesma reação.

– Bridgeeeeet! Você tem um cigarro?

– Não, parei de fumar.
– Ah, puxa, é por isso que está parecendo tão...
– Tão o quê?
– Ah, nada, nada. Um pouquinho... abatida.
Foi assim a noite inteira. Nada é pior do que ouvir que você está com uma cara cansada. Era a mesma coisa que dizer que pareço um cocô. Fiquei muito satisfeita comigo mesma por não beber, mas, lá pelo meio da festa, quando todo mundo estava bêbado, comecei a me sentir tão calma e sem sal que aquilo estava quase me irritando. Continuei participando das conversas, mas não conseguia dizer uma palavra, só ficava olhando e concordando de um jeito sério e desligado.

A certa altura, perguntei para Jude:
– Você tem chá de camomila? – quando ela passou por mim, tropeçando e dando uns soluços. Começou a rir sem parar, me abraçou e caiu. Achei que era hora de ir.

Quando cheguei em casa, fui para a cama e coloquei a cabeça no travesseiro, mas nada aconteceu. Fiquei virando de um lado para outro, sem conseguir dormir. Em geral, a essa altura eu já estaria roncando e tendo algum sonho paranóico. Acendi o abajur. Eram apenas 23h30. Talvez fosse bom eu fazer alguma coisa como, ahn... costurar? Equilíbrio interior. O telefone tocou. Era Tom.
– Você está bem?
– Estou ótima. Por quê?
– Você parecia tão, digamos, desanimada. Todo mundo comentou que nem parecia você.
– Não, eu estava ótima. Você reparou como estou magra? – Silêncio. – Tom?
– Acho que você estava melhor antes, meu bem.
Agora me senti oca e confusa, como se tivessem puxado o tapete sob meus pés. Dezoito anos – em vão. Dezoito anos

de calorias e somas de unidades calóricas. Dezoito anos comprando saias compridas e blusas largas e saindo dos lugares de costas para esconder o traseiro. Milhões de tortas de queijo e tiramisus, dezenas de milhares de fatias de queijo emmenthal que deixei de comer. Dezoito anos de luta, sacrifício, inanição – para quê? Dezoito anos e o resultado é "cansada e desanimada". Estou me sentindo como um cientista que descobre que o trabalho ao qual dedicou uma vida inteira foi um engano total.

Quinta-feira, 27 de abril

0 unidade alcoólica, 0 cigarro, 12 bilhetes de loteria instantânea (mt. mt. ruim, mas não me pesei, nem pensei em dieta o dia inteiro, mt. b.).

Tenho de parar de comprar os bilhetes de loteria instantânea, mas o problema é que quase sempre sou premiada. Os bilhetes instantâneos são muito melhores do que a loto, porque os números sorteados não aparecem mais durante o programa *Blind Date* (temporariamente fora do ar) e em geral você não acerta só um número e fica com uma sensação de impotência e palermice, tendo uma única coisa a fazer: rasgar o bilhete com ódio e jogá-lo no chão para todo mundo ver.

Os bilhetes instantâneos são diferentes, é um jogo mais interativo, com seis números para serem raspados – o que é difícil e complicado de fazer –, e você nunca fica com a sensação de não ter participado. Ganha quem tira três somas iguais, e sempre consigo chegar perto, uma vez tirei duas – e os prêmios chegam a 50 mil libras.

Mas você não pode se privar de todos os prazeres da vida. Eu só compro uns cinco ou seis bilhetes por dia e, além do mais, vou parar logo.

Sexta-feira, 28 de abril

14 unidades alcoólicas, 64 cigarros, 8.400 calorias (mt. b., mas foi errado contá-las. Obsessão de emagrecer mt. ruim), 0 bilhete de loteria instantânea.

Às 20h30 da noite passada, eu estava tomando um banho relaxante de aromaterapia e bebendo chá de camomila quando soou o alarme contra roubo de um carro. Esses alarmes são insuportáveis e inúteis; liderei uma campanha na nossa rua contra eles, já que é mais provável você achar seu carro amassado por um vizinho mal-humorado que foi tentar desligar o alarme do que ter o carro roubado por um ladrão propriamente dito.

Dessa vez, em vez de me irritar e chamar a polícia, eu apenas respirei fundo com as narinas bem abertas e murmurei "equilíbrio interior". Tocaram o interfone. Atendi. Uma voz muito educada e suave disse: "Ele está tendo um caso." Depois ouvi um choro histérico. Desci as escadas do prédio correndo e encontrei Magda derramando cascatas de lágrimas sobre o volante do Saab conversível de Jeremy, que fazia pii-pii-pii altíssimo com todas as luzes piscando, enquanto o bebê berrava como se estivesse sendo estrangulado no assento traseiro.

– Desliga isso! – berrou alguém de uma janela.

– Não consigo, droga! – gritou Magda, tentando abrir o capô do carro.

– Jery! – gritou ela no celular. – Jery, seu maldito adúltero! Como é que se abre o capô do seu Saab?

Magda é uma pessoa muito educada, mas minha rua não é. É do tipo que ainda tem cartazes nas janelas pedindo "Liberdade para Nelson Mandela".

– Eu não vou voltar, seu idiota! – Magda gritava. – Só quero saber como abre a porra do capô!

Magda e eu entramos no carro e puxamos todas as alavancas que vimos; ela de vez em quando dava um gole numa garrafa de água Laurent-Perrier. Àquela altura, tinha uma multidão enfurecida olhando. Logo depois, Jeremy apareceu em sua moto Harley-Davidson. Mas em vez de desligar o alarme, tentou tirar o bebê do banco traseiro, enquanto Magda gritava. Depois o australiano Dan, que mora no apartamento embaixo do meu, abriu a janela.

– Olá, Bridget. Tem água caindo do meu teto. – gritou.

– Merda! A banheira!

Subi as escadas correndo mas, quando cheguei, percebi que tinha fechado a porta com a chave por dentro. Fiquei batendo a cabeça na porta e repetindo "merda, merda".

Dan apareceu no corredor.

– Nossa, é melhor você fumar um desses – disse, oferecendo um cigarro.

Agradeci e fumei com tanta vontade que parecia estar comendo o cigarro.

Após vários cigarros e várias enfiadas de cartão de crédito na fechadura, conseguimos entrar e ver que o apartamento estava completamente inundado. Não conseguimos fechar as torneiras. Dan desceu correndo e voltou com uma chave inglesa e uma garrafa de uísque. Fechou as torneiras e ficou me ajudando a secar tudo. O alarme contra roubo foi desligado e corremos para a janela no momento em que o Saab saía em disparada, perseguido pela Harley-Davidson.

Nós rimos – àquela altura, já tínhamos tomado um bocado de uísque. Aí, de repente – agora não lembro direito como foi –, Dan me beijou. Foi uma situação esquisita, em matéria de etiqueta, porque eu tinha acabado de inundar o apartamento dele e estragar tudo, então não queria parecer mal-educada. Claro que isso não lhe dava o direito de me assediar sexualmente, mas era uma situação muito agradável depois de todos aqueles problemas, equilíbrio interior e coisa e tal. De repente, apareceu na porta um motoqueiro de jaqueta de couro com uma caixa de pizza.

– Ah, merda! – disse Dan. – Esqueci que encomendei uma pizza!

Então, comemos a pizza, tomamos uma garrafa de vinho tinto, fumamos mais alguns cigarros e bebemos mais um pouco de uísque, depois ele quis me beijar de novo e eu disse:

– Não, melhor não – e ele achou muita graça e começou a repetir:

– Ai, meu Deus. Ai, meu Deus!

– O que foi? – perguntei.

– Bridget, eu sou casado, mas acho que amo você.

Quando ele finalmente foi embora, bati a porta e fiquei tremendo encostada nela, fumando sem parar guimbas de cigarro. "Equilíbrio interior" disse, querendo me animar. A campainha tocou. Não atendi. Tocou de novo. Depois tocou sem parar. Abri.

– Querida – disse uma outra voz bêbada que eu conhecia.

– Daniel, vá embora! – murmurei.

– Não, deixa eu explicar.

– Não.

– Bridget... quero entrar.

Silêncio. Ai, Deus. Por que eu ainda acho Daniel tão interessante?

– Eu te amo, Bridget.

– Vá embora. Você está bêbado – disse eu, com toda a segurança que consegui juntar.

– Jones?

– O que é?

– Posso ir ao banheiro?

Sábado, 29 de abril

12 unidades alcoólicas, 57 cigarros, 8.489 calorias (excelente).

Vinte e duas horas, quatro pizzas, um prato de comida indiana para viagem, três maços de cigarro e três garrafas de champanhe depois, Daniel ainda está aqui. Estou apaixonada. Estou também dividida entre:

a) Voltar a fumar 30 cigarros por dia.
b) Ficar noiva.
c) Achar que sou uma besta.
d) Achar que estou grávida.

23H45. Fiquei enjoada e fui vomitar, tentando ser rápida para Daniel não ouvir, mas ele gritou do quarto:

– Lá se vai seu equilíbrio interior, minha linda. Aliás, eu diria que este é o melhor lugar para ele ficar.

Maio

Futura mamãe

Segunda-feira, 1º de maio

0 unidade alcoólica, 0 cigarro, 4.200 calorias (estou comendo por dois).

Tenho certeza de que estou grávida. Como pudemos ser tão idiotas? Daniel e eu ficamos numa tal euforia por estarmos juntos outra vez que a realidade pareceu esvanecer-se e depois que você... bem, não quero falar nesse assunto. Hoje de manhã senti os primeiros sinais de enjôo, mas podia ser porque fiquei na maior ressaca depois que Daniel finalmente foi embora e comi o seguinte para ver se melhorava:

- 2 pacotes de queijo emmenthal fatiado;
- 1 litro de suco de laranja natural;
- 1 batata assada, fria;
- 2 fatias de bolo de limão (muito leve, mas isso também deve ser porque estou comendo por dois);
- 1 barra de chocolate (só 125 calorias. Meu corpo teve uma reação muito positiva ao bolo de limão, o que prova que o bebê estava precisando de açúcar);
- 1 sobremesa, tipo torta vienense, de chocolate com creme (o bebê esfomeado fica pedindo);
- brócolis cozido no vapor (tentativa de fazer com que o bebê não fique com maus hábitos alimentares);
- 4 salsichas frias (só tinha uma lata no armário e a gravidez me deixa cansada demais para sair e fazer compras outra vez).

Ai, Deus. Estou começando a me entusiasmar com a idéia de ser uma mãe como aquelas que saem nos anúncios de Calvin Klein, fico pensando em usar cabelo curto e levantar o bebê nos braços, rindo muito, como no anúncio do fogão de design especial ou um anúncio de cinema mostrando estilo de vida sadia ou coisa que o valha.

Hoje no trabalho, Perpétua estava mais chata do que nunca, passou 45 minutos ao telefone com Desdêmona discutindo se combinariam as paredes pintadas de amarelo com cortinas rosa-acinzentadas, ou se ela e Hugo deviam escolher vermelho e um friso floral. Ficou 15 minutos dizendo só "Certamente, não, certamente, certamente" e terminou a conversa com: "Mas claro, pode-se usar exatamente o mesmo argumento em defesa do vermelho."

Em vez de ter vontade de jogar coisas na cabeça dela, fiquei sorrindo de um jeito elevado pensando que, dentro de pouco tempo, todas essas coisas ficariam supérfluas para mim, comparadas a cuidar de um pequenino ser humano. Depois, fiquei criando uma série de fantasias em relação a Daniel: ele carregando o bebê nos ombros, chegando em casa do trabalho e nos encontrando – o bebê e eu – no banho e, mais tarde, tendo participação muito ativa na reunião de pais e mestres.

Mas aí Daniel apareceu. Jamais o vi com uma cara daquelas. A única explicação era que, ao sair da minha casa ontem, ele continuou bebendo. Deu uma olhada para mim com uma expressão de assassino sanguinário. De repente, as fantasias foram substituídas pelas imagens do filme *Barfly – Condenados pelo vício*, em que o casal fica o tempo todo completamente bêbado, gritando e jogando garrafas um no outro, ou do seriado *The Slobs*, de Harry Enfield, com Daniel gritando: "Bridget, o bebê. Está gritando. Arranca a cabeça dele!" E eu respondendo: "Daniel, estou fumando um cigarro."

Quarta-feira, 3 de maio

58 quilos* (Argh. O bebê está crescendo numa rapidez incrível), 0 unidade alcoólica, 0 cigarro, 3.100 calorias (principalmente de batatas, ai, meu Deus). *Tenho de ficar de olho na balança outra vez por causa do bebê.

Socorro. Passei a segunda-feira toda e a terça quase inteira achando que estava grávida, mas, na verdade, sabendo que não estava. Como se você estivesse voltando para casa à noite e achasse que estava sendo seguida, sabendo que não estava. Aí, de repente, alguém a agarra pelo pescoço – e eis que minha menstruação está atrasada dois dias. Daniel nem olhou para o meu lado na segunda-feira inteira, só apareceu às 18 horas e disse:

– Olha, vou ficar em Manchester até o fim da semana. Encontro você no sábado à noite, certo? – Ele não me telefonou. Sou uma mãe solteira.

Quinta-feira, 4 de maio

58,5 quilos, 0 unidade alcoólica, 0 cigarro, 12 batatas.

Fui à farmácia para, discretamente, comprar um teste de gravidez. De cabeça baixa, estava tentando dizer à balconista o que eu queria, achando que devia ter colocado meu anel no anelar esquerdo, quando o farmacêutico perguntou bem alto:

– Teste de gravidez?

– Psiu! – disse, olhando para trás.

– Há quantos dias sua menstruação está atrasada? – berrou ele. – É melhor levar o teste azul. Ele acusa gravidez a partir do *primeiro dia* de atraso.

Agarrei o tal teste azul, paguei as malditas 8,95 libras e saí rápido.

No escritório, passei duas horas olhando para minha bolsa como se ela fosse uma bomba prestes a explodir. Às 11h30 não agüentei mais, agarrei a bolsa, entrei no elevador, desci dois andares e fui ao banheiro para evitar o perigo de alguma conhecida minha ouvir um ruído suspeito. Não sei por quê, aquilo tudo me deixou com raiva de Daniel. Era responsabilidade dele também, mas não precisou gastar 8,95 libras e se esconder no banheiro tentando fazer xixi num bastão. Desembrulhei o pacote com raiva, joguei a caixa na cesta de lixo e consegui fazer o que devia, depois coloquei o bastão de cabeça para baixo e não olhei para ele. O resultado demorava três minutos. Não tinha jeito de eu ficar olhando meu destino ser selado por uma tênue risca azul que se formaria aos poucos. Não sei como consegui vencer aqueles 180 segundos, meus últimos 180 segundos de liberdade: peguei o bastão e quase dei um grito. Lá estava uma fina linha azul, brilhando como metal. Aargh! Aargh!

Depois de passar 45 minutos olhando distraída para o computador, fazendo de conta que Perpétua era um cacto mexicano toda vez que ela perguntava o que eu tinha, corri para uma cabine telefônica para falar com Sharon. Maldita Perpétua. Se ela tivesse uma surpresa dessas, é tão cheia de princípios morais britânicos que em dois minutos estaria entrando na igreja num vestido de noiva Amanda Wakeley. O trânsito estava tão barulhento que Sharon não conseguia entender o que eu estava dizendo.

– O quê? Bridget? Não estou ouvindo. Você está discutindo com um policial de uniforme azul?

– Não – expliquei. – Estou falando da linha azul do *teste de gravidez*.

– Meu Deus. Encontro você no Café Rouge daqui a 15 minutos.

Embora fossem apenas 12h45, achei que não tinha problema algum tomar uma vodca com suco de laranja, já que se tratava de uma emergência real, mas lembrei que o bebê não devia tomar vodca. Esperei, me sentindo uma espécie de hermafrodita fazendo um jogo contraditório em que tinha sentimentos simultâneos de pai e mãe em relação ao bebê. Por um lado, eu estava toda encantada e dengosa em relação a Daniel, contente de ser uma mulher de verdade – de uma fertilidade tão avassaladora! – e imaginando a pele rosada e macia do bebê, uma coisinha tão linda, usando elegantes roupinhas de bebê da Ralph Laurent. Por outro lado, eu pensava, ai, meu Deus, minha vida acabou, Daniel é um alcoólatra maluco e quando souber da gravidez vai me matar e me dar o fora. Acabaram-se as noites de papo com as garotas, as compras, a azaração, o sexo, as garrafas de vinho e os cigarros. Vou virar uma horrenda máquina de ordenha na qual ninguém vai achar graça e que não vai caber em nenhuma calça, principalmente no meu jeans verde-ácido novo da Agnés B. Acredito que esta confusão é o preço que tenho a pagar por ser uma mulher moderna, em vez de seguir o curso da natureza e ter me casado aos 18 anos com Abnor Rimmington, recém-chegada de Northampton.

Quando Sharon chegou, mostrei por baixo da mesa, fazendo uma cara feia, o bastão do teste com sua denunciadora linha azul.

– É isso? – perguntou ela.

– Claro – respondi. – O que você acha que é? Um telefone celular?

– Você é ridícula – disse ela. – Não leu as instruções de uso? Precisa ter duas linhas azuis. Essa linha é só para mostrar que o teste está funcionando. Uma linha quer dizer que você *não* está grávida, sua boba.

Quando cheguei em casa, a secretária eletrônica tinha um recado da minha mãe dizendo:

– Querida, ligue já. Meus nervos estão em *frangalhos.*

Os nervos *dela* estão em frangalhos!

Sexta-feira, 5 de maio

57 quilos (ah, maldição, não consigo vencer o hábito secular de me pesar, principalmente depois do trauma da gravidez – um dia faço algum tipo de terapia por causa disso), 6 unidades alcoólicas (viva!), 25 cigarros, 1.895 calorias, 3 bilhetes de loteria instantânea.

Passei a manhã toda devaneando, com pena de não estar grávida, e só me animei um pouco quando Tom ligou e sugeriu um *bloody mary* no almoço para começar um fim de semana saudável. Quando voltei para casa, encontrei um recado zangado de minha mãe dizendo que ia para um spa e na volta me ligava. Me pergunto qual é o problema. Ela deve estar soterrada por caixas e caixas de jóias da Tiffany's enviadas pelos admiradores e cheia de ofertas de emprego das emissoras rivais.

23H45. Daniel acaba de ligar de Manchester.

– Como foi a sua semana? Boa? – perguntou.

– Ótima, obrigada – garanti, alegre. Ótima, obrigada.

 Argh! hei em algum lugar que o melhor presente que uma

mulher pode dar para um homem é sossego. Então eu não podia admitir que, assim que ele saiu de perto de mim depois de começarmos a sair direito eu virei uma neurótica com mania de gravidez.

Bem, não importa. Vamos nos encontrar amanhã à noite. Oba!

Sábado, 6 de maio
Dia da Vitória da Europa (VE)

57,6 quilos, 6 unidades alcoólicas, 25 cigarros, 3.800 calorias (comemorando o aniversário do fim do racionamento de comida durante a guerra), 0 acerto na loteria instantânea (ruim).

Hoje, Dia da VE, acordei sentindo uma onda de calor fora de hora, tentando compartilhar a emoção do fim da guerra, a liberdade da Europa, que coisa maravilhosa, incrível etc. etc. Para ser sincera, não estou nada bem em relação a essa história toda. A palavra mais adequada deve ser "largada". Não tenho avós maternos nem paternos. Papai já combinou de ir a uma reunião no jardim dos Alconbury onde, por razões ignoradas, ele vai virar as panquecas. Mamãe vai voltar à rua onde morou quando criança, em Cheltenham, para uma festa de bolinho de carne de baleia, provavelmente acompanhada de Julio. (Graças a Deus, ela não fugiu com um alemão.)

Nenhum dos meus amigos está organizando nada. Mas participar das comemorações seria constrangedor e pouco adequado, um excesso de otimismo, parece que estamos querendo festejar uma coisa que não tem nada a ver conosco. Pois é claro que eu não era nem um ovo quando a guerra terminou, não era nada, enquanto todas as pessoas da época lutavam e faziam geléia de cenoura ou sei lá o quê.

Detesto pensar nisso e cogito ligar para mamãe perguntando se ela já ficava menstruada quando a guerra terminou. Será que os óvulos são produzidos um de cada vez, ou ficam armazenados em microformas uterinas até serem ativados? Será que, sendo eu um óvulo armazenado, pude perceber que a guerra tinha acabado? Se ao menos eu tivesse um avô, poderia participar dessa história, fazendo de conta que estava sendo gentil em acompanhá-lo nas comemorações. Ah, dane-se, melhor ir às compras.

19 HORAS. O calor fez meu corpo dobrar de tamanho, juro. Nunca mais vou experimentar roupa numa cabine coletiva. Quando tentei enfiar um vestido na loja Warehouse, ele ficou preso nos braços e virou do avesso, meus braços ficaram abanando, a barriga e as coxas à mostra para garotas de 15 anos, que disfarçaram para não rir de mim. Tentei tirar a droga do vestido pelas pernas, mas ficou preso no quadril.

Detesto cabines coletivas. Cada garota dá uma olhada discreta no corpo das outras e sempre tem umas que sabem que ficam ótimas com qualquer roupa e ficam dando voltas muito felizes, balançando o cabelo e fazendo pose de modelo no espelho, dizendo "Será que essa roupa me engorda?" para sua amiga gorda permanente que parece uma vaca com qualquer roupa.

As compras foram um desastre. Sensato, eu sei, seria apenas comprar algumas coisas essenciais na Nicole Farhi, Whistles e Joseph, mas os preços estavam tão assustadores que voltei rápido para a Warehouse e a Miss Selfridge, onde consegui achar uns vestidos por 34,99 libras, fiquei presa neles e acabei comprando na Marks & Spencer porque lá não preciso experimentar, e assim pelo menos não voltei para casa de mãos abanando.

Comprei quatro peças, todas feias e sem graça. Uma vai ficar atrás da cadeira do quarto num sacola da Marks & Spencer durante dois anos. As outras três serão trocadas por vales da Boules, Warehouse etc., que depois eu perco. Assim, acabo de gastar 119 libras, que davam muito bem para comprar alguma coisa ótima na Nicole Farhi, como uma camisetinha de algodão.

Sei que estou fazendo isso apenas para me punir, por ter mania de comprar de forma fútil e consumista, em vez de vestir o mesmo vestido sintético o verão todo e pintar uma linha atrás das pernas, como faziam as mulheres durante a guerra para fingir que estavam de meias. Compro também por não conseguir participar das comemorações do Dia da Vitória da Europa. Talvez fosse bom eu ligar para Tom e sugerir uma boa festa para o feriado de segunda-feira. Será que dá para fazer uma festa cafona no Dia da VE – como no Casamento Real? Não, não se pode brincar com mortos. E é preciso considerar também o problema da bandeira britânica. A metade dos amigos de Tom participou da liga antinazista e acharia que usar a bandeira britânica na festa ia parecer que esperávamos a presença de *skinheads*. Fico imaginando como seria se nossa geração tivesse passado por uma guerra. Bom, é hora de um drinquezinho. Daniel chega daqui a pouco. É melhor começar os preparativos.

23H59. Droga. Estou escondida na cozinha fumando um cigarro. Daniel dorme. Aliás, acho que está fingindo. Passamos uma noite *completamente* esquisita. Percebi que, até o momento, nossa relação baseou-se no fato de um de nós estar resistindo a fazer sexo. Ontem, ficamos juntos, com a *suposta* idéia de que obviamente faríamos sexo no fim da noite. Sentamos na frente da televisão e assistimos às comemorações do

Dia da VE. Daniel colocou o braço no meu ombro de um jeito incômodo, como se fôssemos dois adolescentes no cinema. O braço ficou enfiado na minha nuca, mas não tive coragem de pedir para tirar. Depois, quando foi impossível não falarmos em ir para a cama, ficamos muito formais, bem britânicos. Em vez de um tirar a roupa do outro de um jeito selvagem, entabulamos o seguinte diálogo:

– Pode usar o banheiro primeiro.

– Não! Por favor, vou depois de você!

– Não, eu insisto.

– De jeito nenhum. Vou pegar uma toalha de visita para você e um sabonetinho em forma de concha.

Acabamos dormindo na mesma cama sem nos tocarmos, como se fôssemos Joãozinho e Maria ou A Bela Adormecida e o Sapo. Se Deus existe, eu gostaria de, primeiro, deixar bem claro que estou muito grata por Ele fazer com que, de repente, a relação com Daniel se transformasse numa coisa normal, depois de tanta babaquice. A seguir, eu humildemente pediria para Ele não deixar Daniel ir para a cama de pijama e óculos, passar 25 minutos lendo um livro, desligar o abajur e virar de lado – mas que Deus faça com que Daniel volte a ser aquele animal desembestado, louco por sexo, que eu conhecia e de que gostava.

Senhor, agradeço antecipadamente Suas providências em relação ao tema.

Sábado, 13 de maio

57,8 quilos, 7 cigarros, 1.145 calorias; 5 bilhetes de loteria instantânea (ganhei 2 libras, portanto perdi apenas 3, mt. b.), 2 libras gastas na loto, números certos: 1 (melhor).

Como posso ter engordado só 200 gramas depois da orgia gastronômica da noite passada?

Pode ser que a comida e o peso tenham a mesma relação que alho e bafo insuportável: se você come vários dentes de alho, não fica com o hálito ruim, da mesma forma que se comer muito não engorda. É uma tese estranha e animadora, mas cria uma tremenda confusão na cabeça. Gostaria que me fizessem uma faxina completa. Mas a noitada valeu a pena, com uma maravilhosa discussão feminista e bêbada com Sharon e Jude.

Comemos à beça e tomamos muito vinho, já que cada uma das generosas garotas trouxe uma garrafa, além de umas comidinhas da Marks & Spencer. Assim, além de um jantar de três pratos, duas garrafas de vinho (um espumante e um branco) e mais o que eu já tinha comprado na M&S (quer dizer, preparado depois de um dia inteiro em volta do forno), comemos:

1 pacote de pasta de grão de bico e minipães árabes;
12 rolinhos de salmão defumado com queijo cremoso;
12 minipizzas;
1 torta de amora;
1 tiramisu (tamanho festa);
2 barras de chocolate suíço.

Sharon estava muito inspirada. Às 20h35 já estava xingando "Malditos!" e tomando num só gole mais de meia taça de kir royale.

– Burros, arrogantes, interesseiros, comodistas. Agem de acordo com uma cultura de Direitos Adquiridos. Passa uma minipizza, por favor?

Jude estava deprimida porque Richard o Vil, com quem está rompida, continua ligando para ela, lançando pequenas iscas verbais dando a entender que quer voltar e assim manter o interesse dela, mas se protegendo atrás da desculpa de querer ser apenas "amigo" (conceito enganoso e perigoso). Na noite passada, ligou de repente, perguntando se ela ia a uma festa de amigos em comum.

– "Ah, bom, então eu não vou", avaliou ele. "Não seria legal para você. Sabe, é que eu iria com uma moça que estou meio que namorando. Quer dizer, o caso não é nada. É só uma garota boba, que deixa eu ficar transando um pouco com ela."

– Como? – explodiu Sharon, vermelha de raiva. – Essa é a coisa mais odiosa que já ouvi alguém dizer de uma mulher. Que canalhazinha arrogante! Por que se dá ao direito de tratar você como quer, apenas amigos, depois se sente muito esperto irritando você com essa nova namorada idiota? Se ele se preocupasse em não ferir seus sentimentos, ficava quieto e ia à festa sozinho, em vez de esfregar essa droga de namorada na sua cara.

– Amigos? Essa não! Melhor dizer inimigos! – concluí animada, acendendo mais um Silk Cut e comendo um rolinho de salmão. – Maldito!

Lá pelas 23h30, Sharon estava completamente inflamada:

– Dez anos atrás, quem se preocupava com o meio ambiente era ridicularizado como esquisito, gente que usava sandália de couro e barbicha. Hoje, basta ver a força do consumidor ecológico! – gritava ela, pegando um pouco de tiramisu com a mão. – De agora em diante, vai ser a mesma coisa com o feminismo. Não vai mais ter homem deixando seus filhos e sua mulher na pós-menopausa em troca de uma amante jovem, nem tentando enganar as mulheres mostrando que todas as outras estão dando em cima dele, nem tentando fazer sexo sem ter qualquer consideração ou interesse pela mulher. Isso tudo porque as jovens amantes e as mulheres vão virar as costas e se lixar para eles. Os homens não terão mais sexo nem mulheres – a menos que aprendam a se comportar adequadamente, em vez de atravancar a vida das mulheres com seu comportamento NOJENTO, HORRÍVEL, EGOÍSTA!

– Malditos! – berrou Jude, dando um gole no seu Pinot Grigio.

– Malditos! – concordei, com a boca cheia de torta de amora com tiramisu.

– Malditos sacanas! – gritou Jude, acendendo um Silk Cut com a guimba do anterior.

Foi aí que a campainha tocou.

– Aposto que é o Daniel, aquele bobo! – disse eu. – Quem é? – gritei no interfone.

– Ah, olá, querida – respondeu Daniel com a voz mais simpática e suave possível. – Desculpe incomodar. Telefonei antes e deixei um recado na sua secretária. O problema é que fiquei preso numa reunião chatíssima a tarde inteira e queria muito ver você. Só para dar um beijinho e sair, se concordar. Posso subir?

– Arrgh. Pode subir, então – resmunguei de mau humor e voltei para a mesa. – Maldito sacana.

– A cultura dos Direitos Adquiridos – rosnou Sharon. – Querem comida, ajuda e lindos corpos jovens quando eles ficam velhos e gordos. Acham que as mulheres estão aí para dar a eles o que lhes é de direito. Escuta, o vinho acabou?

Daniel apareceu na escada, com um belo sorriso. Parecia cansado, mas simpático, de barba feita e num terno muito elegante. Trazia três caixas de chocolate Milk Tray.

– Comprei um de cada sabor – disse ele, levantando a sobrancelha de um jeito sensual – para você comer com café. Não quero atrapalhar. Fiz as compras para o fim de semana.

Levou oito sacolas da Cullens para a cozinha e começou a tirar as coisas de dentro.

Aí o telefone tocou. Era a empresa de táxi que as garotas tinham chamado meia hora antes, com a funcionária explicando que havia um enorme engarrafamento na Ladboke Grove, todos os carros da empresa estavam em serviço e só seria possível nos atender dentro de três horas.

– Vocês vão para onde? – perguntou Daniel. – Eu levo. Não podem ficar pela rua esperando um táxi a essa hora da noite.

Enquanto as garotas foram pegar suas bolsas e ficaram sorrindo sem graça para Daniel, comecei a comer todos os chocolates recheados com castanhas, amêndoas e caramelo das caixas de Milk Tray, sentindo uma mistura confusa de carinho e orgulho por meu maravilhoso namorado com quem as garotas bem que gostariam de dar um amasso, e furiosa por aquele normalmente desagradável sexista bêbado vir atrapalhar nosso discurso feminista apenas por tentar ser o homem perfeito. Argh! Vamos ver quanto tempo isso dura, certo?, pensei, enquanto esperava ele voltar.

Quanto voltou, subiu a escada correndo, me segurou nos braços e me carregou para o quarto.

– Vai ganhar um chocolate a mais por ser maravilhosa até quando está de porre – disse ele, tirando um coração de chocolate do bolso. E aí.... Mmmmmm.

Domingo, 14 de maio

19 HORAS. Detesto domingo à noite. Parece hora de fazer o dever de casa. Perpétua me mandou redigir um texto para o catálogo para amanhã. Acho que vou primeiro ligar para Jude.

19H05. Ninguém atende. Humm. Então, ao trabalho.

19H10. Acho que vou ligar para Sharon.

19H45. Sharon não gostou de eu ter ligado porque tinha acabado de chegar em casa e queria telefonar para o serviço de recados 1471 para saber se o cara com quem ela está saindo tinha ligado enquanto ela estava fora e agora meu número vai ficar gravado no lugar do dele.

Acho que o 1471 é uma grande invenção, dizendo na hora o número da última pessoa que ligou. Mas era uma situação irônica porque, quando nós três descobrimos esse serviço, Sharon foi a primeira a ser totalmente contra, considerando que a Companhia Telefônica Britânica estava explorando as pessoas, viciando-as em ligar depois de terem rompido com alguém, provocando uma doença na população inglesa. Tem gente que liga mais de vinte vezes por dia. Jude é a favor do 1471, mas concorda que, se você acaba de brigar com o namorado ou de dormir com alguém, o serviço dobra o desespero potencial de chegar em casa: é infernal ninguém-ter-ligado somar-se a nenhum-recado-na-secretária, mais o fato de o número arquivado ter sido o da sua mãe.

Consta que, nos Estados Unidos, o serviço similar ao 1471 lista *todos* os números que ligaram e *quantas vezes*, desde a última vez que você perguntou. Fico horrorizada só de pensar no início da minha relação com Daniel, se ele soubesse quantas milhares de vezes liguei. A única coisa boa aqui é que, se você acrescentar o número 141 antes de ligar para uma pessoa, seu número não fica arquivado na lista dela. Jude diz que é preciso cuidado porque, se você está obcecada por alguém e por acaso liga numa hora em que a pessoa está em casa, depois desliga e o número não é arquivado, essa pessoa pode adivinhar que foi você. Preciso garantir que Daniel não vai descobrir isso.

21H30. Resolvi ir até a esquina comprar cigarro. Quando estava subindo a escada do prédio, ouvi o telefone tocando. De repente, lembrei que tinha esquecido de ligar a secretária depois que falei com Tom, então subi correndo, esvaziei a bolsa no chão para achar a chave e me joguei para o telefone exatamente na hora em que ele parou de tocar. Acabava de entrar no banheiro quando tocou de novo. Parou quando tirei do gancho. Começou a tocar quando me afastei. Finalmente, consegui atender.

– Alô, querida, adivinha o que aconteceu? – minha mãe.

– O quê? – perguntei, desolada.

– Vou levar você para pintar o cabelo! E não venha me perguntar "o quê?", por favor, querida. Não agüento mais ver você usando esses tons sem graça, cor de burro quando foge. Parece que você segue o estilo do Camarada Mao.

– Mãe. Não posso falar agora, estou aguardando...

– Escuta, Bridget. Não quero ouvir nenhuma desculpa – disse ela, com sua voz de Gengis Khan. – Mavis Enderby vivia triste com suas cores amarelo-hepatite e ficou outra pessoa depois que pintou o cabelo e mudou para os rosa-choque e verdes-garrafa, parecendo vinte anos mais jovem.

– Mas eu não quero usar rosa-choque nem verdes-garrafa – disse eu, entredentes.

– Bom, querida, Mavis usa Inverno. Eu também, mas você poderia usar Verão como Una, e se vestir em tons pastel. Você não pode dizer nada antes de ver o resultado da tinta.

– Mãe, não vou pintar o cabelo – reagi, desesperada.

– Não quero ouvir mais nada. Tia Una outro dia disse que, se você tivesse um toque de brilho e cor no dia da ceia de peru ao curry, Mark Darcy teria ficado um pouco mais interessado. Ninguém quer uma namorada que parece ter saído do campo de concentração de Auschwitz, querida. – Pensei em contar vantagem e dizer que eu tinha um namorado, apesar de usar cor de tijolo dos pés à cabeça, mas desisti só de pensar em transformar Daniel num bom assunto de conversa, que poderia desencadear a enorme sabedoria de mamãe a respeito de homens. Consegui que ela parasse de falar na tinta dizendo que ia pensar no assunto.

Terça-feira, 17 de maio

58 quilos (viiva!), 7 cigarros (mt. b.), 6 unidades alcoólicas (bom demais, estou bastante sóbria).

Daniel continua maravilhoso. Como as pessoas podiam estar tão enganadas a respeito dele? Minha cabeça está cheia de fantasias românticas com ele: ficar passeando por praias desertas com os filhinhos, como nos anúncios de Calvin Klein; ser uma bem casada em vez de uma humilde solteira. Vou sair com Magda.

23 HORAS. Humm. Tive um jantar instigante com Magda, que está mt. deprimida por causa de Jeremy. Aquela noite do alarme contra roubo e da gritaria na minha rua foi porque Sloaney Woney disse que tinha visto Jeremy com uma garota no Harbour Club, bem parecida com aquela bruxa que vi com ele semanas atrás. Depois disso, Magda me perguntou à queima-roupa se eu sabia ou tinha visto alguma coisa, então contei da bruxa com o vestido da Whistles.

Jeremy acabou admitindo que ficou muito atraído pela garota. Mas não tinha dormido com ela, garantiu. Mesmo assim, Magda estava uma fera.

– Você deve aproveitar ao máximo a vida de solteira, Bridget – disse ela. – Depois de ter filhos e parar de trabalhar, a gente fica numa situação muito vulnerável. Tenho certeza de que Jeremy acha que minha vida é um mar de rosas, mas é duro cuidar de uma criança pequena e um bebê o dia inteiro. Quando ele chega em casa depois do trabalho, só quer colocar os pés para cima e comer – agora acho que quer também ficar pensando nas garotas de roupas justas que circulam no Harbour Club.

Eu tinha um emprego ótimo. Agora sei que é muito mais divertido sair para o trabalho, bem-arrumada, fazer um charme para os homens no escritório e ter almoços divertidos do que ir à droga do supermercado e pegar Harry na creche. Mas sempre fica a impressão de que não passo de uma horrorosa freqüentadora assídua da Harvey Nichols, que fico me divertindo em almoços enquanto ele trabalha para ganhar dinheiro."

Magda é tão bonita. Fiquei observando enquanto ela brincava com sua taça de champanhe e pensando qual a solução para nós, garotas. Não adianta dizer que a grama do vizinho é sempre mais verde do que a nossa. Quantas vezes fiquei deprimida, chateada, pensando na minha vida inútil, passando as noites de sábado bebendo e reclamando para Jude, Sharon e Tom por não ter namorado. Batalho para fechar o mês e riem de mim porque sou uma maluca solteira, enquanto Magda mora numa casa enorme, com potes contendo oito tipos diferentes de macarrão, e faz compras o dia inteiro. Mesmo assim, está superdeprimida e insegura, achando que eu sou uma sortuda...

– Ah, aliás, por falar na Harvey Nicks – disse ela, animando-se –, comprei um vestido lindo lá hoje, da Joseph, vermelho com dois botões laterais na gola, um caimento perfeito, 280 libras. Puxa, gostaria tanto de ser como você, Bridget, e poder ter um caso com algum homem. Passar duas horas tomando banho de espuma no domingo de manhã. Ficar a noite inteira na rua sem ter de explicar nada para ninguém. Você não gostaria de fazer compras amanhã de manhã?

– Bom, tenho de trabalhar – expliquei.

– Ah – fez ela, surpresa, enquanto brincava com a taça de champanhe. – Você sabe, quando a gente vê o marido preferindo outra mulher, é muito ruim ficar em casa, imaginando todos os tipos de mulheres de que ele deve estar correndo atrás. Você fica sem saber o que fazer.

Pensei na minha mãe.

– Tem um jeito de você melhorar rápido. Volte a trabalhar. Arrume um amante. Vire o jogo com Jeremy.

– É impossível fazer isso com dois filhos de menos de 3 anos – resignou-se ela. – Acho que cavei minha própria sepultura.

Ai, Deus. Como Tom sempre diz, numa voz sepulcral, colocando a mão no meu ombro e olhando nos meus olhos de um jeito apavorante: "Só as mulheres sangram."

Sexta-feira, 19 de maio

56,5 quilos (perdi 2,5 quilos da noite para o dia, literalmente: devo ter comido alguma coisa que contém mais calorias que queimam, como alface crespa, por exemplo), 4 unidades alcoólicas (modesto), 21 cigarros (ruim), 4 bilhetes de loteria instantânea (não mt. b.).

16H30. O telefone tocou exatamente quando Perpétua estava me apressando porque não queria se atrasar para o fim de semana no Trehearnes, em Gloucestershire.

– Alô, querida! – era minha mãe. – Imagina só: consegui uma oportunidade maravilhosa para você.

– O quê?

– Você vai aparecer na televisão – informou, animada, enquanto eu batia a cabeça na mesa.

– Vou chegar na sua casa com a equipe amanhã às 10 horas. Ah, querida, você não está achando o *máximo*?

– Mãe. Se você vier para o meu apartamento com uma equipe de tevê, eu não vou estar em casa.

– Ah, mas você tem de estar – disse ela, com uma voz gélida.

– Não. – Mas nessa altura senti uma ponta de vaidade. – Por que vou aparecer na tevê?

– Ah, querida – disse carinhosamente. – A produção do programa quer que eu entreviste uma pessoa *mais jovem* no *Suddenly Single*. Alguém pré-menopausa, que tenha se separado há pouco tempo e possa falar sobre, digamos, as pressões que sofre pelo fato de não ter filhos e tal.

– Mas eu não estou na pré-menopausa, mãe! – explodi. – E não sou *Suddenly Single*. De repente, tenho um namorado.

– Ah, não seja boba, querida – disse ela, baixinho. Dava para ouvir o barulho da redação atrás dela.

– Eu tenho um namorado.

– Quem é?

– Não interessa – respondi, olhando para trás e vendo Perpétua dar um sorriso afetado.

– Ah, por favor, querida. Eu já disse para a produção que tinha conseguido uma pessoa.

– Não.

– Ah, pooor favooor. Nunca tive uma profissão e agora estou no outono da vida e preciso de alguma coisa minha – disse ela, sem parar, como se estivesse lendo num papel.

– Tenho medo que algum conhecido meu veja o programa. E você não acha que vão perceber que sou sua filha?

Houve um silêncio. Ouvi quando ela falava com alguém ao lado. Depois, voltou para o telefone e disse:

– Podemos esconder seu rosto.

– Como? Enfiando minha cabeça numa sacola? Muito obrigada.

– Não, mostramos só seu perfil. Perfil. Ah, por favor, Bridget. Lembre-se de que eu lhe dei a dádiva da vida. Onde você estaria se não fosse eu? Em lugar nenhum. Não seria nada. Um ovo morto. Um nada, querida.

A questão é que, no fundo, eu sempre sonhei em aparecer na televisão.

Sábado, 20 de maio

58,5 quilos (por quê? de onde?), 7 unidades alcoólicas (sábado), 17 cigarros (consegui reduzir a quantidade), 0 número acertado na loteria (mas me distraí bastante na filmagem).

Menos de trinta segundos depois que a equipe de televisão entrou na minha casa, já tinham derramado dois copos de vinho no carpete, mas eu não ligo muito para essas coisas.

Só percebi o que estava acontecendo quando um dos homens carregando um imenso holofote gritou "Cuidado com as costas" e perguntou para outro "Trevor, onde quer que ponha essa tralha?" pouco antes de se desequilibrar e quebrar a lâmpada do holofote na porta de vidro do armário da cozinha, derrubando uma garrafa de azeite extra-virgem sobre meu livro de cozinha River Café.

Três horas depois, a gravação ainda não tinha começado e eles continuavam circulando pela casa dizendo "Estou atrapalhando, linda?". Já eram quase 13h30 quando finalmente começamos a entrevista, com minha mãe e eu sentadas frente a frente, na penumbra.

– Diga – disse ela, numa voz carinhosa e compreensiva, como nunca ouvi antes –, quando seu marido a largou, você chegou a pensar – a essa altura, ela quase sussurrava – em suicídio?

Fiquei olhando para ela, pasma.

– Sei que é doloroso para você lembrar. Se acha que não vai agüentar, podemos parar um pouco – continuou, solidária.

Eu estava tão surpresa que não conseguia dizer nada. Que marido?

– Sei que deve ter sido uma época horrível, sem ter um companheiro ao lado e com o relógio biológico continuando a correr – disse ela, me chutando por baixo da mesa. Chutei-a de volta e ela deu um gritinho.

Você não quer filhos? – perguntou, me entregando um lenço.

Nesse momento, ouviu-se uma gargalhada nos fundos da sala. Eu tinha pensado que o fato de Daniel estar dormindo no quarto não atrapalharia a gravação: aos sábados ele só levanta depois do almoço e eu tinha deixado os cigarros dele no travesseiro ao lado.

– Se Bridget engravidasse, perderia o filho – disse, rindo sem parar. – Prazer em conhecê-la, Sra. Jones. Bridget, por que nos sábados você não se arruma, como sua mãe faz?

Segunda-feira, 21 de maio

Minha mãe não fala comigo nem com Daniel porque nós a humilhamos e mostramos, na frente de toda a sua equipe, que era tudo uma farsa. Assim pelo menos nos deixa em paz por um tempo. Estou louca para que chegue o verão. Vai ser ótimo ter um namorado no calor. Poderemos dar uma fugidinha romântica. Mt. feliz.

Junho

Oba! Um namorado

Sábado, 3 de junho

56,7 quilos, 5 unidades alcoólicas, 25 cigarros, 600 calorias, 45 minutos olhando folhetos de turismo com lugares para longa temporada, 87 minutos com folhetos de curta temporada, 7 ligações para o 1471 (bom).

Acabo de concluir que, no calor, é impossível se concentrar em qualquer coisa exceto fazer pequenas viagens a lugares paradisíacos com Daniel. Minha cabeça está repleta de imagens de nós dois: deitados à margem de um riacho, eu usando um vestindo branco e vaporoso; Daniel e eu de camisetas listradas sentados na calçada de um *pub* antigo na orla da Cornualha, tomando cerveja, vendo o pôr-do-sol sobre o mar; Daniel e eu jantando num pátio à luz de candelabros numa mansão histórica situada no campo e depois nos retirando para nossos aposentos para transar a noite de verão inteira.

Muito bem. Hoje à noite vamos a uma festa, na casa de Wicksy, amigo de Daniel. Amanhã pretendo ir ao parque ou almoçar com Daniel em algum restaurante simpático, no campo. Como é bom ter um namorado.

Domingo, 4 de junho

57 quilos; 3 unidades alcoólicas (b.), 13 cigarros (bom); 30 minutos olhando folhetos de turismo de longa temporada (b.), 52 minutos de folhetos para curta temporada, 3 ligações para 1471 (b.).

19 HORAS. Humm. Daniel acaba de ir para a casa dele. Estou um pouco chateada, para dizer a verdade. Fez um lindo domingo de verão, mas ele não quis sair nem conversar a respeito de pequenas viagens e insistiu em ficar a tarde inteira com as cortinas fechadas, assistindo a um jogo de críquete na tevê. A festa ontem à noite estava ótima mas, quando fomos falar com Wicksy, ele estava conversando com uma garota muito bonita. Nós nos aproximamos e percebi que a garota ficou um pouco constrangida.

– Daniel, conhece Vanessa? – perguntou Wicksy.

– Não. Muito prazer – respondeu Daniel, estendendo a mão e fazendo o sorriso mais sedutor.

– Daniel – disse Vanessa, cruzando os braços, lívida. – *Nós dormimos juntos.*

Puxa, como está fazendo calor. Dá vontade de só ficar na janela. Alguém toca saxofone, tentando fingir que estamos num filme com locação em Nova York, e há um som alto de vozes porque todas as janelas estão abertas e vem um cheiro de comida dos restaurantes. Humm. Acho que gostaria de me mudar para Nova York, mas não deve ser um lugar muito bom para fazer pequenas viagens aos arredores. A menos que seja uma viagem para a própria Nova York, o que seria inútil, se a pessoa já está lá.

 Vou dar uma ligada para Tom e depois trabalhar.

20 HORAS. Vou passar na casa de Tom para tomar um drinque rápido. Só meia hora.

Terça-feira, 6 de junho

58 quilos, 4 unidades alcoólicas, 3 cigarros (mt. b.), 1.326 calorias, nenhum bilhete de loteria instantânea (excelente), 12 ligações para 1471 (ruim), 15 horas dormindo (ruim, a culpa não foi minha, mas da onda de calor).

Consegui convencer Perpétua a permitir que eu trabalhasse em casa. Claro que ela só concordou porque também quer tomar seu banho de sol. Humm. Consegui um ótimo folheto para viagens de curta temporada. Chama-se ORGULHO BRITÂNICO: AS MELHORES MANSÕES CAMPESTRES NAS ILHAS BRITÂNICAS. Maravilhoso. Olhei página por página, imaginando Daniel e eu alternando sexo e romantismo em todos os quartos e salões do local.

11 HORAS. Certo: agora vou me concentrar no trabalho.

11H25. Hum, estou com uma unha lascada, droga.

11H35. Nossa. Acabo de ter uma fantasia paranóica totalmente infundada de que Daniel está tendo um caso e fiquei pensando em falar isso com ele, de uma forma digna mas direta, para que se sinta culpado. Por que tive essa fantasia? Será que pressenti com meu sexto sentido feminino que ele tem outra pessoa?

O problema de namorar quando você fica mais velha é que tudo fica muito opressivo. Se você está sem companhia aos 30 anos, a chateação menor de não ter um namorado – não ter sexo, ninguém para sair no domingo, chegar das festas sempre sozinha – fica ligada à idéia paranóica de que você não tem namorado por causa da idade, já teve o último namorado e a última transa da sua vida e é tudo culpa sua, por ser tão agressiva ou tão teimosa e não ter sossegado o rabo quando era jovem.

Você esquece completamente que aos 22 anos ficar 23 meses sem namorar ou sair com alguém era só um pouco chato. A situação fica complexa, e ter uma relação parece complicado, como se fosse uma meta quase inatingível, e, quando você começa a sair com alguém isso nunca poderá corresponder às suas expectativas.

Será que é isso? Ou será que tem alguma coisa errada entre Daniel e eu? Será que ele está tendo um caso?

11H50. Humm. A unha está *mesmo* lascada. Se não consertar, vou começar a roer e daqui a pouco não tenho mais unha. Certo, é melhor achar uma lixa. Pensando melhor, esse esmalte está um horror. É melhor tirar tudo e passar outro. E agora, já que estou pensando nisso.

MEIO-DIA. É horrível quando está fazendo tanto calor e aquele que se diz seu namorado não quer ir a nenhum lugar agradável. Acho que ele pensa que estou tentando agarrá-lo para uma miniviagem como se no fundo eu quisesse um casamento, três filhos e limpar o banheiro de uma casa cheia de móveis coloniais em Stoke Newington. Acho que essa história está se transformando numa crise psicológica. Vou ligar para Tom (dá para eu fazer à noite o tal texto para o catálogo da Perpétua).

12H30. Humm. Tom diz que se você faz uma pequena viagem com quem está tendo um caso e passa o tempo todo preocupada com a relação, é melhor ir com um amigo.

Fora o sexo, digo. Fora o sexo, concorda ele. Encontrarei Tom à noite e levarei os folhetos para sonharmos com uma pequena viagem. Por isso tenho de trabalhar duro esta tarde.

12H40. Este short e esta camiseta são tão desconfortáveis no calor. Vou trocar por um vestido longo e vaporoso.

Ai, Deus, minha calcinha aparece por baixo desse vestido. É melhor usar calcinha cor da pele caso alguém bata na porta. Minha calcinha Gossard brilhante ficaria perfeita. Onde estará ela?

12H45. Melhor ainda seria usar o sutiã brilhante para combinar, se eu conseguir achá-lo.

12H55. Assim está melhor.

13 HORAS. Hora do almoço! Finalmente uma pausa no trabalho.

14 HORAS. Muito bem, esta tarde vou mesmo trabalhar e fazer tudo até a noite, assim posso sair. Mas estou com um sono. Está tão quente. Vou fechar os olhos cinco minutos. Dizem que tirar um cochilo é a melhor forma de recuperar as energias. Causava ótimo efeito em Margaret Thatcher e Winston Churchill. Boa idéia. Talvez eu deite na cama.

19H30. Ai, droga.

Sexta-feira, 9 de junho

58 quilos, 7 unidades alcoólicas, 22 cigarros, 2.145 calorias, 230 minutos examinando o rosto para descobrir rugas.

9 HORAS. Oba! Hoje à noite vou sair com as garotas.

19 HORAS. Ai, não. O programa mudou: Rebecca também vai. Sair com ela é como nadar onde tem água-viva: vai tudo muito bem até que, de repente, você é atacada e acaba toda a graça. O problema é que as alfinetadas de Rebecca atingem direto o calcanhar-de-aquiles das pessoas, como se fossem os mísseis da Guerra do Golfo fazendo fzzzzuuuuch pelos corredores dos hotéis de Bagdá. Sharon diz que não tenho mais 24 anos e devia estar mais madura para lidar com Rebecca. Tem razão.

MEIA-NOITE. Ai Deuzé horrível. Tô velhe acabada. Em decomposição.

Sábado, 10 de junho

Argh. Acordei me sentindo feliz (ainda bêbada de ontem à noite) e, de repente, me lembrei do pavor que virou a noite passada com as garotas. Depois da primeira garrafa de Chardonnay, eu ia tocar no tema da minha frustração constante de não conseguir passar um fim de semana fora, quando Rebecca perguntou:

– Como vai Magda?

– Ótima – respondi.

– Ela é tão bonita, não?

– Ahn-ahn – concordei.

– E parece tão jovem, pode passar por 24 ou 25 anos. Vocês foram colegas de escola, não? Ela é três ou quatro anos mais nova que você?

– Ela é seis meses mais velha que eu – retruquei, sentindo os primeiros sinais de alfinetada.

– É mesmo? – duvidou Rebecca, depois fez uma longa e constrangedora pausa. – Bom, Magda tem sorte. A pele dela é maravilhosa.

Senti o sangue coagulando no cérebro ao perceber a horrível verdade que Rebecca tinha dito.

– Quer dizer, ela não ri tanto quanto você. Talvez por isso não tenha tantas rugas.

Segurei na mesa para não cair, tentando continuar respirando. Me dei conta de que estava ficando velha antes do tempo. Como num filme com imagens aceleradas, mostrando uma uva se transformando em passa.

– Como vai sua dieta, Rebecca? – perguntou Sharon.

Argh. Em vez de contestar meu envelhecimento precoce, Jude e Sharon estavam aceitando aquilo como fato consumado e tentando diplomaticamente mudar de assunto para me poupar. Sentei, sentindo que entrava numa espiral de terror, e apoiei meu rosto decadente nas mãos.

– Vou ao banheiro – avisei, com a boca quase fechada como uma ventríloqua e o rosto duro para impedir o aparecimento das rugas.

– Está tudo bem, Bridget? – perguntou Jude.

– Tá – respondi, rápido.

Quando olhei no espelho, fiquei pasma com a luz forte sobre minha cabeça mostrando minha pele dura, marcada pelo tempo, derretendo. Fiquei imaginando as garotas na mesa, censurando Rebecca por dizer o que todo mundo já comentava faz tempo, mas que eu não precisava saber.

De repente, tive uma vontade enorme de sair pelo restaurante perguntando a todos os presentes que idade achavam que eu tinha. Fiz isso uma vez na escola, quando me convenci de que era débil mental e fiquei perguntando para todas as colegas no recreio "Você acha que sou débil?" e 28 delas responderam "Acho".

Quando você começa a pensar em envelhecimento, não tem jeito. A vida de repente fica parecida com as férias: da metade em diante, os dias voam rumo ao último dia. Preciso fazer alguma coisa em relação ao processo de envelhecimento, mas o quê? Não tenho dinheiro para cirurgia plástica. E fico numa situação tipo faca de dois gumes já que tanto engordar quanto emagrecer provocam o envelhecimento. Por que pareço velha? Por quê? Fico olhando as velhinhas na rua, tentando entender todos os mínimos processos que fazem os rostos envelhecerem. Percorro os jornais procurando a idade de todo mundo, querendo ver se as pessoas parecem ter a idade que têm.

11 HORAS. O telefone tocou. Era Simon, querendo contar da garota em que está interessado.

– Quantos anos ela tem? – perguntei, desconfiada.

– Vinte e quatro.

Aaargh, aaargh. Cheguei na idade em que os homens não acham mais as contemporâneas atraentes.

16 HORAS. Vou tomar chá com Tom. Resolvi que preciso dedicar mais tempo à aparência, como fazem as estrelas de Hollywood. Por isso fiquei horas passando creme antiolheiras, blush nas maçãs do rosto e disfarçando tudo o que está ruim.

Quando cheguei, Tom exclamou, assustado:

– Meu Deus.

– O que foi? O quê? – perguntei.

– Sua cara. Você está parecendo a Barbara Cartland.

Comecei a piscar, tentando aceitar que alguma terrível bomba do tempo tinha definitivamente se instalado sob minha pele.

– Pareço mais velha do que sou, não? – perguntei, deprimida.

– Não, parece uma menina de 5 anos que usou todas as pinturas da mãe – disse ele. – Olha ali no espelho.

Olhei no falso espelho vitoriano da casa de chá. Eu parecia um palhaço exagerado, de bochechas vermelhas, olhos como dois corvos negros e mortos e, sob eles, uma mancha branca como os rochedos de Dover. Só então compreendi porque as velhinhas usam tanta maquiagem e todo mundo fica rindo delas. Resolvi que não riria mais.

– O que está acontecendo? – perguntou ele.

– Estou ficando velha antes do tempo – murmurei.

– Ah, pelo amor de Deus. Você está assim por causa da droga da Rebecca, não é? – adivinhou ele. – Sharon me contou do comentário sobre a Magda. É ridículo. Você parece ter 16 anos.

Adoro Tom. Desconfio que ele estava mentindo, mas fiquei bem feliz porque se eu parecesse ter 45 anos, ele não ia dizer que pareço ter 16.

Domingo, 11 de junho

56,7 quilos (mt. b., está calor demais para comer), 3 unidades alcoólicas, 0 cigarro (mt. b., está calor demais para fumar), 759 calorias (só de sorvetes).

Mais um domingo perdido. Parece que estou condenada a passar o verão inteiro assistindo a jogos de críquete com as cortinas da sala fechadas. Fico meio inquieta no verão, e não é só por causa das cortinas fechadas aos domingos, nem porque Daniel não quer passar um fim de semana fora. À medida que os dias longos e quentes se seguem, um atrás do outro, sinto que estou sempre fazendo uma coisa, mas deveria estar fazendo outra. É um sentimento que faz parte da mesma *família* daquele que te faz achar que, pelo fato de morar em Londres, deveria estar assistindo a um espetáculo na Royal Shakespeare Company, um concerto no Albert Hall, visitando a Torre de Londres, freqüentando a Royal Academy, indo ao Museu Madame Tussaud, em vez de ficar de bar em bar se divertindo.

Quanto mais brilha o sol, mais óbvio fica que as outras pessoas estão sabendo como aproveitar *melhor* o tempo em algum lugar – assistindo a um grande jogo de *softball* com todo mundo lá, menos eu; passeando com seu amor numa trilha da floresta, junto a uma cachoeira onde muitos Bambis aparecem; participando de algum grande evento público com a presença da Rainha-Mãe e de um daqueles tenores que cantam em estádios, para marcar este verão intenso que não estou conseguindo aproveitar. Talvez seja culpa do nosso passado climático. Talvez nós, ingleses, ainda não tenhamos adquirido a capacidade de conviver com sol e céu azul sem nuvens, o que é mais do que um mero acaso. Ainda existe dentro de nós um instinto de entrar em pânico, querer sair do escritório, ficar quase nu e correr para a saída de incêndio.

Mas esse ponto também está mal definido. Se não se deve mais expor o corpo a raios causadores de câncer, então o que se pode fazer? Um churrasco na sombra, talvez? Matar seus amigos de fome enquanto você fica às voltas com o carvão durante horas para depois envenená-los com fatias malpassadas de leitão? Ou organizar piqueniques no parque que terminam com todas as mulheres raspando restos de mussarela dos tabuleiros de alumínio e berrando com as crianças que estão com ataques de asma causados pela falta de ozônio, enquanto os homens bebem vinho branco quente sob o sol do meio-dia, olhando os jogos de *softball* com vergonha de não estarem participando.

Tenho inveja do verão no restante da Europa, onde os homens usam ternos elegantes e leves, óculos de sol de grife e circulam tranqüilamente em belos carros com ar condicionado, parando de vez em quando para tomar uma limonada num café na calçada de uma praça antiga, sentindo-se muito à vontade com o sol, sem se incomodarem com ele porque sabem que vai continuar brilhando no fim de semana, quando então irão para seus iates e ficarão estirados no convés, calmamente.

Tenho certeza de que essa é a razão oculta da nossa falta de confiança nacional, que surgiu a partir do momento em que começamos a viajar para o exterior e percebemos isso. Pode ser que as coisas por aqui mudem. Há cada vez mais mesas nas calçadas. Os fregueses conseguem se sentar nelas à vontade, só lembram do sol de vez em quando, e então fecham os olhos e viram o rosto para ele, dando grandes sorrisos para quem passa na calçada, como quem diz "Olha só, olha só, estamos tomando refrigerante num café de calçada, nós também podemos fazer isso" com uma expressão meio angustiada e passageira que significa: "Ou deveríamos estar assistindo a uma apresentação ao ar livre de *Sonho de uma noite de verão*?"

Em algum lugar no fundo do meu cérebro paira uma nova e tênue noção de que talvez Daniel esteja certo: o melhor a se fazer quando está quente é dormir embaixo de uma árvore, ou assistir a um jogo de críquete com as cortinas fechadas. Mas no meu modo de pensar, para conseguir dormir seria preciso ter certeza de que haveria sol no dia seguinte e no outro também, e muitos dias de calor na sua vida, suficientes para praticar todas as atividades de dias quentes de forma calma e sem pressa. Pouco provável.

Segunda-feira, 12 de junho

57,6 quilos, 3 unidades alcoólicas (mt. b.), 13 cigarros (b.), 210 minutos tentando programar o vídeo (ruim).

7 HORAS. Mamãe acaba de ligar:

– Olá, querida. Adivinha o que aconteceu? Penny Husbands-Bosworth vai aparecer no *Newsnight*!!!

– Quem?

– Você conhece os Husbands-Bosworth, querida. Ursula era um ano mais adiantada que você na escola. Herbert morreu de leucemia...

– O quê?

– Bridget, não diga "o quê?", mas "desculpe, como disse?". O fato é que vou sair com Una para assistir a uma projeção de slides do Nilo, mas Penny e eu gostaríamos de saber se você pode gravar o programa para nós. Ah, esqueça, o açougueiro está tocando a campainha!

20 HORAS. Certo. É ridículo ter um vídeo há dois anos e nunca ter conseguido gravar nada. E o modelo FV 67 HV VideoPlus é uma maravilha. Basta pegar o manual, apertar os botões certos etc. e pronto.

 20H15. Humm. Não consigo achar o manual.

20H35. Ah! O manual estava embaixo da revista *Hello!*. Certo. "Programar o seu vídeo é tão simples quanto fazer uma ligação telefônica." Muito bem.

20H40. "Coloque o controle remoto na direção do aparelho." Bem simples. "Consulte o índice." Argh, uma lista enorme de "Gravações com controle de tempo sincronizadas com som estéreo", "O decodificador necessário para programas codificados" etc. Eu só quero gravar as abobrinhas que Penny Husbands-Bosworth vai falar e não passar a noite inteira lendo um tratado sobre técnicas de espionagem.

20H50. Ah. Uma ilustração. "Botões para funções do IMC." Mas o que são funções do IMC?

20H55. Resolvi ignorar aquela página. Passei para "Gravação com hora marcada no VideoPlus". "Primeiro: siga as instruções do VideoPlus." Que instruções? Detesto esse vídeo idiota. É a mesma coisa que acompanhar setas na estrada. No fundo, sei que as setas e os manuais de vídeo não fazem sentido, mas não consigo acreditar que as autoridades sejam tão cruéis a ponto de quererem enganar todo mundo de propósito. Fico me sentindo uma idiota incompetente como se todos os demais soubessem uma coisa e não me contassem.

21H10. "Ao ligar seu gravador, acerte o relógio e a data para fazer a gravação pelo dispositivo Timer (lembre-se de usar as opções de ajuste rápido para adaptar o horário de verão ou de inverno). Para obter as informações sobre o relógio basta apertar o botão vermelho e o número 6."

Aperto o vermelho e não acontece nada. Aperto todos os números e nada acontece. Gostaria que esse vídeo estúpido nunca tivesse sido inventado.

21H25. Aargh. De repente, aparece o menu principal na tela e uma ordem: "Aperte o 6." Ai, meu Deus. Percebi que estava usando o controle remoto por engano. Agora o noticiário já está na tela.

Liguei para Tom e perguntei se podia gravar Penny Husbands-Bosworth para mim, mas ele disse que também não sabe mexer no vídeo.

De repente, ouço um som dentro do vídeo e o noticiário é substituído, não sei por quê, por *Blind Date*.

Acabo de ligar para Jude e ela também não sabe mexer nisso. Aargh, Aargh. São 22h15, o *Newsnight* começa daqui a 15 minutos.

22H17. A fita não entra.

22H18. Ah, *Thelma e Louise* está lá dentro.

22H19. *Thelma e Louise* não sai.

22H21. Aperto todos os botões, desesperada. A fita sai e entra outra vez.

22H25. A fita certa entrou. Certo. Passo para "Gravar". "Para iniciar a gravação, colocar em 'Modo Sintonia' e apertar qualquer botão (exceto o Memória)." Mas o que é "Modo Sintonia"? "Ao gravar de uma câmera portátil de vídeo ou similar, basta apertar AV três vezes. Se a transmissão for bilíngüe, apertar AV e segurar por três segundos para escolher a língua."

Ai, meu Deus. Este estúpido manual me lembra o professor de lingüística que tive na escola Bangor, tão obcecado por filigranas de linguagem que não conseguia falar sem fazer uma análise de cada palavra: "Hoje de manhã eu iria, mas vocês sabem que o verbo ir, em 1570..."

Aaargh, aargh. *Newsnight* está começando.

22H31. Muito bem, muito bem. Calma. Penny Husbands-Bonsworth ainda não começou a falar suas abobrinhas.

22h33. Siim, siiim. GRAVANDO O PROGRAMA NA TELA. Consegui!

Aargh. Ficou tudo louco. A fita começou a rebobinar, parou e pulou fora. Por quê? Merda. Merda. Percebi que, de nervoso, sentei no controle remoto.

22H35. Pareço maluca. Já liguei para Sharon, Rebecca, Simon e Magda. Ninguém sabe como programar o vídeo. A única pessoa que conheço que sabe fazer isso é Daniel.

22H45. Ai, meu Deus. Daniel morreu de rir quando eu disse que não conseguia programar o vídeo. Prometeu gravar para mim. Pelo menos fiz o que pude por mamãe. Quando um amigo aparece na tevê é algo muito emocionante, um momento histórico.

23H15. Argh. Mamãe acaba de ligar:

– Desculpe, querida. O programa não é *Newsnight*, mas *Breakfast News*. Dá para você programar para as 7 horas na BBC1?

23H30. Daniel acaba de ligar.

– Ah, desculpe, Bridget. Não sei o que fiz de errado. Gravou o programa de entrevistas do Barry Norman.

Domingo, 18 de junho

56,2 quilos, 3 unidades alcoólicas, 17 cigarros.

Depois de ficar sentada na penumbra durante três fins de semana seguidos, com Daniel passando a mão no meu peito como se fosse uma espécie de amuleto e eu perguntando "Que jogada foi essa?", de repente, explodi:

– Por que não podemos fazer uma viagem rápida? Por quê? Por quê? *Por quê?*

– É uma boa idéia – respondeu ele calmamente, tirando a mão do meu peito. – Por que você não reserva um hotel para o próximo fim de semana? Um bom hotel-fazenda. Eu pago.

Quarta-feira, 21 de junho

55,8 quilos. (mt. mt. b.), 1 unidade alcoólica, 2 cigarros, 2 bilhetes de loteria instantânea (mt. b.), 237 minutos gastos olhando folhetos de turismo.

Daniel se recusa a comentar a viagem ou olhar o folheto e me proibiu de falar nisso até sairmos, no sábado. Como ele pode achar que não vou ficar agitada, quando estou esperando isso há tanto tempo? Por que os homens ainda não aprenderam a sonhar com as férias, escolher um lugar num folheto de turismo, planejar e fantasiar, do mesmo jeito que conseguem (alguns, pelo menos) aprender a cozinhar ou costurar? É horrível me responsabilizar sozinha por uma viagem. O hotel-fazenda Woving-Hall me parece perfeito: elegante sem ser muito formal, com camas de dossel, um lago e até um centro de ginástica (não vou), mas e se Daniel não gostar?

Domingo, 25 de junho

55,8 quilos, 7 unidades alcoólicas, 2 cigarros, 4.587 calorias (eeepa).

Ai, Deus. Assim que chegamos, Daniel achou que o hotel-fazenda era brega porque havia três Rolls-Royces estacionados na porta, um dos quais amarelo. Constatei horrorizada que tinha esfriado à beça e eu só contava com roupas para um calor de 40 graus. Eis o conteúdo da minha mala:

2 maiôs;
1 biquíni;
1 vestido branco, longo e vaporoso;
1 vestido leve para o dia;
1 sapato baixo, de borracha, rosa-claro;
1 minivestido de camurça rosa-claro;
1 camisola curta, preta e decotada;
sutiãs, calcinhas, meias, ligas (vários).

Ouvimos uma trovoada quando eu, tremendo de frio, entrei no hotel atrás de Daniel e o saguão estava cheio de damas de honra e homens de ternos claros. Concluímos que éramos os únicos hóspedes não-convidados para uma festa de casamento.

– Argh! Não é horrível a situação em Srebrenica? – perguntei, só para tentar relativizar nosso problema. – Para dizer a verdade, eu nunca *entendi direito* o que está acontecendo na Bósnia. Achava que os bósnios eram os habitantes de Sarajevo, que estavam sendo atacados pelos sérvios, mas então quem são os sérvios-bósnios?

– Bom, você saberia isso se, em vez de ficar horas lendo folhetos, passasse a ler jornais – alfinetou Daniel com um sorriso.

– Mas então o que *está* acontecendo na Bósnia?

– Nossa, que peitos tem aquela dama de honra.

– E quem são os muçulmanos bósnios?

– Não dá para acreditar no tamanho da lapela daquele homem.

De repente, tive certeza absoluta de que Daniel estava tentando mudar de assunto.

– Os sérvios-bósnios são da mesma raça daqueles que atacaram Sarajevo? – perguntei.

Silêncio.

– Então a quem pertence Srebrenica?

– Srebrenica é uma *área de segurança* – informou Daniel com uma voz bem antipática.

– Mas então por que as pessoas da área de segurança estavam atacando antes?

– Cala a boca.

– Explique só uma coisa: os bósnios de Srebrenica são os mesmos de Sarajevo?

– São muçulmanos – disse Daniel, triunfante.

– Sérvios ou bósnios?

– Escuta, você não pode calar a boca?

– Você também não entende nada do que está acontecendo na Bósnia.

– Entendo.

– Não entende.

– Entendo.

Nesse momento, o porteiro do hotel – que usava calça amarrada na altura dos joelhos, meias brancas, sapatos de couro com fivela, sobrecasaca e uma peruca empoada – aproximou-se e disse, baixo:

– Acho que os primeiros habitantes de Srebrenica e também de Sarajevo eram muçulmanos bósnios, senhor. – E acrescentou, bem a propósito: – Não gostariam de receber os jornais pela manhã no apartamento?

Pensei que Daniel fosse dar um soco nele. Afaguei seu braço e falei:

– Está bem, vamos, vamos, não tem problema – como se ele fosse um cavalo de corrida que se assustou com uma kombi passando.

17H30. Brrr. Em vez de ficar com Daniel ao sol quente à beira do lago, usando meu vestido longo e vaporoso, fiquei azul de frio num barco, enrolada numa toalha do hotel. Acabamos voltando para o quarto para tomar um banho quente e uma cerveja e descobrimos que outro casal não-convidado para o casamento nos faria companhia na sala de jantar naquela noite. A porção feminina do casal era uma moça chamada Eileen, com quem Daniel tinha dormido duas vezes, mordido sem querer o peito dela com muita força e depois nunca mais haviam se falado.

Quando saí do banho, Daniel estava deitado na cama rindo.

– Arrumei uma dieta nova para você – informou.

– Quer dizer que você *acha* que estou gorda.

– Está bem, é assim. É muito simples. Basta você não comer nada que precise pagar. Então, no início da dieta você está gordinha como uma porquinha e ninguém a convida para jantar. Depois emagrece, fica um pouco mais esbelta e famélica, e as pessoas começam a levar você para jantar. Aí você engorda um pouco, os convites somem e você começa a emagrecer de novo.

– Daniel! – explodi. – Essa é a coisa mais sexista, gordofóbica e cínica que já ouvi.

– Ah, não precisa exagerar, Bridget – disse ele. – Essa idéia é o prolongamento lógico do que você mesma acha. Eu sempre digo que ninguém gosta de mulher com pernas de gafanhoto. Os homens querem que a mulher tenha um traseiro onde possam encostar uma bicicleta e colocar uma caneca de cerveja em cima.

Fiquei dividida entre a imagem grotesca de uma bicicleta encostada na bunda e uma caneca em cima, a fúria contra Daniel por seu sexismo totalmente irritante e a idéia repentina de que talvez ele tivesse razão sobre o conceito que eu fazia do meu corpo em relação aos homens e, nesse caso, se eu precisava de alguma coisa deliciosa para comer imediatamente e o que poderia ser.

– Vou dar uma ligada na tevê – disse Daniel, aproveitando que fiquei temporariamente muda para apertar o controle remoto e fechar as cortinas que eram daquelas grossas, forradas de preto. Segundos depois a sala ficou completamente escura, exceto pela chama do isqueiro. Daniel tinha acendido um cigarro e estava pedindo ao serviço de quarto seis latas de cerveja Fosters.

– Quer alguma coisa, Bridget? – perguntou, rindo afetado. – Chá com creme, por exemplo? Eu pago.

Julho

Argh

Domingo, 2 de julho

55,3 quilos (continuo indo bem), 0 unidade alcoólica, 0 cigarro, 995 calorias, 0 bilhete de loteria instantânea: perfeito.

7H45. Mamãe acaba de ligar.

– Alô, querida, adivinha o que aconteceu?

– Um instante, vou levar o telefone para o outro quarto – disse eu, olhando nervosa para Daniel, deitado na cama. Desliguei o telefone da parede, saí do quarto sem fazer barulho, liguei o telefone de novo e constatei então que minha mãe não tinha percebido nada e continuava falando com o telefone desligado.

– Então, o que você acha, querida?

– Não sei, eu estava levando o telefone para o outro quarto, como eu disse – respondi.

– Ah, quer dizer que você não escutou nada?

– Não. – Houve um pequeno silêncio.

– Alô, querida, adivinha o que aconteceu? – começou ela outra vez. Às vezes acho que minha mãe faz parte do mundo moderno; às vezes, que vive num outro planeta. Como quando deixa recado na minha secretária eletrônica dizendo apenas, alto e bom som: "Aqui é a mãe de Bridget Jones."

– Alô? Alô, querida, adivinha o que aconteceu? – repetiu.

– O quê? – respondi, resignada.

– Una e Geoffrey vão dar uma festa à fantasia chamada Vigários e Vigaristas, no dia 29 de julho. Não acha ótimo? Vigários e Vigaristas! Imagina só!

Fiz um esforço para não imaginar nem ver Una Alconbury de botas justas, meias arrastão e sutiã de *striptease*. Pessoas de 60 anos organizando uma festa desse tipo me parecia antinatural e errado.

– Mas achamos que seria o máximo se você e – seguiu-se um silêncio pudico e pesado – Daniel viessem. Estamos loucos para conhecê-lo.

Quase desmaiei só de pensar na minha relação com Daniel sendo dissecada nos menores detalhes pelos comensais da Associação Salva-Vidas de Northamptonshire.

– Não acredito que Daniel vá.

Exatamente quando eu disse isso, caiu a cadeira em que eu me balançava apoiada na mesa com os joelhos. Fez um barulhão.

Quando peguei o telefone de novo, minha mãe continuava falando.

– Olha, vai ser ótimo. Parece que Mark Darcy também vai, acompanhado, assim...

Daniel apareceu na porta, completamente nu.

– O que houve? Com quem você está falando? – perguntou.

– Com minha mãe – respondi, desesperada, com o canto da boca.

– Dá aqui – disse ele, pegando o telefone. Gosto muito quando ele demonstra autoridade, mas sem estar irritado, como agora.

– Sra. Jones, aqui é Daniel – disse ele, com a voz mais charmosa possível.

Quase dava para eu ver mamãe, toda cheia de dedos.

– É um pouco cedo demais para ligar num domingo. É, está mesmo um lindo dia. Podemos ajudar em alguma coisa?

Ele me olhou enquanto escutava mamãe falar por alguns minutos, depois voltou a prestar atenção nela.

– Ah, seria ótimo. Vou anotar na agenda no dia 29 e procurar minha camisa de colarinho duro. Agora, gostaríamos de voltar para a cama e dormir. E a senhora se cuide. Até logo – disse ele com firmeza, e desligou. – Viu? Basta só um pouco de firmeza – garantiu, todo presunçoso.

Sábado, 22 de julho

55,8 quilos (humm, tenho de perder uns 500 gramas), 2 unidades alcoólicas, 7 cigarros, 1.562 calorias.

Estou adorando a idéia de Daniel ir comigo à festa Vigários e Vigaristas, no próximo sábado. Vai ser ótimo: uma vez na vida não terei de dirigir sozinha, chegar sozinha e enfrentar aquela inquisição de por que não arrumei um namorado. Vai fazer um lindo dia de verão. Talvez a gente até possa dar uma paradinha no caminho e passar a noite numa pousada (ou num hotel sem tevê no quarto). Estou louca para Daniel conhecer meu pai. Tomara que goste dele.

2 HORAS. Acordei aos prantos por causa de um sonho horrível que estou tendo no qual estou fazendo uma prova de francês e enquanto olho as questões me dou conta de que esqueci de estudar e estou vestida só com meu jaleco de ciências, tentando desesperadamente amarrá-lo na cintura para que a Srta. Chignall não perceba que estou sem nada por baixo. Pensei que Daniel fosse ser pelo menos solidário. Sei que o pesadelo está relacionado com minhas preocupações de trabalho, mas Daniel só acendeu um cigarro e pediu para repetir a parte do jaleco de ciências.

– Você não sabe o que é isso, já que tem seu bendito diploma de Cambridge – murmurei, fungando. – Mas jamais esquecerei quando vi no mural da escola minha nota cinco em Francês, o que significava que não poderia ir para Manchester. Aquela nota mudou minha vida.

– Você devia agradecer a sua boa estrela, Bridget – disse ele, deitando de costas e soprando a fumaça para o teto. – Você teria certamente se casado com algum chato chamado Geoffrey Boycott e passaria o resto da vida limpando gaiola de passarinho. Mas – ele começou a rir – não tem nada de errado em ter um diploma de... de... (ria tanto que mal conseguia falar) Bangor.

– Agora chega. Vou dormir no sofá – gritei, pulando da cama.

– Ei, não faça isso, Bridget – disse ele, me puxando. – Você sabe que eu acho você uma... *grande* intelectual. Só precisa aprender a interpretar sonhos.

– Então o que o sonho está querendo me dizer? – perguntei, mal-humorada. – Que não correspondi à minha capacidade intelectual?

– Não exatamente.

– Então, o quê?

– Bom, acho que o jaleco sem nada por baixo é um símbolo meio óbvio, não?

– De quê?

– De que a busca inútil por uma vida intelectual está atrapalhando sua verdadeira meta.

– Que é qual?

– Ora, preparar todas as minhas refeições, claro – disse ele, não conseguindo disfarçar como estava se divertindo. – E ficar andando pelo meu apartamento sem calcinha.

Sexta-feira, 28 de julho

56,2 quilos (preciso fazer uma dieta para amanhã), 1 unidade alcoólica (mt. b.), 8 cigarros, 345 calorias.

Humm. Daniel estava muito carinhoso ontem à noite e passou horas me ajudando a escolher uma fantasia para usar na festa Vigários e Vigaristas. Ficou sugerindo diversas combinações, depois dizia o que achava. Gostou muito de uma blusa de colarinho duro e de uma cinta-liga preta de renda, numa mistura de vigário com vigarista, e acabou resolvendo, depois de me fazer andar um bocado, que a melhor roupa para mim era o corpete de renda preto da Marks & Spencer com meias, ligas e um avental igual ao das arrumadeiras francesas, que fizemos com dois lenços e umas fitas, uma gravata-borboleta e um rabo de coelho. Daniel foi um amorzinho me ajudando. Às vezes acho que ele é muito gentil. E estava também particularmente inclinado a transar.

Ah, não agüento esperar até amanhã.

Sábado, 29 de julho

55,8 quilos (mt. b.), 7 unidades alcoólicas, 8 cigarros, 6.245 calorias (malditos Una Alconbury, Mark Darcy, Daniel, mamãe, todo mundo).

14 HORAS. Não acredito no que aconteceu. Às 13 horas, Daniel ainda estava dormindo e comecei a me preocupar

porque a festa era às 14h30. Resolvi acordá-lo, levei uma xícara de café e disse:

– Acho melhor você levantar porque temos de estar lá às 14h30.

– Lá onde? – perguntou ele.

– Na festa Vigários e Vigaristas.

– Ah, meu bem. Escuta, acabo de lembrar, tenho tanto trabalho neste fim de semana. Vou ter de ficar em casa e fazer essa coisarada toda.

Eu não conseguia acreditar. Ele tinha prometido ir. Todo mundo sabe que quando você está tendo um caso com alguém é obrigado a agüentar todas as terríveis festas familiares, mas ele acha que basta citar a palavra "trabalho" para se safar de qualquer coisa. Todos os amigos dos Alconbury vão ficar perguntando sem parar se já arrumei um namorado e ninguém vai acreditar que arrumei.

22 HORAS. Não gosto nem de pensar no que passei. Dirigi duas horas, estacionei em frente à casa dos Alconbury e, esperando estar bem na minha fantasia de coelhinha, entrei pela lateral da casa e fui até o jardim, de onde vinha um vozerio animado. Quando comecei a atravessar o gramado, fez-se silêncio e percebi apavorada que, em vez de Vigários e Vigaristas, as mulheres estavam de esporte-fino, usando duas-peças floridos abaixo dos joelhos, e os homens de calça esporte e suéter de gola em V. Fiquei ali pasma como, digamos, uma coelha. E, enquanto todo mundo me olhava, Una Alconbury veio correndo pelo gramado num vestido fúcsia plissado, segurando um cesto de plástico cheio de folhas e maçãs.

– Bridget!!! Que ótimo ver você. Aceita um suco de maçã? – perguntou.

– Pensei que a festa se chamasse Vigários e Vigaristas – sussurrei.

– Ah, meu Deus, quer dizer que Geoff não telefonou para você? – disse ela. Inacreditável: será que ela perguntou isso porque achava que eu costumava andar vestida de coelhinha?

– Geoff, você não ligou para Bridget? – perguntou ela e completou, olhando em volta: – Nós estávamos querendo conhecer seu novo namorado. Cadê ele?

– Teve de trabalhar – resmunguei.

– Como vai a minha queridinha? – perguntou tio Geoffrey, caindo de bêbado.

– Geoffrey – disse Una, gélida.

– Ombro, armas. Tudo certo, missão cumprida, sargento – disse ele, batendo continência, depois desmontou no ombro dela, rindo. – Eu liguei para Bridget, mas atendeu uma daquelas coisorrív falansozin.

– Geoffrey – ordenou Una, baixo. – Vá ver como está o churrasco. Desculpe, querida, mas depois de todos os escândalos com os vigários da região, nós chegamos à conclusão de que não seria conveniente dar uma festa chamada Vigários e Vigaristas porque – ela começou a rir – todo mundo acha que os vigários *já são* vigaristas. Ah, querida – continuou, enxugando os olhos, que lacrimejavam de tanto rir –, mas quem é esse novo namorado? Por que fica trabalhando num sábado? Argh! Não é uma boa desculpa, hein? Desse jeito, como conseguiremos que você se case?

– Desse jeito, vou acabar como garota de programa – resmunguei, tentando descolar o rabo de coelhinha.

Senti que alguém estava me observando e vi Mark Darcy olhando fixamente para o meu rabo. Ao lado dele estava a alta, magra e charmosa grande advogada de família num recatado vestido lilás com paletó, como Jackie Onassis usava, e óculos apoiados na cabeça.

A bruxa sorriu afetada para Mark e me olhou dos pés à cabeça, o que era uma grande falta de educação.

– Você veio de outra festa? – perguntou ela com voz sussurrante.

– Não, estou indo para o trabalho – respondi. Mark Darcy ouviu, deu um meio-sorriso e desviou o olhar.

– Olá, querida, não posso falar com você. Estou gravando a festa em vídeo – informou minha mãe, apressada, num esfuziante vestido turquesa plissado e segurando uma claquete. – Querida, que roupa é essa? Você parece uma prostituta ordinária. Agora, por favor, ninguém se mexa eeee... – disse ela para Julio, que estava com uma câmera – ... ação!

Apavorada, olhei em volta à procura de papai, mas não o vi. Só vi Mark Darcy conversando com Una e fazendo um gesto na minha direção. Una, parecendo muito decidida, veio falar comigo.

– Bridget, estou *tão* sem graça com essa confusão a respeito da festa à fantasia – desculpou-se ela. – Mark estava dizendo que você deve estar se sentindo horrível com todos esses velhos em volta. Quer que eu empreste uma roupa minha?

Passei o restante da festa usando por cima da fantasia de coelhinha um vestido de Janine quando foi dama de honra, de mangas bufantes e estampas florais estilo Laura Ashley, com a Natasha do Mark Darcy achando graça e minha mãe de vez em quando passando por mim e dizendo:

– Lindo vestido, querida. Corta!

Assim que me viu sozinha, Una Alconbury perguntou:

– Acho que a namorada dele não é grande coisa – referindo-se a Natasha. – Faz muito o tipo jovem senhora. Elaine acha que ela está louca para agarrar um marido. Ah,

 olá, Mark! Quer mais um suco de maçã? Que pena, Bridget

não pôde trazer o namorado. Ele é um rapaz de sorte, não? – tudo isso foi dito de forma muito agressiva, como se Una tivesse considerado uma ofensa pessoal o fato de Mark Darcy ter uma namorada que a) não era eu e b) não tinha sido apresentada a ele por ela.

– Bridget, como é mesmo o nome dele? Daniel, não? Pam disse que ele é um daqueles editores super super jovens.

– Daniel Cleaver? – perguntou Mark Darcy.

– É, é isso mesmo – concordei, empinando o queixo.

– É amigo seu, Mark? – perguntou Una.

– De jeito nenhum – negou ele.

– Ahh. Espero que esteja à altura da nossa pequena Bridget – insistiu Una, piscando para mim como se tudo aquilo fosse muito engraçado, e não horrível.

– Quero deixar bem claro, insisto, que não sou amigo dele – repetiu Mark.

– Ah, olha só, Audrey está chegando. Audrey! – chamou Una, sumindo antes de ouvir o que ele disse, graças a Deus.

– Você com certeza se acha muito esperto – disse eu, furiosa, quando ela se afastou.

– O quê? – perguntou Mark, parecendo surpreso.

– Por favor, não diga "o quê", Mark Darcy – murmurei.

– Você parece a minha mãe – disse ele.

– Aparentemente você acha muito certo falar pelas costas do namorado dos outros para os amigos dos pais deles quando eles não estão presentes só porque você está com ciúmes – critiquei.

Ele ficou me olhando, como se estivesse pensando em outra coisa.

– Desculpe, estava tentando entender o que você disse. Será que eu...? Você está dando a entender que tenho ciúme de Daniel Cleaver? Com você?

– Não, comigo não – disse eu, irritada, vendo que era isso que parecia. – Eu apenas concluí que deve haver alguma razão para você ser tão crítico a respeito do meu namorado, além da pura maldade.

– Mark, querido – miou Natasha, atravessando com graça o gramado e se aproximando. Era tão alta e magra que não precisava usar saltos, por isso podia andar na grama sem afundar, parecia ter sido projetada para isso, como um camelo para o deserto. – Venha contar para sua mãe dos móveis de sala de jantar que vimos na Conran.

– Eu só quero que você se cuide, é isso – disse ele calmamente. – E seria bom que sua mãe também se cuidasse – acrescentou, fazendo um gesto com a cabeça na direção de Julio enquanto Natasha o puxava.

Depois de mais 45 minutos de horror, achei que podia ir embora sem parecer indelicada com Una. Dei a desculpa de que precisava trabalhar.

– Vocês, garotas que trabalham! Tem uma coisa que não podem ficar adiando para sempre: tique-taque, tique-taque, tique-taque – avisou.

Antes de me acalmar o bastante para dirigir tive de fumar um cigarro no carro durante cinco minutos. Aí, exatamente ao entrar na estrada principal, o carro do meu pai passou pelo meu. No banco ao lado dele estava Penny Husbands-Bosworth, usando um corpete de renda vermelho e orelhas de coelhinha.

Quando cheguei em Londres e saí da auto-estrada estava me sentindo muito confusa, além de ter voltado mais cedo do que pensava. Então achei que, em vez de ir direto para casa, podia procurar um pouco de apoio em Daniel.

Parei de frente ao carro dele. Toquei a campainha, mas ninguém atendeu, esperei um pouco e toquei de novo, caso

 ele estivesse no meio de uma boa jogada de críquete ou

algo assim. Ninguém respondeu. Sabia que ele estava lá por causa do carro e porque tinha dito que ia ficar trabalhando e assistindo ao jogo na tevê. Olhei para a janela do apartamento e lá estava Daniel. Acenei para ele e apontei a porta. Ele sumiu, pensei que fosse apertar o botão para abrir a porta, então toquei a campainha outra vez. Algum tempo depois ele respondeu:

– Olá, Bridge. Eu estava numa ligação para os Estados Unidos. Posso encontrar você no bar daqui a 10 minutos?

– Certo – respondi animada, sem pensar, e fui andando para a esquina. Mas quando dei uma olhada lá estava ele de novo, não ao telefone, mas me olhando pela janela.

Esperta como uma raposa, fingi que não vi e fui andando, mas por dentro estava transtornada. Por que ele estava me olhando? Por que não respondeu logo à campainha? Por que não apertou o botão lá de cima e abriu a porta para eu entrar? De repente, a idéia me atingiu como um raio: ele estava com uma mulher.

Com o coração aos pulos, dei a volta no quarteirão e, bem encostada na parede, olhei se ele ainda estava na janela. Não vi ninguém. Voltei rápido e fiquei escondida na entrada do prédio vizinho, observando entre as colunas se alguma mulher saía. Fiquei ali, mas depois comecei a pensar: se sair uma mulher do prédio, como saber se estava no apartamento de Daniel e não em outro? O que eu faria? Falaria com ela? Daria voz de prisão? Além do mais, ele podia muito bem dizer para a mulher ficar no apartamento enquanto ia me encontrar no bar.

Olhei meu relógio. 18h30. Ah! O bar ainda não estava aberto. Boa desculpa. Confiante, voltei para a porta do prédio e apertei a campainha.

– Bridget, você outra vez? – protestou ele.

– O bar ainda não abriu.

Houve um silêncio. Será que ouvi uma voz ao fundo? Negando a realidade, achei que ele estava apenas lavando dinheiro ou traficando drogas. Vai ver que tentava esconder sacolas plásticas cheias de cocaína debaixo das tábuas do assoalho, ajudado por um sul-americano esperto de rabo-de-cavalo.

– Deixa eu entrar – disse eu.

– Já disse, estou falando ao telefone.

– Deixa eu entrar.

– Como? – Uma coisa era certa: ele estava tentando ganhar tempo.

– Daniel, aperte o botão – mandei.

Não é interessante como você consegue sentir a presença de uma pessoa mesmo sem vê-la ou ouvi-la? Ah, *claro* que eu dei uma olhada nos armários quando subi a escada, não tinha ninguém neles. Mas eu sabia que tinha uma mulher na casa de Daniel. Talvez eu tivesse sentido um leve perfume... ou alguma coisa no comportamento dele. Não importa como, eu *sabia*.

Ficamos de frente um para o outro, desconfiados, na sala de estar. Eu estava louca para começar a abrir e fechar todos os armários da casa, igual a minha mãe, e ligar para o 1471 e perguntar se havia algum registro de ligação dos Estados Unidos.

– Que roupa é essa? – perguntou ele. Na confusão, esqueci que estava usando o vestido de Janine.

– De dama de honra – expliquei, impávida.

– Quer um drinque? – perguntou Daniel. Pensei rápido. Tinha de fazer com que ele fosse para a cozinha, assim eu poderia examinar todos os armários.

– Uma xícara de chá, por favor.

– Você está bem? – perguntou ele.

– Estou ótima! – garanti. – Adorei a festa. Eu era a única pessoa fantasiada, por isso tive de colocar um vestido de dama de honra, Mark Darcy estava lá com Natasha, sua camisa é muito bonita... – parei, ofegante, percebendo que eu estava igual (não é que "estivesse ficando") a minha mãe.

Ele me olhou, depois foi para a cozinha. Rápida, aproveitei para atravessar a sala e olhar atrás do sofá e das cortinas.

– O que você está fazendo?

Daniel estava na porta da cozinha.

– Nada, nada. Achei que tinha esquecido uma saia atrás do sofá – expliquei, tirando as almofadas, enlouquecida, como se estivesse numa cena de vaudeville.

Ele me olhou desconfiado e voltou para a cozinha.

Como concluí que não havia tempo para ligar para o 1471, olhei rapidamente no armário onde ele guarda o cobertor do sofá-cama – não tinha ninguém dentro –, depois fui atrás dele até a cozinha e abri a porta do armário do corredor, o que fez com que a tábua de passar caísse, além de uma caixa de velhos LPs de vinil que se espalharam pelo chão.

– O que você está fazendo? – perguntou ele outra vez, saindo da cozinha.

– Desculpe, a porta prendeu na manga da minha roupa – expliquei. – Estava indo ao banheiro.

Daniel ficou me olhando pasmo, como se eu fosse louca, então não dava para olhar no quarto. Entrei no banheiro, tranquei a porta e comecei a revirar tudo. Não sabia exatamente o que estava procurando: fios de cabelo louro, lenços de papel com marcas de batom, escovas de cabelo que eu não conhecia – qualquer coisa dessas seria uma pista. Nada. Então, abri a porta devagar, olhei para os dois lados, fui me esgueirando pelo corredor, empurrei a porta do quarto de Daniel e quase morri de susto. Tinha uma pessoa lá.

– Bridget. – Era Daniel, empunhando um jeans como se quisesse se defender com ele. – O que está fazendo aqui?

– Ouvi você vindo para cá e aí, então, pensei num encontro secreto – disse eu, me aproximando de uma forma que seria muito sexy, não fosse o meu vestido de florzinhas. Encostei a cabeça no peito dele e abracei-o, tentando cheirar a camisa para sentir resquícios de perfume e dar uma boa olhada na cama, que estava desfeita, como sempre.

– Humm, você ainda está com aquela roupa de coelhinha por baixo, não é? – perguntou ele, começando a abrir o zíper do vestido de dama de honra e me apertando de um jeito que deixava bem claro quais eram suas intenções. De repente, me ocorreu que aquilo podia ser um truque e que ele ia me seduzir enquanto a mulher escapava tranqüilamente. – Ah, a chaleira deve estar fervendo – disse Daniel de repente, fechando o zíper do meu vestido e me dando uma palmadinha de um jeito que não era o dele. Quando começa, ele costuma ir até o fim mesmo se houver um terremoto, maremoto ou aparecer uma foto da ministra da Saúde nua na tevê.

– Ah, sim, é melhor fazer o chá – concordei, achando que isso me daria a chance de dar uma olhada no quarto e no escritório.

– Pode passar – disse Daniel, me empurrando para fora do quarto e fechando a porta de forma que fui andando na frente dele até a cozinha. No meio do caminho, vi a porta que dava para o terraço, na cobertura.

– Vamos nos sentar na sala? – perguntou Daniel.

Ela estava lá, no maldito terraço. Quando olhei desconfiada para a porta, ele perguntou:

– O que houve?

– Nada – respondi numa vozinha cantante, indo para a sala. – Só estou um pouco cansada da festa.

Me joguei no sofá parecendo muito à vontade e pensando se devia, mais rápido do que a luz, ir até o escritório, derradeiro local onde ela devia estar, ou correr até o terraço. Achei que, se não estivesse no terraço, estaria no escritório, no guarda-roupa do quarto ou embaixo da cama. E, portanto, se subíssemos para o terraço, ela poderia fugir. Mas se fosse esse o caso Daniel já teria sugerido irmos para o terraço antes.

Ele me trouxe uma xícara de chá e se sentou em frente ao seu laptop, que estava aberto e ligado. Só então comecei a achar que talvez não existisse mulher nenhuma. Havia um texto na tela – quando cheguei, talvez ele estivesse mesmo trabalhando e falando com alguém nos Estados Unidos. E eu, idiota, estava me comportando como uma doida.

– Tem certeza de que está tudo certo com você, Bridget?

– Tudo ótimo. Por quê?

– Bom, você aparece na minha casa sem avisar, vestida de coelha disfarçada de dama de honra e fuça todos os quartos. Se não era para espionar alguma coisa, eu gostaria de saber o porquê, só isso.

Fiquei me sentindo uma completa idiota. Era a droga do Mark Darcy tentando atrapalhar minha relação, fazendo com que eu ficasse desconfiada. Pobre Daniel, era tão injusto ficar duvidando dele só por causa do que disse um sujeito arrogante, mal-humorado, grande advogado de direitos humanos. Foi aí que ouvi alguma coisa sendo arrastada no terraço, em cima.

– Acho que estou com um pouco de calor – disse eu, prestando atenção em Daniel. – Vou subir e me sentar um pouco no terraço.

– Pelo amor de Deus, será que você não pára um instante? – gritou ele, tentando impedir que eu passasse, mas fui mais rápida. Passei, abri a porta, subi as escadas correndo e abri a portinhola para o terraço ensolarado.

Lá, estirada numa espreguiçadeira, estava uma loura longilínea e bronzeada, completamente nua. Fiquei paralisada, me sentindo um enorme pudim no vestido de dama de honra. A mulher levantou a cabeça, tirou os óculos de sol e virou-se para mim, com um dos olhos fechados. Ouvi Daniel subindo as escadas.

Olhando para ele, a mulher disse, com sotaque americano:

– Mas, meu bem, você não disse que ela era *magra*?

Agosto

Desintegração

Terça-feira, 1º de agosto

56,2 quilos, 3 unidades alcoólicas, 40 cigarros (parei de tragar para poder fumar mais), 450 calorias (não estou comendo), 14 ligações para o serviço 1471, 7 bilhetes de loteria instantânea.

5 HORAS. Estou um caco. Meu namorado está transando com uma giganta bronzeada. Minha mãe está transando com um português. Jeremy está dormindo com uma vadia horrorosa, o Príncipe Charles está transando com Camilla Parker-Bowles. Não sei mais no que acreditar nem onde me apoiar. Tenho vontade de ligar para Daniel, na esperança de que ele negue tudo, dê uma explicação plausível para aquela valquíria desnuda no terraço – uma irmã mais jovem, uma vizinha amiga que estava se recuperando de uma gripe, alguma coisa assim – e faça com que tudo volte ao lugar. Mas Tom grudou no meu telefone um papel onde está escrito "Não ligue para Daniel ou vai se arrepender".

Eu devia ter ido para a casa de Tom, como ele sugeriu. Detesto ficar sozinha no meio da noite, fumando e choramingando como uma doida. Tenho medo de que Dan escute no andar de baixo e ligue para o hospício. Ai, Deus, o que tenho de errado? Por que nada funciona comigo? É porque estou muito gorda. Penso em ligar para Tom outra vez, mas liguei faz menos de uma hora. Não tenho vontade de ir trabalhar.

Depois do encontro do terraço, eu não disse nada: empinei o nariz, passei por Daniel, desci a escada, entrei no meu carro e fui embora. Direto para a casa de Tom, que entornou vodca na minha garganta, depois acrescentou o suco de tomate e o molho inglês. Quando cheguei em casa, havia três recados do Daniel na secretária pedindo para eu ligar. Não liguei, seguindo o conselho do Tom, que garantiu: a única forma de ter sucesso com os homens é ser bem má com eles. Sempre achei isso uma atitude cínica e equivocada, mas fui legal com Daniel e olha o que aconteceu.

Ai, Deus, os passarinhos já estão cantando. Tenho de ir trabalhar daqui a três horas e meia. Não consigo. Socorro, socorro. De repente tive uma boa idéia: ligar para mamãe.

10 HORAS. Mamãe foi *maravilhosa*.

– Querida, claro que você não me acordou. Estou de saída para o estúdio de gravação. Não posso acreditar que você esteja nesse estado por causa de um *homem* idiota. Eles são completamente egoístas, sofrem de incontinência sexual e não servem para nada. É, isso *inclui* você também, Julio. Agora pare de ficar assim, querida. Anime-se. Durma mais um pouco, depois vá trabalhar com uma cara ótima. Faça com que todo mundo, principalmente Daniel, saiba que você não quer mais nada com ele. Você de repente descobriu como a vida é *maravilhosa* sem aquele sujeito gagá te controlando. Você vai se sentir ótima.

– *Você* está bem, mamãe? – perguntei, ao me lembrar de papai chegando na festa de Una acompanhado da viúva Penny Husbands-Bosworth.

– Querida, você é um amor. Estou superocupada.

– Posso ajudar em alguma coisa?

– Pode sim – disse ela, animada. – Será que algum amigo seu tem o telefone de Lisa Leeson? Sabe quem é, a mulher do Nick Leeson, aquele investidor que deu um golpe no Banco Barings? Há dias estou louca atrás dela, é perfeita para aparecer no *Suddenly Single*.

– Eu estava perguntando por causa do papai e não do seu programa – expliquei.

– Seu pai? Mas não estou preocupada com ele. Não seja boba, querida.

– Mas, ele estava... na festa com a Sra. Husbands-Bosworth.

– Ah, eu sei, aquilo foi hilário. Parecia um idiota, querendo chamar minha atenção. Com o que será que ela estava se achando parecida? Um hamster, ou algo assim? Mas tenho de ir, estou muito ocupada. Você acha que consegue o telefone de Lisa com alguém? Anote meu *telefone direto*, querida. E não vamos mais ficar choramingando por bobagem.

– Ah, mãe, mas tenho de trabalhar com Daniel, eu...

– Querida, você está enganada. Ele é que tem de trabalhar com você. Seja bem má com ele, meu bem. (Ai, meu Deus, não sei com quem ela anda se metendo.) Estive pensando, meu bem. Está na hora de você sair daquele trabalho sem graça, em que não é valorizada. Prepare-se para pedir demissão, menina. Sim, querida... vou arrumar um trabalho para você na televisão.

Fui para o escritório parecendo uma Ivana Trump, de tailleur e brilho nos lábios.

Quarta-feira, 2 de agosto

56,2 quilos, 45 centímetros de coxa, 3 unidades alcoólicas (mas vinho da melhor qualidade), 7 cigarros (sem tragar),

1.500 calorias (excelente), 0 chá, 3 cafés (preparados com grãos naturais, portanto causam menos celulite), 4 unidades de cafeína.

Está tudo ótimo. Vou conseguir voltar aos 48 quilos e acabar com a celulite nas coxas. Aí certamente vai ficar tudo bem. Entrei num programa intensivo de desintoxicação – sem chá, sem café, sem álcool, sem farinha branca, sem leite e o que mais? Ah, puxa. Sem peixe, vai ver. Basta esfregar uma escova nas coxas durante cinco minutos pela manhã, depois tomar 15 minutos de banho de imersão com óleo anticelulite na água e massageando para desfazer a celulite como quem amassa pão, e finalmente fazer massagem com mais óleo anticelulite.

Esta última parte do tratamento me intriga: será que o óleo penetra na celulite através da pele? Sendo assim, se eu passar óleo de bronzear na pele, a celulite fica bronzeada? E o sangue fica bronzeado? E o sistema linfático, tudo bronzeado? Argh. Mas.... (Cigarros. Era essa a outra coisa. Sem cigarros. Muito bem. Agora é tarde. Amanhã não fumo.)

Quinta-feira, 3 de agosto

55,8 quilos, 45 centímetros de coxas (honestamente: para quê?), 0 unidade alcoólica, 25 cigarros (excelente, se considerar tudo o que passei), aproximadamente 445 pensamentos negativos por hora, 0 pensamento positivo.

Minha cabeça não está nada boa, outra vez. Não suporto a idéia de Daniel ter outra mulher. Passam mil fantasias pela minha cabeça de coisas que os dois estão fazendo. Fiquei distraída dois dias com o plano de emagrecer e mudar de personalidade, mas depois desmontou tudo na minha cabeça. Percebi que era apenas um jeito complicado de enganar a mim mesma. Estava achando que podia me *reinventar* em poucos dias e assim anular o impacto da dolorosa e humilhante infidelidade de Daniel, ocorrida numa encarnação anterior e que jamais se repetiria no meu novo ego melhorado. Infelizmente, agora vejo que o único motivo para me *reinventar*, combater a celulite e emagrecer era fazer com que Daniel percebesse seu erro. Tom já tinha me prevenido e dito que 90% das cirurgias plásticas são feitas por mulheres cujos maridos fugiram com mulheres mais jovens. Eu disse que a giganta do terraço não era tão mais jovem que eu, só mais alta, e Tom argumentou que não era esse o problema. Argh.

No escritório, Daniel continuou me mandando mensagens pelo computador, dizendo "Precisamos conversar" etc. Ignorei de propósito. Quanto mais ele mandava mensagens, mais iludida eu ficava, achando que minha *reinvenção* estava funcionando, ele tinha percebido seu tremendo erro, só agora via o quanto me amava e a giganta do terraço já era.

Hoje, no fim do dia, ele correu atrás de mim quando eu estava indo embora.

– Querida, por favor, precisamos conversar – pediu.

Como uma boba, fui tomar um drinque com ele no American Bar do hotel Savoy, deixei que me *amaciasse* com champanhe e com "Estou tão mal, sinto falta de você, blá-blá-blá". Aí, tive de admitir: "Ah, eu também sinto a sua falta" e ele de repente ficou sério e disse:

– O caso é que Suki e eu...

– Suki? Vagabi é um nome que cai melhor – disse eu, achando que ele fosse dizer: "Somos como irmãos, primos, inimigos, um caso acabado." Em vez disso, ele me olhou bem firme e disse:

– Ah, é difícil explicar. É uma coisa muito especial.

Fiquei olhando para ele, surpresa com a mudança.

– Desculpe, amor – disse ele, pegando seu cartão de crédito e chamando o garçom –, mas nós vamos nos casar.

Sexta-feira, 4 de agosto

45 centímetros de coxa, 600 pensamentos negativos por minuto, 4 crises de pânico, 12 crises de choro (mas no banheiro, e me lembrei de levar o corretivo todas as vezes), 7 bilhetes de loteria instantânea.

Trabalho. Banheiro do terceiro andar. É simplesmente... simplesmente... insuportável. Por que diabos tive a idéia de ter um caso com o chefe? Agora não consigo lidar com a situação. Daniel divulgou para todo mundo que está noivo da giganta. Representantes de vendas que eu nem conhecia me ligam para dar os parabéns e tenho de explicar que a noiva é outra. Fico lembrando como foi romântico o início da nossa relação, cheio de mensagens secretas pelo computador e encontros no elevador. Ouvi Daniel falando ao telefone, combinando de ver Vagabi à noite e dizendo, sem graça:

– Até agora, não muito mal...

Eu sabia que ele estava falando da minha reação, como se eu fosse uma secretária apaixonada ou coisa assim. Estou pensando seriamente em fazer uma plástica.

Terça-feira, 8 de agosto

57 quilos, 7 unidades alcoólicas (argh, argh), 29 cigarros (hum, hum), 5 milhões de calorias, 0 pensamento negativo, 0 pensamento em geral.

Acabo de ligar para Jude. Contei um pouco do drama com Daniel e ela ficou horrorizada, declarou imediatamente que era uma situação de emergência e disse que ia ligar para Sharon e marcar de nos encontrarmos às 21 horas. Não podia ser antes porque tinha um encontro com Richard o Vil, que finalmente concordou em fazer uma terapia de casal com ela.

2 HORAS. Nossme diverti muito. Opa. Tro-pecei.

Quarta-feira, 9 de agosto

58 quilos (mas por uma boa causa), 43 centímetros de coxas (ou é milagre, ou é um erro provocado pela ressaca), 0 unidade alcoólica (o corpo continua absorvendo o que bebi ontem à noite), 0 cigarro (putz).

8 HORAS. Argh. Depois da noite passada, fiquei num estado físico deplorável, mas emocionalmente bem animada. Jude chegou furiosa porque Richard o Vil não tinha ido à terapia de casal.

– Claro que a terapeuta ficou achando que ele era um namorado imaginário e eu uma pessoa muito, muito triste.

– E o que você fez? – perguntei, solidária, afastando uma idéia diabólica: "A terapeuta estava certa."

– Ela disse que eu tinha de falar dos problemas que não são relacionados ao Richard.

– Mas todos os seus problemas são relacionados ao Richard – argumentou Sharon.

– Eu sei. Disse isso, ela concluiu que tenho um problema com limites e me cobrou 55 pratas.

– Por que ele não apareceu? Espero que aquele verme sádico tenha uma boa desculpa – praguejou Sharon.

– Disse que ficou preso no trabalho – explicou Jude. – Eu disse: "Olha, você não tem o monopólio de problemas de relacionamento. Na verdade, eu tenho um problema de relacionamento. Se você não resolver o seu, vai acabar se envolvendo com o meu e aí será *tarde demais*."

– Mas você *tem* um problema de relacionamento? – perguntei, surpresa, pensando que eu também devia ter.

– *Claro* que tenho – admitiu Jude, zangada. – É que ninguém vê porque está muito mascarado atrás do problema do Richard. Na verdade, o meu problema é bem maior que o dele.

– É mesmo – concluiu Sharon. – Mas você não fica por aí com seu problema grudado na testa, como faz todo homem acima dos 20 anos hoje.

– Era isso que eu queria dizer – concordou Jude, tentando acender mais um Silk Cut, mas o isqueiro falhava.

– Todo mundo tem problema de relacionamento – resmungou Sharon com uma voz gutural igualzinha à de Clint Eastwood. – É a cultura dos três minutos. É uma carência geral de atenção. É típico dos homens transformar isso num problema global e numa desculpa para rejeitar as mulheres e fazer com que se sintam inteligentes e nós nos sintamos burras. Não passa de babaquice emocional.

– Malditos! – gritei. – Que tal pedirmos mais um vinho?

9 HORAS. Droga. Mamãe acaba de ligar.

– Querida, adivinha o que aconteceu? O programa *Good Afternoon!* está precisando de uma produtora. Trata de assuntos da atualidade, é muito interessante. Falei de você com Richard Finch, o editor. Disse que você tinha diploma de ciência política, querida. Não se preocupe, ele é muito ocupado para conferir. Quer que você converse com ele na segunda-feira.

SEGUNDA-FEIRA. Ai, meu Deus. Com isso, tenho só cinco dias para aprender sobre temas da atualidade.

Sábado, 12 de agosto

58,5 quilos (ainda por uma causa muito boa), 3 unidades alcoólicas (mt. b.), 32 cigarros (mt. mt. ruim, principalmente porque foi no dia em que ia parar), 1.800 calorias (bom), 4 bilhetes de loteria instantânea (b.), 1,5 artigo sobre assuntos sérios lidos, 22 ligações para o serviço 1471 (tudo bem), 120 minutos de conversas imaginárias com Daniel (mt. b.), 90 minutos pensando em Daniel implorando para eu voltar (excelente).

Certo. Estou decidida a ver as coisas de uma forma mt. positiva. Vou mudar de vida: ficar bem informada sobre temas da atualidade, parar de fumar completamente e manter uma boa relação com um homem adulto.

8H30. Ainda não fumei nenhum cigarro. Mt. b.

8H35. Nenhum cigarro até agora. Excelente.

8H40. Será que tem alguma coisa interessante na caixa de correspondência?

8H45. Argh. Recebi só um odioso documento da Secretaria de Seguro Social exigindo o pagamento de 1.452 libras. Como? Por quê? Não tenho 1.452 libras. Ai, Deus, preciso de um cigarro para me acalmar. Não devo. Não devo.

8H47. Acabo de fumar. Mas o primeiro dia sem fumar só começa oficialmente depois que estou vestida. De repente começo a pensar em Peter, um ex-namorado com quem tive uma relação funcional durante sete anos e com quem rompi por razões que não lembro. De vez em quando – em geral quando não tem com quem sair num feriado – ele tenta voltar e diz que quer se casar comigo. Sem perceber direito o que está acontecendo, começo a achar que agora ele é a solução. Por que ficar infeliz e sozinha se Peter quer ficar comigo? Achei o telefone dele, liguei e deixei um recado na secretária eletrônica dizendo apenas para me ligar, em vez de contar sobre o plano de passarmos a vida inteira juntos etc.

13H15. Peter ainda não retornou a ligação. Não sou mais capaz de atrair homem algum, nem Peter.

16H45. A política de parar de fumar está arruinada. Peter ligou, finalmente.

– Alô, Abelhinha. – (Nós sempre nos chamamos de Abelha e Vespinha.) – Eu estava mesmo querendo falar com você. Tenho boas notícias: vou me casar.

Argh. Uma sensação desagradável na região do pâncreas. Nenhum ex-namorado nosso deveria sair com outra mulher nem se casar, mas continuar solteiro até o fim de seus dias para nos dar apoio mental.

– Abelha? – perguntou Vespinha. – Bzzzzz?

– Desculpe – respondo, batendo com a cara na parede, meio tonta. – É que, ahn, acabo de ver um acidente de carro pela janela.

Claro que aquilo era uma desculpa, mas Vespinha entusiasmou-se e falou uns vinte minutos sobre o preço de toldos, depois disse:

– Tenho de desligar. Hoje à noite vamos preparar salsichas de cervo Delia Smith acompanhadas de frutinhas do bosque e assistir à televisão.

Argh. Acabo de fumar um maço de Silk Cut num ato de autodestruição por desespero existencial. Espero que o casal fique obeso e tenha de ser retirado do apartamento por um guindaste, pela janela.

17H45. Estou tentando me concentrar para decorar os nomes dos integrantes do gabinete paralelo britânico e não entrar numa espiral de insegurança. Não conheço a futura mulher do Vespinha, mas imagino que seja uma giganta loura e alta, estilo terraço, que acorda às 5 horas, vai fazer ginástica, esfrega sal na pele, depois enfrenta o mercado financeiro internacional o dia inteiro sem borrar o rímel.

Percebi com grande humilhação que me aborreci com Peter porque eu terminei o namoro com ele e agora ele terminou comigo, ao se casar com a Sra. Valquíria Giganta. Mergulho em pensamentos mórbidos e cínicos a respeito de como um fim de caso envolve ego e orgulho feridos, mais do que a perda em si. A partir daí, cheguei à conclusão de que
 a princesa Sarah se sente muito segura porque o príncipe

Andrew ainda quer voltar para ela (até resolver se casar com outra, rá-rá-rá).

18H45. Estava começando a assistir o noticiário das 18 horas, equilibrando o notebook no colo, quando minha mãe entrou no apartamento, carregada de sacolas.

– Bom, querida – disse ela passando para a cozinha. – Trouxe uma sopa deliciosa e algumas lindas roupinhas minhas para você usar na segunda-feira! – Ela estava com um vestido verde-limão, casaco preto e sapatos de salto. Parecia a cantora Cilla Blach do *Blind Date*. – Onde você guarda as conchas de sopa? – perguntou, abrindo e fechando os armários da cozinha. – Desculpe, querida, mas que bagunça! Dê uma olhada nas roupas das sacolas enquanto eu esquento a sopa.

Apesar de não levar em consideração que a) estávamos no verão b) fazia um calor infernal c) eram 18h15 d) eu não queria sopa nenhuma, olhei o que tinha na primeira sacola: uma coisa plissada em tecido sintético amarelo-ovo com estampa floral.

– Err, mãe... – comecei a falar, mas tocou uma campainha dentro da sacola.

– Ah, deve ser o Julio. Arrã, arrã. – Ela segurava o celular no queixo e dava uns pulinhos. – Arrã, arrã. Vista esse, querida – sussurrou para mim. – Arrã, arrã. Arrã, arrã.

Agora perdi o jornal na tevê, mamãe foi para um queijos-e-vinhos e me deixou parecendo uma perua num conjunto azul-petróleo sobre uma blusa verde e com os olhos pintados de sombra azul até as sobrancelhas.

– Não seja boba, querida – disse ela, ao sair. – Se não fizer *alguma* coisa em relação à aparência, jamais conseguirá um novo emprego, quanto mais um novo namorado!

MEIA-NOITE. Depois que ela foi embora, liguei para Tom, que me levou na festa de um amigo dele da escola de arte na Galeria Saatchi para ver se conseguia me fazer com aquela obsessão.

– Bridget – disse ele nervoso, quando entramos no buraco branco repleto de jovens grunges. – Você sabe que não se ri de uma instalação artística, não é?

– Eu sei, eu sei – respondi, mal-humorada. – Não vou fazer nenhuma piada sem graça.

Alguém que se chamava Gav disse "Oi": uns 22 anos, gostoso, com uma camiseta apertada que mostrava uma barriga bem musculosa.

– Mas isso é muito, muito, *muito* maravilhoso – disse Gav. – É como uma utopia com uns ecos assim muito, muito, maravilhosos de, sei lá, identidades pátrias perdidas.

Agitado, ele nos conduziu pela enorme sala branca até um rolo de papel higiênico que tinha o papelão por fora do papel.

Os dois ficaram me olhando, esperando que eu dissesse alguma coisa. De repente, percebi que ia chorar. Tom agora estava salivando diante de uma barra de sabão em forma de pênis. Gav me olhava.

– Puxa, essa é uma reação muito, muito, *muito* forte – disse ele, enquanto eu tentava segurar as lágrimas.

– Vou ao toalete – disse eu, passando por uma série de sacolas cheias de toalhas de papel. Tinha uma fila numa porta com uma tabuleta escrito *Instalban* e fiquei lá, nervosa. De repente, quando já estava quase na minha vez de entrar, senti uma mão no meu braço. Era Daniel.

– Bridget, o que você está fazendo aqui?

– O que você acha? – respondi, com raiva. – Desculpe, estou apertada. – Entrei no cubículo e, quando ia começar a tirar a roupa, percebi que era uma imitação, de plástico. Daniel enfiou a cabeça na porta.

– Bridget, não faça xixi na instalação, tá? – e fechou a porta.

Quando saí ele tinha sumido. Não consegui enxergar Gav, Tom, nem ninguém. Acabei achando um banheiro de verdade, me sentei na privada e chorei, achando que não conseguia mais viver em sociedade, precisava me isolar até melhorar. Tom estava me esperando do lado de fora.

– Venha falar com Gav. Ele ficou muito, assim, interessado em você.

Mas quando olhou para minha cara, mudou de idéia.

– Ah, droga, vou levar você para casa.

Não adianta. Quando alguém nos abandona, além da saudade, além de acabar aquele mundinho que os dois criaram juntos e de tudo o que vemos ou fazemos nos lembrar dele – o pior é pensar que fomos testados e no fim tudo o que sobrou da gente ganha o carimbo REJEITADO pela pessoa que a gente ama. Como não ficar me sentindo um sanduíche velho de rodoviária?

– Gav gosta de você – disse Tom.

– Gav tem 10 anos. E só gostou de mim porque achou que eu estava chorando por causa de um rolo de papel higiênico.

– De certa forma, você estava – disse Tom. – Maldito Daniel. Não me surpreenderia nem um pouco se esse idiota fosse o único responsável pelo conflito na Bósnia.

Domingo, 13 de agosto

Noite mt. ruim. Para completar, tentei ler para pegar no sono e folheei a revista *Tatler*, onde vi a cara de Mark Bobo

Darcy numa reportagem sobre os cinqüenta solteiros mais cobiçados de Londres, dizendo como ele era rico e interessante. Argh. Fiquei ainda mais deprimida, não dá nem para descrever. Muito bem, agora vou parar de ficar com pena de mim mesma e passar a manhã lendo os jornais até decorar.

MEIO-DIA. Rebecca acaba de ligar perguntando se "estou bem". Achando que ela estivesse se referindo a Daniel, respondi:

– Olha, estou bem deprimida.

– Ah, coitada. É, encontrei com Peter na noite passada (onde? o quê? por que não fui convidada?) e ele contou que você está muito chateada por causa do casamento. Como disse ele, *é* difícil mesmo, as mulheres solteiras têm tendência a ficar desesperadas à medida que envelhecem.

Na hora do almoço eu já não estava mais agüentando o domingo nem fingir que estava tudo bem. Liguei para Jude e contei do Vespinha, de Rebecca, da entrevista de trabalho, da mamãe, do Daniel, do desespero geral e combinei de encontrá-la no Jimmy Baez para tomar um *bloody mary*.

18 HORAS. Por sorte, Jude estava lendo um livro muito interessante chamado *As deusas e a mulher*. Parece que o livro diz que há certas fases da vida em que tudo dá errado e você não sabe o que fazer, é como se todas as portas de alumínio à sua volta se fechassem igual ao filme *Jornada nas estrelas*. O que se deve fazer é ser heróica e continuar firme, sem mergulhar na bebida nem ficar com pena de si mesma, e então tudo vai dar certo. Segundo o livro, todos os mitos gregos e muitos dos filmes de sucesso são sobre seres humanos enfrentando situações difíceis sem fraquejar e conseguindo superá-las.

O livro diz também que enfrentar fases difíceis é como entrar numa espiral e a cada volta que se desce há um ponto mais sofrido e complicado. Nesse ponto está o seu problema ou ponto fraco. Quando você está na parte mais estreita da espiral, você sempre volta rapidamente à mesma situação, pois os círculos são pequenos. À medida que vai descendo, passa por cada vez menos fases difíceis, mas é preciso voltar a elas, então, quando acontece com você, você não deve pensar que voltou à estaca zero.

O problema é que, agora que estou sóbria, não sei direito do que ela estava falando.

Mamãe ligou. Tentei explicar como é difícil ser mulher, tendo um prazo determinado para procriar, problema que não aflige os homens. Mas ela argumentou:

– Ah, sinceramente, querida. Vocês hoje são tão insatisfeitas e românticas. O problema é que têm muitas escolhas na vida. Não digo que não amava seu pai, mas quando eu era jovem sempre nos diziam que, em vez de esperar grandes e arrebatadoras emoções na relação com os homens, devíamos "esperar pouco e perdoar muito". E para ser sincera, querida, ter filhos não é lá essas coisas. Quer dizer, não vá ficar ofendida, não é nada pessoal, mas se fosse para começar de novo não sei se eu teria...

Ai, Deus. Até minha própria mãe preferiria que eu não tivesse nascido.

Segunda-feira, 14 de agosto

59,4 quilos (ótimo – me transformei numa montanha de banha para a entrevista, e estou com uma espinha), 0 unidade alcoólica, muitos cigarros, 1.575 calorias (mas vomitei, então aproximadamente 400).

Ai, Deus. Estou morta de medo da entrevista. Avisei Perpétua que eu ia ao ginecologista; sei que devia ter dito dentista, mas não se pode perder a chance de torturar a mulher mais mexeriqueira do mundo. Estou quase pronta, só falta acabar a maquiagem enquanto fico repassando na cabeça o que penso da liderança de Tony Blair. Ai, Deus, quem é o secretário de defesa do gabinete paralelo? Merda, merda. É um sujeito de barba? Merda: o telefone tocou. Não acredito: uma terrível voz de adolescente com sotaque da região Sul de Londres informa, enquanto ao fundo ouve-se uma musiquinha chata:

– Alô, Bridget, aqui é da parte de Richard Finch. Esta manhã ele foi a Blackpool, por isso pede para cancelar a entrevista.

– Remarcada para quarta-feira. Vou ter de fingir que tenho um problema ginecológico persistente. De todo jeito, vou tirar a manhã inteira de folga.

Quarta-feira, 16 de agosto

Noite horrível. Acordava banhada em suor, sem saber a diferença entre os Unionistas da Irlanda do Norte e o Partido Trabalhista Social-Democrata e a qual dos dois pertencia o líder Ian Paisley.

Em vez de ser levada à redação para encontrar o grande Richard Finch, me largaram suando na recepção durante 40 minutos, pensando "Ai, Deus, quem é o ministro da Saúde?"

até que Patchouli, a assistente dele, me chamou com uma vozinha enjoada. Ela estava de bermuda de lycra e tinha um piercing no nariz e ficou pasma com meu vestido xadrez, como se, numa tentativa inútil de ser formal, eu estivesse usando um vestido de baile de seda até o pé no estilo Laura Ashley.

– Você sabe que Richard quer que participe da reunião de pauta, não? – murmurou ela, enquanto andava, rápida, por um corredor e eu ia atrás correndo. Abriu uma porta cor-de-rosa e entramos numa sala enorme, cheia de pilhas de roteiros, aparelhos de tevê dependurados no teto, gráficos pelas paredes e bicicletas encostadas nas mesas. No fundo da sala tinha uma mesa grande onde estavam fazendo a reunião. Quando chegamos, todo mundo virou para nos olhar.

Um homem gordo, de meia-idade, com cabelo loiro encaracolado, camisa jeans e óculos de aro vermelho falava, agitado, na cabeceira da mesa.

– Entre, entre! – convidou, mostrando os punhos como um boxeador. – Estou pensando no ator Hugh Grant. Estou pensando na atriz Elizabeth Hurley. Estou pensando em como, dois meses depois, eles continuam juntos. Estou pensando como é que ele vai explicar essa história. Isso mesmo! Como é que um homem que tem uma namorada como Elizabeth Hurley ganha uma chupada de uma prostituta em uma via pública e se safa? O que aconteceu com o ciúme?

Eu não acreditava no que estava ouvindo. E o gabinete paralelo? E o processo de paz na Irlanda do Norte? Obviamente ele estava querendo saber como é que ele mesmo podia se explicar por ter dormido com uma prostituta. De repente, disse, olhando na minha direção:

– *Você* sabe? – a mesa inteira, cheia de jovens grunges, ficou me olhando. – Você deve ser a Bridget! – berrou, nervoso. – Como se explica que um homem com uma bela namorada tenha conseguido transar com uma prostituta, ser descoberto e se safar?

Entrei em pânico. Deu um branco na minha cabeça.

– Então? – perguntou ele. – Vamos, diga alguma coisa!

– Bom, deve ter sido porque alguém engoliu as provas.

Houve um silêncio de morte, e então Richard Finch começou a rir. O riso mais repelente que já ouvi na vida. A seguir todos os jovens grunges começaram a rir também.

– Bridget Jones – disse Richard Finch, passando a mão nos olhos. – Seja bem-vinda ao *Good Afternoon!* Sente-se, querida – e deu uma piscadela.

Terça-feira, 22 de agosto

58 quilos, 4 unidades alcoólicas, 25 cigarros, 5 bilhetes de loteria instantânea.

Ainda não tive notícia do resultado da entrevista. Não sei o que fazer no próximo feriado nacional já que não vou agüentar ficar sozinha em Londres. Sharon vai ao Festival de Edimburgo, Tom também, e muita gente da editora. Gostaria de ir, mas não sei se tenho dinheiro e receio que o Daniel vá. E também todo mundo vai ser mais bem-sucedido e vai estar se divertindo mais do que eu.

Quarta-feira, 23 de agosto

Vou para Edimburgo com certeza. Daniel vai ficar trabalhando em Londres, por isso não corro o risco de dar de cara com ele no Passeio Real. Vai ser bom sair de Londres, em vez de ficar aqui ansiosa à espera de uma resposta do *Good Afternoon!*.

Quinta-feira, 24 de agosto

Vou ficar em Londres. Sempre acho que vou me divertir no Festival, mas acabo conseguindo assistir só ao espetáculo de mímica. Além disso, você arruma a mala com roupas de verão e acaba morrendo de frio e tiritando por ruas com piso de pedra ao lado de ruínas, imaginando que todo mundo deve estar numa festa ótima.

Sexta-feira, 25 de agosto

19 HORAS. Vou para Edimburgo. Perpétua hoje me disse:

– Bridget, acabo de me lembrar de uma coisa. Aluguei um apartamento em Edimburgo e adoraria se você quisesse ficar lá conosco.

Que gentil da parte dela.

22 HORAS. Acabo de ligar para Perpétua e dizer que não vou. É besteira, não posso gastar esse dinheiro.

Sábado, 26 de agosto

8H30. Certo, vou ficar em casa, descansar e passar um fim de semana saudável. Ótimo. Posso terminar de ler *The Famished Road*.

9 HORAS. Ai, Deus, estou tão deprimida. Todo mundo foi para Edimburgo, menos eu.

9H15. Será que Perpétua já foi?

MEIA-NOITE. Edimburgo. Ai, Deus. Preciso assistir a alguma coisa amanhã. Perpétua acha que sou maluca. Passou a viagem de trem inteira com o celular no ouvido e berrando para as pessoas:

– As entradas para o *Hamlet* com Arthur Smith estão completamente esgotadas, então podemos ir às 17 horas ao espetáculo dos Irmãos Coen, mas aí vamos nos atrasar para ver Richard Herring. Então não devemos ver Jenny Eclair – puxa, não entendo como ela ainda *faz isso* – e ver *Lanark*, depois tentamos entrar no Harry Hill ou vemos Bondages, e Julian Clary? Espera aí. Vou tentar ver se consigo lugar no Gilded Balloon. Não, o Harry Hill está lotado, então que tal se não formos nos Irmãos Coen?

Combinei de encontrar com eles no Plaisance porque queria ir ao Hotel George deixar um recado para Tom e dei de cara com Tina no bar. Não imaginava que o Plaisance fosse tão longe; quando cheguei, o espetáculo já havia começado e não tinha mais lugar. No fundo, achei ótimo, e voltei a pé para o apartamento – ou melhor, despenquei. Lá, fiz uma maravilhosa batata cozida no forno com recheio de frango ao curry e assisti à *Casualty*. Devia encontrar Perpétua às 21 horas no salão. Às 20h30 eu já estava pronta, mas não sabia que não era permitido ligar para fora, portanto não era permitido chamar um táxi, então acabei chegando atrasada. Voltei para o bar do Hotel George para ver se encontrava Tina e saber onde estava Sharon. Pedi um *bloody mary* e fiquei fazendo de conta que não me importava de ficar ali sozinha quando percebi uma confusão de flashes de fotógrafos e câmeras de tevê num canto. Quase dei um grito. Lá estava mamãe, vestida como se fosse a Marianne Faithful, pronta para entrevistar Alan Yentob.

– Agora, todo mundo quieto! – ordenou ela numa voz tipo Una Alconbury.

– Aaaaação!!! Escute, Alan – perguntou ela, parecendo muito emocionada –, você algum dia chegou a pensar em suicídio?

Para ser sincera, a programação de tevê esta noite estava bem legal.

Domingo, 27 de agosto
Edimburgo

0 espetáculo assistido.

2 HORAS. Não consigo dormir. Aposto que todo mundo está em alguma festa ótima.

3 HORAS. Ouvi Perpétua chegando e dando sua opinião sobre os comediantes da escola alternativa:

– São bobinhos, infantis, completamente sem graça.

Acho que ela deve ter entendido alguma coisa errada.

5 HORAS. Tem um homem no apartamento. Eu *sinto* que tem.

6 HORAS. O homem está no quarto de Debby, do marketing. Droga.

9H30. Acordei com Perpétua berrando:

– Alguém quer assistir à palestra sobre poesia?

Houve um silêncio, depois ouvi Debby e o homem falando baixinho e ele indo para a cozinha. Soou a voz de Perpétua, furiosa:

– O que você está fazendo aqui?!!! Eu disse que NÃO ERA PARA TRAZER NINGUÉM PARA DORMIR.

14 HORAS. Nossa, dormi demais.

19 HORAS. Trem de King's Cross. Ai, Deus. Encontrei com Jude no Hotel George. Íamos assistir a um show de Perguntas e Respostas mas tomamos alguns *bloody marys* e lembramos que isso não nos faria bem. Você fica supertensa tentando acertar uma resposta, levantando e abaixando a mão. Finalmente, consegue fazer a pergunta, com o corpo meio inclinado para a frente e com uma voz esganiçada, depois se senta morrendo de vergonha, balançando a cabeça como um cachorro no banco traseiro de um carro enquanto dão uma resposta que leva vinte minutos, na qual você não tem o menor interesse. Para encurtar a história: quando percebemos, já eram 17h30 e Perpétua chegou com umas pessoas da editora.

– Ah, Bridget, que espetáculos você viu? – perguntou, bem alto. Fez-se um grande silêncio.

– Eu estou indo agora... – comecei, muito segura – ...pegar o trem.

– Não assistiu a nada, não é? – perguntou, ameaçadora. – De todo jeito, me deve 75 libras pelo quarto.

– Como? – gaguejei.

– Isso mesmo! Seriam 50 libras, mas há um acréscimo de 50% para mais uma pessoa no quarto.

– Mas no meu quarto não tinha...

– Ah, Bridget, não venha com essa, todo mundo sabe que você estava com um homem no quarto – disse ela. – Mas não se preocupe. Isso não é amor, é apenas Edimburgo. Vou dar um jeito de fazer com que Daniel saiba e aprenda a lição.

Segunda-feira, 28 de agosto

59,8 quilos (muita cerveja e batata recheada), 6 unidades alcoólicas, 20 cigarros, 2.846 calorias.

Recebi um recado de mamãe na secretária eletrônica perguntando o que eu achava de ganhar um batedor elétrico no Natal e me lembrando de que este ano o Natal cai numa segunda-feira e por isso ela gostaria de saber se eu ia para casa na sexta-feira à noite ou no sábado.

Um fato menos irritante: recebi uma carta de Richard Finch, editor do *Good Afternoon!* me oferecendo um emprego, acho. Dizia assim:

Muito bem, querida. Você está no ar.

Terça-feira, 29 de agosto

58 quilos, 0 unidade alcoólica (mt. b.), 3 cigarros (b.), 1.456 calorias (alimentação saudável pré-emprego novo).

10H30. Trabalho. Acabo de ligar para Patchouli, a assistente de Richard Finch, e soube que só devo começar a trabalhar na próxima semana. Não entendo nada de televisão mas dane-se, estou num beco sem saída aqui na editora e agora ficou muito humilhante trabalhar com Daniel. É melhor eu ir contar a ele.

11H15. Não acredito. Daniel ficou me olhando, branco como uma vela.

– Você não pode fazer uma coisa dessas. Não pode imaginar como as últimas semanas foram difíceis para mim.

Quando estava dizendo isso, Perpétua entrou de repente (devia estar ouvindo do outro lado da porta).

– Daniel! – explodiu ela. – Seu egoísta, manipulador, chantagista emocional. Pelo amor de Deus, foi você que terminou com ela. Então, bem que podia parar com essa merda.

De repente pensei que eu poderia gostar muito de Perpétua, mas não lesbicamente.

Setembro

Subindo no poste do Corpo de Bombeiros

Segunda-feira, 4 de setembro

57 quilos, 0 unidade alcoólica, 27 cigarros, 15 calorias, 145 minutos gastos em conversas imaginárias com Daniel dizendo o que penso dele (bom, melhor).

8 HORAS. Primeiro dia no novo emprego. Devo começar demonstrando muito interesse, calma, transmitindo uma imagem confiante. E sem fumar. Fumar é sinal de fraqueza e acaba com a autoridade da pessoa.

8H30. Mamãe acaba de ligar, achei que era para me desejar boa sorte no novo trabalho.

– Adivinha o que aconteceu, querida? – começou ela.

– O quê?

– Elaine convidou você para as bodas de rubi dela! – anunciou, fazendo uma pausa ofegante e ansiosa.

Deu um branco na minha cabeça. Elaine? Brian-e-Elaine? Colin-e-Elaine? Elaine-mulher-de-Gordon-que-foi-chefe-da-Tarmacadam-em-Kettering?

– Ela achou que seria ótimo ter alguns jovens para fazer companhia a Mark.

Ah, *Malcolm* e Elaine. Progenitores do superperfeito Mark Darcy.

– Parece que ele disse a Elaine que acha você muito interessante.

– Ah, não minta! – reclamei. Mas gostei de saber.

– Bom, acho que foi isso que ele quis dizer, querida.

– Mas o que ele disse? – perguntei, desconfiada.

– Disse que você era muito...

– Mãe...

– Bom, a palavra exata que ele usou, querida, foi "bizarra". Mas é uma graça, não? Bizarra. Você pode perguntar direito para ele nas bodas.

– Eu não vou até Huntingdon para comemorar as bodas de rubi de um casal com quem falei uma vez na vida, durante oito segundos, quando tinha 3 anos, só para me jogar na frente de um divorciado rico que me acha bizarra.

– Ah, não seja boba, querida.

Acabei concordando.

– Acho que tenho de ir à festa – admiti feito uma boba, já que mamãe como sempre começou a falar sem parar como se eu estivesse no corredor da morte e aquele fosse nosso último contato antes de me aplicarem uma injeção letal.

– Ele estava ganhando milhares de libras por hora. Tinha um relógio sobre a mesa, tique-taque, tique-taque, tique-taque. E já contei que vi Mavis Enderby na agência do correio?

– Mamãe, hoje é meu primeiro dia de trabalho. Estou nervosa. Não quero ficar falando de Mavis Enderby.

– Oh, meu Deus do Céu, querida! Que roupa você vai usar na festa?

– A minissaia preta com uma camiseta.

– Ah, desse jeito você vai parecer uma mendiga maltrapilha. Use alguma coisa elegante, de cores vivas. Que tal aquele lindo duas-peças cereja? Aliás, contei que Una está num cruzeiro pelo Nilo?

Argh. Fiquei me sentindo tão mal depois que ela desligou que fumei cinco Silk Cut, um atrás do outro. Não foi um bom começo de dia.

21 HORAS. Estou na cama, completamente exausta. Tinha esquecido como é horrível começar num emprego novo: ninguém conhece você, então a sua personalidade passa a ser definida por qualquer comentário ao acaso ou qualquer coisa um pouco diferente que diz. Não dá nem para retocar a maquiagem sem ter de perguntar onde fica o banheiro.

Cheguei atrasada, mas não por culpa minha. Foi impossível entrar no estúdio da tevê, porque eu não tinha crachá e quem tomava conta da portaria era aquele tipo de segurança que acha que o trabalho dele consiste em evitar que os funcionários entrem no prédio. Quando finalmente consegui chegar à recepção não podia subir sem que alguém descesse para me buscar. A essa altura já eram 9h25 e a reunião era às 9h30. Patchouli acabou aparecendo com dois enormes cães latindo, um deles pulou em cima de mim e ficou lambendo minha cara, enquanto o outro colocava a cabeça debaixo da minha saia.

– Os cachorros são de Richard. Não são o máximo? – perguntou ela. – Vou levar os dois para o carro.

– Não vou me atrasar para a reunião? – perguntei, desesperada, segurando a cabeça do cachorro no meio das minhas pernas e tentando afastá-lo. Ela me olhou de alto a baixo, como se dissesse "E daí?", e sumiu, puxando os cachorros.

Quando entrei na redação, a reunião já tinha começado e todo mundo ficou me olhando, menos Richard, cujo corpo avantajado estava apertado num estranho paletó verde de lã.

– Entre, entre – disse ele, agitado, mostrando a mesa com as duas mãos. – Estou pensando na edição noturna. Estou pensando em padres corruptos. Estou pensando em atos sexuais dentro da igreja. Estou pensando em por que as mulheres se apaixonam por padres. Vamos lá, você não está sendo paga para ficar quieta. Tenha uma idéia.

– Por que você não entrevista Joanna Trollope? – perguntei.

– A prostituta? – disse ele, me olhando sem entender. – Que prostituta?

– Joanna Trollope. A autora do livro *The Rector's Wife*, que apareceu na tevê. *The Rector's Wife*. Ela deve saber.

Ele deu um sorriso satisfeito.

– Ótimo – disse ele, olhando para os meus peitos. – Grande idéia. Alguém tem o telefone da Joanna Trollope?

Houve um longo silêncio.

– Bom, eu tenho – acabei dizendo, sentindo vibrações de ódio vindas dos jovens grunges.

Quando a reunião terminou, corri para me ajeitar no banheiro e lá encontrei Patchouli com uma amiga que usava um vestido pintado que deixava aparecer a calcinha e a cintura.

– Não é muito exagerado, é? – perguntou a amiga de Patchouli. – Você tinha de ver aquelas peruas de trinta e poucos anos quando eu entrei. Levaram um susto!

Perceberam que eu estava ali e me olharam, surpresas, tapando a boca com as mãos.

– Não estávamos nos referindo a você – disseram.

Não tenho certeza se vou conseguir agüentar isso.

Sábado, 9 de setembro

56,2 quilos (a grande vantagem de um emprego novo é emagrecer, graças à tensão), 4 unidades alcoólicas, 10 cigarros, 1.876 calorias, 24 minutos gastos com conversas imaginárias com Daniel (excelente), 94 minutos gastos imaginando conversas com mamãe nas quais meus argumentos vencem.

11H30. Por que, ai, por que fui dar a chave do meu apartamento para mamãe? Pela primeira vez em cinco semanas eu estava começando um fim de semana sem ter vontade de olhar para as paredes e chorar. Tinha trabalhado a semana inteira. Estava começando a achar que tudo ia dar certo, eu não seria mais *necessariamente* devorada por um pastor alemão. Foi nesse instante que mamãe entrou, carregando uma máquina de costura.

– Que diabo você está fazendo, bobinha? – perguntou ela, com uma voz que parecia um trinado. Eu estava pesando 100 gramas de cereais para o café-da-manhã, usando como contrapeso um tablete de chocolate (a balança tem as medidas em onças, o que complica porque a tabela de calorias é em quilos). – Adivinha o que aconteceu, querida? – perguntou ela, enquanto abria e fechava todos os armários.

– O quê? – respondi, de meias e camisola, tentando tirar o rímel de debaixo dos olhos.

– Malcolm e Elaine vão comemorar as bodas de rubi em Londres, no dia 23. Agora você pode ir e fazer companhia a Mark.

– Não quero fazer companhia a Mark – disse eu, entredentes.

– Ah, mas ele é tão inteligente. Estudou em Cambridge. Parece que fez uma fortuna nos Estados Unidos...

– Não vou.

– Escuta, querida, não vamos começar com isso – disse ela, como se eu tivesse 13 anos. – Olha, Mark acabou de decorar a casa no Holland Park e vai oferecer a festa para os pais em seis andares, com jantar e tudo mais. Que roupa você vai usar?

– Você vai com Julio ou com papai? – perguntei, para ela ficar quieta.

– Ah, querida, não sei. Talvez com os dois – disse, com aquela vozinha especial, sussurrante, que guarda para os momentos em que acha que é a atriz Diana Doors.

– Você não pode fazer uma coisa dessas.

– Mas seu pai e eu continuamos amigos, querida. E sou apenas amiga de Julio também.

Argh, argh. Aaargh. Não consigo lidar com ela quando ela fica assim.

– Então vou dizer para Elaine que você gostaria muito de ir, tudo bem? – disse, pegando a inexplicável máquina de costura e saindo. – Preciso ir. Tchau!

Não vou passar mais uma tarde borboleteando em volta de Mark Darcy como uma colher de purê de batata na frente de um bebê. Terei de sair do país ou alguma coisa assim.

20 HORAS. Vou a um jantar. Todos os bem-casados voltaram a me convidar nos sábados à noite porque estou sozinha outra vez, e me colocam sentada na mesa de frente para uma horrenda seleção de solteiros. Meus amigos são muito gentis e sou grata a eles, mas isso só enfatiza meu fracasso emocional e minha solidão – embora Magda continue dizendo que ser solteira é melhor do que ter um marido adúltero que sofre de incontinência sexual.

MEIA-NOITE. Ai, Deus. Todo mundo estava querendo animar o homem disponível (37 anos, a mulher pediu o divórcio há pouco tempo, amostra: "Para ser sincero, acho que o ministro britânico Michael Howard está sendo injustiçado.")

– Não sei do que você está reclamando – disse Jeremy, resistindo. – Os homens ficam mais atraentes quando envelhecem, o que não ocorre com as mulheres. Então, todas essas mocinhas de 22 anos que não o olhariam quando você tinha 25 agora ficam dando em cima.

Sentei e abaixei a cabeça, pensando furiosa na opinião deles sobre os prazos de validade das mulheres e da vida como uma dança das cadeiras em que as garotas sem cadeira – isto é, sem homem – caem fora do jogo quando a música pára – isto é, quando passam dos 30. Argh. É a mesma coisa.

– Isso mesmo, eu concordo que é muito melhor namorar alguém mais jovem – comentei, distraída. – Homens de mais de 30 anos são *tão* chatos, com seus porres e sua paranóia de que toda mulher quer agarrá-los para casar. Eu hoje só me interesso *mesmo* por homens de vinte e poucos anos. Eles são tão melhores na..., entende?

– É *mesmo*? Mas como você...? – perguntou Magda, curiosa.

– É, *você* se interessa por eles? – interrompeu Jeremy, olhando para Magda. – O problema é saber se *eles* se interessam por você.

– Você vai me desculpar, mas meu atual namorado tem 23 anos – declarei, cândida.

Houve um silêncio de pasmo.

– Bom, nesse caso, pode trazê-lo no jantar do próximo sábado, não? – disse Alex, com um sorriso irônico.

Idiota. Onde é que vou achar um rapaz de 23 anos que queira jantar com bem-casados num sábado à noite, em vez de tomar ecstasy batizado?

Sexta-feira, 15 de setembro

57 quilos, 0 unidade alcoólica, 4 cigarros (mt. b.), 3.222 calorias (graças aos fedorentos sanduíches de rodoviária); 210 mi-

nutos gastos imaginando o que vou dizer quando pedir demissão do emprego novo.

Argh. Uma horrível reunião com o chefão-tirano Richard Finch.

– Muito bem. Banheiros da loja Harrods cobrando 1 libra para os clientes fazerem xixi. Estou pensando em Banheiros de Fantasia. Estou pensando em um estúdio: Frank Skinner e Sir Richard Rogers sentados em cadeiras forradas de pele, com pequenos televisores acoplados no braço das cadeiras, papel higiênico plissado. Bridget, você fica com a reportagem sobre a Associação de Ajuda aos Jovens Desempregados de Clampdown. Estou pensando no Norte. Estou pensando na Associação com os jovens sem nada para fazer, aparecendo no programa ao vivo.

– Mas, mas... – interrompi.

– Patchouli! – berrou ele, e os cachorros que estavam embaixo da mesa acordaram e começaram a pular e latir.

– Quê? – gritou Patchouli por cima da confusão. Estava de minivestido de crochê com uma blusa de náilon alaranjada por cima e chapéu de palha. Era como se as coisas que eu usava quanto adolescente fossem fichinha.

– Onde fica a sede da Associação de Jovens Desempregados?

– Em Liverpool.

– Liverpool. Então, Bridget: ponha os jovens na frente da loja Boots no shopping e transmita ao vivo, às 17h30. Quero seis jovens.

Depois, quando eu estava saindo para tomar o trem rumo a Liverpool, Patchouli disse, distraída:

– Ah, sim, Bridget. Não é Liverpool, é Manchester, certo?

16h15, Manchester

44 contatos com jovens da Associação, 0 jovem da Associação concordou em ser entrevistado.

TREM DAS 19 HORAS, MANCHESTER–LONDRES. Argh. Às 16h45 eu estava correndo histérica no meio de jardineiras de concreto e perguntando:

– Desculpe, você tem emprego? Esquece, valeu!

– O que a gente faz, então? – perguntou o câmera, sem demonstrar qualquer preocupação.

– Associação de Jovens – disse eu. – Peraí.

Fui correndo até a esquina, tive uma idéia. Comecei a ouvir Richard, falando no meu ponto de orelha: "Bridget, que diabo, já fez a Associação de Jovens?" Aí vi um caixa eletrônico na minha frente.

Às 17h20, seis jovens que garantiam ser desempregados estavam enfileirados na frente da câmera, cada um com uma nota de 20 libras novinha no bolso, enquanto eu dava uns retoques para eles parecerem de classe média. Às 17h30 ouvi a música-tema de abertura do programa entrando no ar e Richard berrando:

– Desculpe, Manchester, mas sua entrevista não vai entrar.

– Hã... – comecei, olhando para aqueles seis rostos ansiosos. Claro que eles acharam que eu era uma maluca que fingia trabalhar na televisão. Pior ainda, como trabalhei sem parar a semana inteira e fui para Manchester, não pude tomar qualquer providência em relação ao jantar que tinha de ir com meu "namorado" no dia seguinte. Aí, subitamente, bati o olho naqueles lindos pirralhos tendo ao fundo o caixa eletrônico e comecei a pensar em algo muito interessante.

Humm. Acho que foi bom não tentar atrair um jovem da associação para o jantar na casa de Cosmo. Seria desonesto, errado. Mas isso não resolve o problema. Acho que vou fumar um cigarro no vagão de fumantes.

19H30. Argh. O vagão de fumantes virou um horrível chiqueiro onde as pessoas se amontoam, humilhadas e ofendidas. Cheguei à conclusão de que hoje os fumantes não podem mais ter uma vida digna, são obrigados a ter uma subvida. Não me surpreenderia se o vagão fosse discretamente desviado da linha e sumisse para sempre. Talvez as empresas ferroviárias privatizadas venham a ter vagões de fumantes e, quando o trem passar por uma cidade, os habitantes vão mostrar os punhos ou jogar pedras, contando histórias aterrorizantes para seus filhos de passageiros que soltam fumaça pelas ventas. Consegui ligar para Tom de um telefone que é um milagre-sobre-rodas (Como funciona? Como? Não tem fio. Estranho. Talvez haja uma conexão elétrica através das rodas e trilhos) para reclamar da crise por causa do jantar com o rapaz inexistente de 23 anos.

– O que acha de Gav? – perguntou Tom.

– Gav?

– É, aquele que você conheceu na Galeria Saatchi.

– Você acha que ele gostaria?

– Acho. Ele estava bem interessado em você.

– Estava nada. Pára com isso.

– Estava sim. Pára de ser complexada. Deixa comigo, eu resolvo.

Às vezes acho que, se não fosse Tom, eu sumiria sem deixar qualquer vestígio.

Terça-feira, 19 de setembro

56,2 quilos (mt. b.), 3 unidades alcoólicas (mt. b.), 0 cigarro (fico com vergonha de fumar na frente de pirralhos saudáveis).

Droga, estou atrasada. Vou ter um encontro com um pirralho metido, tipo geração Diet Coke. Acabei descobrindo que Gav é uma pessoa ótima e teve um comportamento formidável no jantar de Alex, no sábado, flertando com todas as mulheres casadas, me dando atenção e neutralizando as perguntas traiçoeiras sobre nossa "relação" com a desenvoltura intelectual de um professor de Oxford. Fiquei tão grata* que, no táxi de volta para casa, não pude resistir aos ataques dele.** Mas consegui manter um pouco de compostura*** e não aceitar o convite para entrar no apartamento dele e tomar um café. Mas fiquei me sentindo culpada, achando quer sou uma chata**** então, quando Gav ligou e perguntou se eu gostaria de jantar na casa dele, aceitei, gentil.*****

MEIA-NOITE. Sinto-me como a Abominável Mulher das Neves. Fazia tanto tempo que não saía com um homem que fiquei toda prosa, não resisti e contei para o motorista do táxi sobre meu "namorado": estava indo para a casa do meu "namorado", que tinha preparado um jantar para mim. Mas, infelizmente, quando cheguei no endereço que ele me deu – rua Malden, número 4 – tinha uma mercearia no lugar.

---

* morrendo de vontade de ir para a cama com ele;

** coloquei minha mão no joelho dele;

*** contendo meu pânico;

**** não parava de pensar "Droga, droga, droga!"

***** quase não consegui me conter de tanta alegria.

– Quer usar meu telefone, moça? – perguntou o motorista, com uma voz cansada.

Claro que eu não sabia o telefone do Gav, então tive de fingir que estava ligando e dizer que estava ocupado, depois liguei para Tom e tentei descobrir o endereço de Gav de forma que o motorista não ficasse pensando que a história do namorado era mentira. Acabou que o endereço era Malden Villas, 44, e eu não estava prestando atenção quando anotei. Fomos para o novo endereço, mas o papo entre o motorista e eu acabou. Tenho certeza de que ele estava achando que eu era uma prostituta ou coisa parecida.

Cheguei lá me sentindo bem menos segura. No começo, foi tudo muito simpático e comportado – parecido com lanchar na casa de uma melhor amiga em potencial no colégio primário. Gav tinha feito um espaguete à bolonhesa. O problema foi quando acabou a agitação de preparar e servir o jantar e tudo se concentrou na conversa. Acabamos não sei por que falando da princesa Diana.

– O casamento parecia um conto de fadas. Lembro que fiquei sentada no muro do lado de fora da catedral de Saint Paul. E você, onde estava? – perguntei.

Gav ficou meio sem graça.

– Bom, eu só tinha 6 anos na época.

De todo jeito, continuamos a conversa até que Gav, na maior excitação (essa é, aliás, uma das coisas ótimas de ter um caso com rapazes de 22 anos), começou a me beijar e ao mesmo tempo tentava abrir minha roupa. Acabou conseguindo enfiar a mão na minha barriga e aí constatou, o que foi muito humilhante:

– Humm. Você é toda fofa.

Depois dessa, não consegui continuar. Ai, Deus. Não é fácil. Estou muito velha e vou ter que desistir, dar aula de religião numa escola de moças e ir morar com o professor de hóquei.

Sábado, 23 de setembro

57 quilos, 0 unidade alcoólica, 0 cigarro (mt. mt. b.), 14 rascunhos de bilhetes respondendo ao convite de Mark Darcy (assim pelo menos parei com as conversas imaginárias com Daniel).

10 HORAS. Certo. Vou responder ao convite de Mark Darcy e dizer com todas as letras que não posso comparecer. Não tenho obrigação de ir. Não sou amiga próxima nem parente, e perderia dois programas na tevê: *Blind Date* e *Casualty*.

Ai, Deus. É um daqueles convites esquisitos, escritos na terceira pessoa parecendo que o anfitrião é fino demais e se dissesse diretamente que vai dar uma festa e gostaria de saber se você pode ir seria como chamar o toalete feminino de banheiro. Lembrei que tinha de responder no mesmo estilo vago como se eu fosse uma pessoa imaginária contratada por mim mesma para responder aos convites de pessoas imaginárias contratadas por amigos para escrever convites. O que escrever?

> Bridget Jones lastima não poder comparecer...

> A Srta. Bridget Jones lamenta não poder comparecer...

> A Srta. Bridget Jones lamenta profundamente comunicar que...

Lastimamos muito informar que a Srta. Bridget Jones está com muitos compromissos e não pode aceitar o gentil convite do Sr. Mark Darcy e portanto, com toda certeza, não tem condições de atender ao amável convite do Sr. Mark Darcy...

Ah! Telefone.

Era papai.

– Bridget, meu bem, você vai naquela terrível comemoração do próximo sábado, não?

– Você está se referindo às bodas de rubi dos Darcy?

– O que mais poderia ser? É a única coisa que consegue fazer sua mãe mudar de assunto e parar de falar sobre quem vai ficar com o armário e a mesa de café de mogno depois que ela conseguiu a entrevista com Lisa Leeson no começo de agosto.

– Eu gostaria muito de cair fora dessa festa – comentei.

Houve um silêncio.

– Papai?

Ouvi um soluço abafado. Papai estava chorando. Acho que ele está à beira de um ataque de nervos. Pensei: se eu fosse casada com mamãe há 39 anos, teria um ataque de nervos mesmo que ela não fugisse com um guia turístico português.

– O que houve, papai?

– Ah, é só que... Desculpe. É que... eu também gostaria de cair fora dessa festa.

– Então por que vai? Tive uma boa idéia, vamos ao cinema.

– É que... – ele começou a chorar de novo. – Só de pensar em sua mãe acompanhada daquele cafajeste engomadinho e perfumado, com todos os meus amigos e colegas há quarenta anos cumprimentando o casal e me considerando carta fora do baralho...

– Eles não vão...

– Ah, vão sim. Mas resolvi ir, Bridget. Faço uma cara alegre, levanto a cabeça e... mas ... – soluços.

– O que é, papai?
– Preciso de apoio moral.

11H30.

A Srta. Bridget Jones tem a grata satisfação de...

Bridget Jones agradece a Mark Darcy por...

É com grande prazer que a Srta. Bridget Jones aceita...

Ah, pelo amor de Deus.

Caro Mark,
Agradeço seu convite para as bodas de rubi de Malcolm e Elaine. Terei prazer em comparecer.
Sinceramente,
Bridget Jones

Humm.

Sinceramente,
Bridget

ou apenas

Bridget
Bridget (Jones)

Certo. Vou checar se não há erro de ortografia, passar a limpo e mandar.

Terça-feira, 26 de setembro

56,7 quilos, 0 unidade alcoólica, 0 cigarro, 1.256 calorias, 0 bilhete de loteria instantânea, 0 pensamento obsessivo sobre Daniel, 0 pensamento negativo.

Estou uma santa.

É ótimo quando você só fica pensando na carreira profissional, em vez de se preocupar com coisas sem importância como homens e relacionamentos. O *Good Afternoon!* vai muito bem. Acho que levo jeito para programas populares de televisão. E a melhor novidade é que vou fazer um teste de vídeo.

Richard Finch teve essa idéia no fim da semana passada: queria um especial ao vivo com os repórteres em serviços de emergência na cidade inteira. Ele não teve muita sorte no primeiro programa. As pessoas da redação ficavam dizendo que ele não tinha conseguido atenção em nenhum pronto-socorro e delegacia da cidade. Quando cheguei hoje de manhã, ele me agarrou pelos ombros e berrou:

– Bridget! Chegou a hora! Incêndio. Quero você ao vivo. Estou pensando numa minissaia. Estou pensando num capacete de bombeiro. Estou pensando em você segurando a mangueira.

A partir daí foi um caos: as notícias do dia foram deixadas de lado e todo mundo foi para os telefones checar como seriam feitos os links, quais as torres de transmissão etc. A reportagem só vai ao ar amanhã e tenho de estar no Corpo de Bombeiros de Lewisham às 11 horas. Vou ligar para todo mundo hoje à noite pedindo para não deixar de me ver. Estou louca para avisar mamãe.

Quarta-feira, 27 de setembro

55,8 quilos (encolhi de vergonha), 3 unidades alcoólicas, 0 cigarro (é proibido fumar no Corpo de Bombeiros, mas depois que saí de lá fumei 12 em uma hora), 1.584 calorias (mt. b.).

9 HORAS. Nunca me senti tão humilhada. Passei o dia ensaiando e preparando tudo. O plano era, quando a câmera mostrasse o Corpo de Bombeiros de Lewisham, eu deveria escorregar pelo poste e começar a entrevistar um bombeiro. À tarde, quando entramos no ar, eu estava empoleirada no alto do poste, pronta para descer. Aí de repente Richard gritou no meu ponto de orelha:

– Vai, vai! – então comecei a escorregar, e ele continuou: – Vai, vai, Newcastle! Bridget, continue aguardando em Lewisham. Volto a contatar você em trinta segundos!

Eu já tinha escorregado um pouco e pensei em descer tudo e depois subir pela escada. Em vez disso, tentei voltar pelo poste e de repente ouvi um grito no meu ouvido.

– Bridget! Estamos no ar. Que diabo você está fazendo? Era para descer pelo poste e não subir. Vai, vai, vai.

Apavorada, dei um sorriso sem graça para a câmera e desci, aterrissando, como combinado, ao lado do bombeiro que deveria entrevistar.

– Lewisham, o tempo está esgotado. Anda, anda, Bridget – gritou Richard no meu ouvido.

– E agora voltamos aos nossos estúdios – informei. E acabou-se.

Quinta-feira, 28 de setembro

56,2 quilos, 2 unidades alcoólicas (mt. b.), 11 cigarros (b.), 1.850 calorias, 0 convite para trabalhar no Corpo de Bombeiros ou em qualquer tevê concorrente (não é de surpreender).

11 HORAS. Caí em desgraça e virei motivo de piada. Richard Finch me humilhou na frente de toda a equipe, usando palavras do tipo "incompetente" e "grande idiota" a torto e a direito.

Mas a frase "E agora voltamos aos nossos estúdios" virou uma espécie de senha na redação. Quando uma pessoa pergunta alguma coisa que a outra não sabe responder, ela diz: "Ahn... E agora voltamos aos nossos estúdios" e cai na gargalhada. É engraçado, mas depois do que aconteceu os jovens grunges ficaram mais simpáticos comigo. (Até) Patchouli se aproximou de mim e aconselhou:

– Olha, não liga muito para o Richard, tá? Ele gosta de mostrar poder, sabe como é? Aquele poste foi uma coisa diferente e interessante. Mas, sabe, agora voltamos aos nossos estúdios, tá?

Sempre que passa por mim, Richard Finch me ignora ou então balança a cabeça, incrédulo. E não me deram nada para fazer o dia inteiro.

Ai, Deus, estou tão deprimida. Achei que tinha encontrado uma coisa que gostava de fazer, mas está tudo acabado. Para completar ainda tem a terrível festa das bodas de rubi no sábado e não tenho roupa. Não sirvo para nada. Nem para arrumar um homem. Nem para ter sucesso na vida social. Nem profissionalmente. Nada.

Outubro

Encontro com Darcy

Domingo, 1º de outubro

55,8 quilos, 17 cigarros, 0 unidade alcoólica (mt. b., ainda mais porque estive numa festa).

4 HORAS. Incrível. Esta foi uma das noites mais incríveis da minha vida.

Na sexta-feira, Jude veio me visitar porque eu estava deprimida. Disse para eu ser mais positiva com as coisas e trouxe um maravilhoso vestido preto para eu usar na festa. Fiquei preocupada porque podia pingar ou deixar cair alguma coisa nele, mas Jude disse que tinha muito dinheiro e muitas roupas, graças ao seu bom emprego, e não se importava com o que pudesse acontecer com o vestido – portanto, eu podia ficar tranqüila. Adoro Jude. As garotas são muito mais legais que os homens (com exceção de Tom, mas ele não vale, é gay). Resolvi comprar um acessório para o maravilhoso vestido, uma meia-calça de lycra que custou 6,95 libras, e usar o sapato de camurça da loja Pied à terre (tirei o purê de batata que estava grudado nele).

Levei um susto quando cheguei na casa de Mark Darcy para a festa: não era uma simples casa branca com terraço na rua Portland ou similar, como eu imaginava, mas uma enorme casa estilo bolo de noiva, do outro lado da avenida Holland Park (onde dizem que mora o teatrólogo Harold Pinter), cercada de jardins.

Sem dúvida, ele caprichou na festa para os pais. Todas as árvores estavam iluminadas com lâmpadas vermelhas e guirlandas de corações vermelhos, lindo, e havia um caminho coberto com toldo vermelho e branco até a entrada da casa.

Quando chegamos na porta, as coisas ficaram ainda mais requintadas: uma equipe de recepção nos serviu champanhe e recebeu os presentes (comprei um CD com as músicas românticas de Perry Como do ano que Malcolm e Elaine se casaram, mais um incensário com óleo aromático da loja Body Shop para ela, que durante a ceia de peru ao curry tinha perguntado onde comprei o meu). Depois os convidados eram conduzidos até uma escadaria de madeira que formava uma curva e tinha os degraus iluminados por velas em forma de coração. No andar de baixo havia um amplo salão de tacos de madeira escura e uma estufa que abria para o jardim. O salão inteiro era iluminado por velas. Papai e eu ficamos parados olhando, sem conseguir falar.

Em vez dos aperitivos que eram de se esperar num coquetel da geração dos meus pais – com pratos de vidro oferecendo diversos tipos de pepino em conserva, ou palitinhos de queijo e abacaxi espetados em uvas –, havia enormes bandejas de prata com camarões gigantes, minitortas de tomate, mussarela e frango. Os convidados pareciam não acreditar que estavam ali, felicíssimos. Mas Una Alconbury estava com cara de quem acabou de chupar um limão. Quando papai a viu, concluiu:

– Ah, querida, não tenho certeza se mamãe e Una vão gostar dessa festa.

– Um pouco exagerado, não? – perguntou Una, ajeitando a estola nos ombros, meio mal-humorada. – Se você exagera, as coisas acabam ficando vulgares.

– Ah, isso não é verdade, Una. A festa está maravilhosa – aparteou meu pai, servindo-se do décimo nono canapé.

– Humm, concordo – disse eu, com a boca cheia de minitorta e com minha taça de champanhe sendo completada pelo garçom sem eu nem perceber. – Está superótima

Depois de passar horas preocupada por causa do duas-peças da Jaeger, fiquei eufórica. Ninguém nem perguntou por que eu ainda não tinha me casado.

– Arf – gemeu Una.

Mamãe estava prestando atenção em nós.

– Bridget, já falou com Mark? – perguntou, bem alto.

De repente lembrei que Una e mamãe deviam estar perto de fazer bodas de rubi. Conheço mamãe, por isso é pouco provável que um pequeno detalhe como largar o marido para ficar com um guia turístico vá atrapalhar as comemorações. Ela também não vai deixar que Elaine Darcy faça uma festa melhor – mesmo que o custo seja um casamento de conveniência de uma filha indefesa.

– Agüenta firme, meu bem – disse papai, apertando meu braço.

– Que casa linda. Você não tem uma estola bonita para colocar nos ombros, Bridget? O que, seu pai está com caspa? – constatou mamãe, batendo nas costas dele. – Escute, querida: *por que* você ainda não falou com Mark?

– Bom, eu... – resmunguei.

– O que você acha da decoração, Pam? – sussurrou Una.

– Exagerada – respondeu mamãe, baixinho, fazendo um movimento com os lábios que mostrava certo desprezo.

– Exatamente o que eu achei – concordou Una, feliz. – Não foi, Colin? Exagerada.

Dei uma olhada em volta e quase morri de susto. Mark Darcy estava a dez passos, olhando para nós. Devia ter ouvido tudo. Abri a boca para dizer alguma coisa – não sei bem o quê – e melhorar a situação, mas ele se afastou.

O jantar foi servido na "sala de estar" do térreo, e, na fila das escadas, fiquei exatamente atrás de Mark Darcy.

– Olá – cumprimentei, tentando amenizar a grosseria de mamãe. Ele deu uma olhada em volta, sem tomar conhecimento de mim, e olhou de novo para trás.

– Olá – repeti, dando uma leve cutucada nele.

– Ah, olá. Desculpe, não tinha visto você – explicou.

– Que festa ótima. Obrigada por me convidar – agradeci.

Ele ficou me olhando.

– Ah, não fui eu, foi minha mãe que convidou – disse. – Agora tenho de, bem, cuidar de colocar as pessoas nas mesas. Gostei muito da sua reportagem sobre o Corpo de Bombeiros de Lewisham – completou ele, subindo as escadas, passando entre os convidados e se desculpando enquanto eu ficava ali, sem saber o que fazer. Argh.

Quando ele chegou no alto da escada, Natasha surgiu num incrível vestido de cetim dourado, dependurou-se no braço dele e, sem querer, bateu numa das velas, que espirrou cera vermelha na barra de sua roupa.

– Merda – reclamou. – Merda.

Os dois sumiram, mas dava para ouvir a voz dela reclamando.

– Eu disse, foi ridículo passar a tarde inteira colocando velas em lugares onde as pessoas podiam tropeçar. Teria sido melhor você usar seu tempo verificando o lugar dos convidados nas mesas.

Por incrível que pareça, as pessoas estavam muito bem colocadas. O lugar de mamãe não era perto de papai nem de Julio, mas de Brian Enderby, para quem ela sempre gostou de jogar charme. Julio estava ao lado da elegante tia cinqüentona de Mark, que exultou de felicidade. Papai ficou azul de alegria por ter sido colocado ao lado de uma linda oriental. Eu estava toda animada. Quem sabe ficava sentada entre dois belos amigos de Mark Darcy, grandes advogados, ou mesmo americanos nascidos na tradicional Boston. Mas, quando fui procurar meu nome no mapinha das mesas, ouvi uma voz conhecida dizendo à minha direita:

– Então, como vai minha Bridgetzinha? Sou um homem de sorte: me colocaram ao seu lado na mesa. Una me contou que você terminou o namoro. Nossa! Quando é que vamos conseguir casar você?

– Espero que, quando conseguirem, eu celebre a cerimônia religiosa – disse uma voz à minha esquerda. – Eu poderia usar um novo paramento. Hum, de seda creme. Ou talvez uma linda batina fechada com 39 botõezinhos da etiqueta Gamirellis.

Mark teve o cuidado de me colocar entre Geoffrey Alconbury e o padre gay.

Mas, depois de bebermos um pouco, a conversa ficou bem animada. Perguntei ao padre o que ele achava do milagre das imagens indianas de Ganesh, o deus-elefante, que bebiam leite. Ele respondeu que as autoridades eclesiásticas achavam que o milagre na imagem de barro era causado pelo calor de um verão muito quente alternado com dias frios.

Quando o jantar terminou e as pessoas começaram a descer para dançar no andar de baixo, fiquei pensando no que o padre disse. Curiosa, e temendo ser obrigada a dançar twist com Geoffrey Alconbury, pedi licença e discretamente peguei uma colher de chá e um potinho de leite da mesa e entrei no quarto onde os presentes estavam expostos, comprovando o que Una tinha dito sobre tudo ser muito exagerado.

Levei algum tempo para conseguir achar meu incensário, que tinha sido colocado num canto e, quando o vi, derramei um pouco de leite na colher e pus no lugar onde fica a vela. Incrível. O queimador estava bebendo o leite. Dava para ver o leite sumindo.

– Meu Deus, é um milagre! – gritei, sem imaginar que, exatamente nessa hora, Mark Darcy estava passando.

– O que está fazendo? – perguntou ele, da porta.

Eu não sabia o que dizer. Claro que ele deve ter achado que eu estava querendo roubar algum presente.

– Hein? – insistiu.

– O queimador de óleo que dei para sua mãe está bebendo o leite – murmurei, incrédula.

– Ah, não seja boba – disse ele, rindo.

– *Está* – disse eu, indignada. – Olhe.

Coloquei mais um pouco de leite na colher, derramei no queimador e ele foi sumindo.

– Está vendo? É um milagre – constatei, orgulhosa.

Ele ficou muito intrigado, tenho certeza.

– Você tem razão, é um milagre – disse, devagar.

Nesse instante, Natasha apareceu na porta e, ao me ver, cumprimentou:

– Olá. Hoje não está de coelhinha, não? – e deu uma risadinha para fazer de conta que seu comentário venenoso era uma piada divertida.

– É que nós, coelhinhas, usamos isso no inverno para nos aquecer – expliquei.

– Um vestido de John Rocha? – perguntou, olhando para o vestido de Jude que eu estava usando. – Da coleção do outono passado, não? Reconheci a bainha.

Fiquei pensando em alguma coisa bem esperta e sarcástica para dizer, mas, infelizmente, não consegui achar nada. Depois de uma pequena pausa, comentei:

– Bom, acho que você está louca para circular pela festa. Gostei de te ver outra vez. Tchau!

Eu precisava ir para o jardim tomar um pouco de ar fresco e fumar um cigarro. Estava uma noite linda, quente e estrelada, com a lua iluminando todos os canteiros de rododendros. Na verdade, não gosto muito dessa flor, ela me lembra das casas de campo vitorianas do norte da Inglaterra como as descritas nos livros de D. H. Lawrence, onde as pessoas se afogam em lagos. Desci a escada para a parte inferior do jardim. Dentro da casa, tocavam-se valsas vienenses com tanto entusiasmo que parecia que o mundo ia acabar. De repente ouvi um barulho ali perto e vi a silhueta de um corpo nas janelas envidraçadas. Era um rapaz jovem e atraente do tipo que freqüenta colégio particular.

– Oi – disse o jovem. Acendeu um cigarro, meio desajeitado, e desceu a escada até onde eu estava. – Você não gostaria de dançar? Ah, desculpe, não me apresentei – disse, estendendo a mão como se estivéssemos no primeiro dia de aula da Universidade de Eton e ele fosse o ex-reitor que tinha esquecido as boas maneiras. – Meu nome é Simon Dalrymple.

– Bridget Jones – retribuí, estendendo a mão e me sentindo um membro do Ministério da Guerra.

– Oi. Legal te conhecer. Então, *vamos* dançar? – disse ele, parecendo o rapaz de colégio particular outra vez.

– Bom, não sei – disse eu, querendo escapar e dando sem querer uma risada que parecia de uma prostituta de cais.

– Estou falando em dançar aqui mesmo. Só um pouquinho.

Fiquei sem saber. Estava achando a idéia agradável, para dizer a verdade. Acontecer uma coisa dessas, depois de fazer um milagre para Mark Darcy – aquilo estava começando a me subir à cabeça.

– Por favor – insistiu Simon. – Nunca dancei com uma mulher mais velha. Ah, desculpe, não quis... – continuou, ao ver minha cara. – Quero dizer, com alguém que já saiu do colégio – completou, olhando para minha mão com olhos apaixonados. – Você se incomoda? Eu ficaria muito, muito grato.

Claro que Simon Dalrymple sabia dança de salão desde que nasceu, por isso me guiava com perfeição. O problema era que ele parecia estar, bem, para ir direto ao assunto, com a maior ereção que já tive a sorte de ver na vida, e dançávamos tão juntos que não dava para confundir aquilo com um estojo de lápis.

– Agora é minha vez, Simon – disse uma voz.

Era Mark Darcy.

– Ande, volte para dentro. A essa hora você devia estar na cama.

Simon ficou completamente arrasado. Enrubesceu e foi embora, correndo.

– Dançamos? – perguntou Mark, estendendo a mão.

– Não – respondi, furiosa.

– O que houve?

– Humm – disse, tentando achar uma desculpa para estar tão irritada. – Foi horrível você fazer isso com o garoto, impondo-se e humilhando-o numa idade em que os meninos são tão vulneráveis – quando percebi a cara surpresa dele, recuei. – Mas gostei que me convidasse para a festa. Obrigada, está maravilhosa.

– É, acho que você já disse isso – disse Mark, piscando muito. Ele parecia muito agitado e magoado. – Eu... – ele parou e começou a andar pelo pátio, suspirando e passando a mão pela cabeça. – Você... tem lido algum livro bom?

Inacreditável.

– Mark, se você me fizer essa pergunta mais uma vez, corto minha cabeça. Por que não pergunta outra coisa? Mude um pouco de assunto. Pergunte se eu tenho algum hobby, o que acho da moeda única européia, ou se tive alguma experiência estranha com camisinhas.

– Eu... – começou ele outra vez.

– Ou pergunte com qual desses eu preferia transar: Douglas Hurd, Michael Howard ou Jim Davidson. Na verdade, não teria a menor dúvida: prefiro Douglas Hurd.

– Douglas Hurd? – repetiu Mark.

– Hum. Isso mesmo, faz um tipo bem certinho, mas é interessante.

– Ahn – disse Mark, como se estivesse refletindo sobre o que eu disse. – Mas ele tem uma mulher muito atraente e inteligente. Ele deve ter algum charme oculto.

– Qual, por exemplo? – perguntei, ingênua, esperando que ele dissesse algo a respeito de sexo.

– Bom...

– Ele deve ser bom de cama – completei.

– Ou um ceramista muito talentoso.

– Ou um ótimo aromaterapeuta.

– Você aceita jantar comigo, Bridget? – perguntou ele de repente, bravo, como se fosse me sentar numa mesa em algum lugar e me passar um sermão.

Parei e fiquei olhando para ele.

– Foi minha mãe quem sugeriu? – perguntei, desconfiada.

– Não, eu...

– Foi Una Alconbury?

– Não, não...

De repente, entendi quem podia ser.

– Foi a *sua* mãe, não?

– Bom, minha mãe...

– Não quero ser convidada para jantar só porque sua mãe pediu. E sobre o que conversaríamos? Você ia ficar me perguntando se eu tenho lido algum livro bom e eu teria de dar alguma desculpa esfarrapada e...

Ele me olhou, sem graça.

– Mas Una Alconbury me disse que você era uma leitora voraz, que adora livros.

– Ah, foi? – perguntei, satisfeita. – O que mais ela disse?

– Bom, que você é uma feminista radical e tem uma vida muito interessante...

– Aaah – concordei.

– ...sempre sai com milhares de homens.

– Hum.

– Soube do caso com Daniel. Sinto muito.

– Acho que você até tentou me prevenir. Mas o que você tinha contra ele?

– Ele dormiu com a minha mulher – disse ele. – Duas semanas depois que nos casamos.

Fiquei olhando para ele, completamente sem graça, até que uma voz lá em cima gritou:

– Markee!

Era Natasha, com o corpo contra a luz, debruçada na janela para ver o que estava acontecendo.

– Markee! – gritou ela outra vez. – O que está fazendo aí?

– No Natal, cheguei a achar que, se minha mãe me falasse mais uma vez em Bridget Jones – disse ele, apressado –, eu iria à redação do *Sunday People* acusá-la de ter me molestado com uma bomba de bicicleta quando eu era criança. Mas depois que conheci você... eu estava com aquele suéter de losangos ridículo que Una tinha me dado de presente de Natal. Bridget, todas as outras garotas que conheço são tão superficiais. Não conheço nenhuma que tenha coragem de usar um rabinho ou...

– Mark! – berrou Natasha, descendo a escada na nossa direção.

– Mas você tem namorada – rebati, dizendo o óbvio.

– Para dizer a verdade, não tenho mais – contou ele. – Só jantar? Um dia desses?

– Tá – sussurei. – Tá.

Depois achei que era melhor ir embora: e se Natasha ficasse me observando como um crocodilo fêmea chocando seus ovos, dos quais eu estava me aproximando, dando meu endereço e telefone para Mark Darcy e marcando encontro para a próxima terça-feira? Quando passei pelo salão de festas vi mamãe, Una e Elaine Darcy numa animada conversa com Mark. Não pude evitar imaginar a cara que elas fariam se soubessem o que tinha acabado de acontecer. De repente imaginei como seria a próxima ceia de peru ao curry, com Brian Enderby levantando o cós da calça e dizendo "Nossa, é ótimo ver que os jovens estão se divertindo, não?" e Mark Darcy e eu sendo obrigados a fazer gracinhas tipo dar beijinhos ou fazer sexo na frente deles, como um casal de focas amestradas.

Terça-feira, 3 de outubro

56,2 quilos, 3 unidades alcoólicas (mt. b.), 21 cigarros (ruim), número de vezes que pronunciei a palavra "desgraçado" nas últimas 24 horas: 369 (aproximadamente).

19H30. Estou em pânico. Daqui a meia hora Mark Darcy passa para me pegar. Acabo de chegar do trabalho, meu cabelo está horrível e infelizmente continua o mesmo caos com as roupas para lavar. Socorro, ai, socorro. Estava pensando em usar meu jeans 501 branco, mas lembrei que Mark deve ser do tipo que vai me levar num restaurante muito fino. Ai, Deus, não tenho nada fino para vestir. Será que ele acha que eu vou aparecer de rabinho de coelha? Não que eu esteja interessada nele nem nada.

19H50. Ai, Deus; ai, Deus. Ainda não lavei a cabeça. Vou tomar um banho rápido.

20 HORAS. Secando o cabelo. Espero que Mark Darcy se atrase porque não quero que me encontre de roupão e cabelo molhado.

20H05. O cabelo já está mais ou menos seco. Agora só falta me maquiar, vestir e enfiar atrás do sofá tudo o que está sobrando pela casa. Vou por etapas. Acho que o mais importante é a maquiagem, depois arrumar a sala.

20H15. Ele ainda não chegou. Mt. b. Acho ótimo homem que se atrasa para um compromisso, é melhor do que aqueles que chegam antes da hora e provocam pânico por causa de todas as coisas que ainda estão esparramadas pela casa.

20H20. Bom, agora estou completamente pronta. Acho que vou mudar de roupa.

20H30. Estranho. Como é que ele pode estar atrasado mais de meia hora.

21 HORAS. Não dá para acreditar. Mark Darcy me deu um bolo. Desgraçado!

Quinta-feira, 5 de outubro

56,7 quilos (ruim), 4 barras de chocolate (ruim), número de vezes que assisti ao vídeo: 17 (ruim).

11 HORAS. Estou no banheiro do trabalho. Ai, não, ai, não. Para completar a minha derrota, hoje fui o centro das atenções na reunião da manhã.

– Certo, Bridget, vou dar mais uma oportunidade para você – disse Richard Finch. – O julgamento da atriz Isabella Rossellini. A decisão do júri deve sair hoje e acho que ela vai ser absolvida. Vá até o Tribunal. Não quero ver você na tela trepada em nenhum mastro ou poste. Quero uma boa entrevista. Pergunte a ela se acha certo a gente sair matando todo mundo com quem não estamos a fim de transar. Então, Bridget, o que está esperando? Pode ir.

Eu não tinha a menor ou a mais remota idéia do assunto sobre o qual ele estava falando.

– Você sabe do processo da Isabella Rossellini, certo? Você às vezes lê jornal, não lê? – perguntou Richard.

O problema nesse tipo de trabalho é que as pessoas ficam citando nomes e casos e você tem apenas um segundo para resolver se deve ou não confessar que não sabe do que estão falando e, se perde a oportunidade de dizer isso, vai passar a próxima meia hora tentando descobrir uma pista, mas sempre mantendo uma expressão confiante, de quem sabe exatamente o que aconteceu com Isabella Rossellini.

Daqui a cinco minutos tenho de encontrar uma assustadora equipe de filmagem no Tribunal para cobrir o julgamento e mostrar tudo na tevê, sem ter a menor idéia do que se trata.

11H05. Graças a Deus, Patchouli existe. Saí do banheiro e ela estava no corredor, tentando conter os cachorros de Richard pela coleira.

– Está tudo bem? – disse ela. – Você parece meio assustada.

– Não, não, estou ótima – garanti.

– É mesmo? – e ficou me olhando. – Escuta aqui, você percebeu que ele não estava querendo dizer Isabella Rossellini, não? Ele quis dizer Elena Rossini.

Ah, graças a Deus e a todos os anjos do céu. Elena Rossini é a babá acusada de matar o patrão depois que ele a violentou várias vezes e a prendeu em casa durante 18 meses. Peguei dois jornais para ler os detalhes e corri para um táxi.

15 HORAS. Não posso acreditar no que aconteceu. Eu estava no Tribunal há horas, com a equipe e um monte de repórteres, aguardando o fim do julgamento. Aliás, foi divertido à beça. Comecei até a achar graça do fato de ter levado um bolo do Sr. Calças Engomadas Mark Darcy. De repente, percebi que meus cigarros tinham acabado. Cochichei para o câmera, que era um amor, para saber se tinha problema eu ir rápido até uma tabacaria e ele disse que não, porque quando os funcionários avisassem que o julgamento tinha terminado iriam me chamar.

Como os colegas ouviram que eu ia até a tabacaria, todos encomendaram cigarros e balas. Levei um bom tempo para conseguir comprar tudo. Estava na tabacaria tentando separar os trocos quando um grandalhão chegou apressado e pediu ao vendedor:

– Me dê uma caixa de balas Quality Street, por favor? – como se eu não estivesse na frente. O pobre vendedor ficou me olhando sem saber o que fazer.

– Desculpe, mas o senhor sabe o significado da palavra fila? – perguntei numa voz bem irritada, virando para o homem. Emiti um ruído estranho. Era Mark Darcy todo paramentado, de toga. Ele ficou me olhando daquele seu jeito.

– Onde diabos você se meteu ontem à noite? – pergunte

– Devolvo a pergunta – disse ele, ríspido.

Foi nesse instante que o meu câmera entrou na tabacaria.

– Bridget! – gritou. – Perdemos a entrevista. Elena Rossini saiu e foi embora. Comprou as balas?

Pasma, me segurei na beira do balcão para não cair.

– Perdemos a entrevista? – repeti, quando consegui recobrar o fôlego. – Perdemos? Ai, Deus. Era minha última oportunidade depois do poste dos bombeiros e eu fui comprar balas. Vou ser demitida. Os outros repórteres fizeram a entrevista?

– Ela não deu nenhuma entrevista – avisou Mark Darcy.

– Não? Mas como você sabe? – perguntei, olhando para ele desesperada.

– Porque sou o advogado de defesa dela e recomendei que não desse entrevistas. Olhe lá fora, ela está no meu carro – disse ele, tranqüilamente.

Olhei para o carro. Elena Rossini colocou a cabeça na janela e gritou com um sotaque estrangeiro:

– Mark, desculpe: pode trazer chocolate Dairy Box em vez de balas?

Só então nosso carro apareceu, com o câmera.

– Derek! – gritou o câmera pela janela – compre um Twix e uma barra de Lion, certo?

– Então onde você estava ontem à noite? – perguntou Mark Darcy.

– Fiquei esperando por você – respondi entredentes.

– Como? Às 20h05 eu toquei sua campainha vinte vezes.

– Ah, é que eu estava... – expliquei, começando a entender. – ...secando o cabelo.

– Seu secador é possante?

– É, tem 1.600 volts, modelo Seleção dos Salões – expliquei orgulhosa. – Por quê?

– Talvez fosse bom comprar um secador mais silencioso ou começar a se arrumar um pouco mais cedo. Bom, tudo certo – disse ele, rindo. – Chame o seu câmera, vou ver como posso ajudá-la.

Ai, Deus. Que constrangedor. Sou uma besta completa.

21 HORAS. Não consigo acreditar: as coisas deram muito certo. Acabo de assistir à chamada do *Good Afternoon!* pela quinta vez. Diz assim:

– Exclusivo para o *Good Afternoon!* Este é o único programa de tevê a mostrar uma entrevista com Elena Rossini, minutos após ela ter sido inocentada no julgamento. Nossa correspondente no local, Bridget Jones, tem as notícias exclusivas para você.

Adoro este trecho:

– Nossa correspondente no local, Bridget Jones, tem as notícias exclusivas para você.

Vou assistir só mais uma vez, depois desligo.

Sexta-feira, 6 de outubro

57 quilos (comer reconforta), 6 unidades alcoólicas (problema com álcool), 6 bilhetes de loteria instantânea (jogar dá segurança), 21 ligações para o 1471 para ver se Mark Darcy

ligou (apenas por curiosidade, claro), número de vezes que assisti ao vídeo: 9 (melhorou).

21 HORAS. Argh. Deixei um recado na secretária eletrônica de mamãe ontem para contar do furo jornalístico que dei e, quando ela me ligou à noite, achei que era para me parabenizar. Não, era para comentar sobre a festa. Una e Geoffrey disseram isso, Brian e Mavis fizeram tal coisa, Mark estava tão simpático e por que eu não falava com ele etc. etc. Tive uma vontade enorme de contar para ela o que tinha acontecido, mas me contive ao imaginar as conseqüências: um grito de alegria ao saber do convite para sair com ele e o brutal assassinato da filha única depois de saber o que houve.

Continuo com a esperança de que ele me ligue e marque outro encontro depois do fiasco do secador. Talvez fosse bom eu mandar um cartão agradecendo à entrevista e lamentando que o meu secador seja tão barulhento. Não é que eu esteja interessada nele nem nada. Trata-se apenas de um gesto de boa educação.

Quinta-feira, 12 de outubro

57,6 quilos (ruim), 3 unidades alcoólicas (tão saudável quanto normal), 13 cigarros, 17 unidades de gordura (fiquei pensando se é possível calcular a quantidade de unidades de gordura do corpo inteiro; espero que não), 3 bilhetes de loteria instantânea (ótimo), 12 ligações para o 1471 para ver se Mark Darcy ligou (melhor).

Argh. Elogiada por um artigo no jornal por uma jornalista do grupo dos bem-casados. O título tinha uma ironia sutil, estilo Frankie Howard: "As alegrias de ser solteiro."

"Eles são jovens, ambiciosos e ricos, mas suas vidas escondem uma dolorosa solidão. (...) Quando saem do trabalho, enfrentam uma enorme carência emocional. (...) Pessoas que têm uma vida solitária procuram consolo em comida enlatada, desejando que seja igual àquela que suas mães faziam."

Argh. Droga. Pode me informar como é que a Sra. Bem-Casada aos 22 anos pode saber disso?

Vou escrever um artigo com base nas "dezenas de conversas" que tive com as bem-casadas: "Quando saem do trabalho, elas caem aos prantos porque, apesar de exaustas, precisam descascar batatas e lavar toda a roupa na máquina enquanto seus maridos barrigudos e bêbados assistem ao jogo de futebol na tevê, dão um arroto e pedem mais um prato de batata frita. Há noites em que elas, na cozinha com seu aventalzinho chinfrim, ficam muito deprimidas porque o marido ligou avisando que está de plantão outra vez, mas elas escutam ao fundo o farfalhar de um vestido de seda e a voz sensual de uma típica solteira."

Depois do trabalho, fui me encontrar com Sharon, Jude e Tom. Ele também estava pensando em escrever um artigo irritado sobre as carências emocionais dos bem-casados.

O artigo de Tom diria, inflamado: "Os casados influenciam tudo, desde o tipo de moradia que se constrói ao tipo de comida que enche as prateleiras dos supermercados. Vemos por todos lados lojas Anne Summers oferecendo artigos para donas de casa tentando de forma patética simular o sexo excitante praticado pelos solteiros, e as lojas Mark & Spencer têm comidas cada vez mais exóticas para casais exaustos fingirem que estão em um maravilhoso restaurante como os solteiros e que depois não precisam lavar a louça."

– Não agüento mais essa queda-de-braço a respeito de ser solteira! – rosnou Sharon.

– Eu também não, eu também não! – concordei.

– Você se esqueceu de falar da babaquice emocional – acrescentou Jude. – Sempre há babaquice emocional.

– Mas não estamos sós. Temos nossa família extensa formada pela rede de amigos com quem falamos ao telefone – disse Tom.

– Isso mesmo, viva! Os solteiros não deviam ser obrigados a se explicar o tempo todo, deviam ter um status adquirido, como as gueixas – disse eu, muito satisfeita, dando mais um gole no meu Chardonnay chileno.

– Gueixas? – perguntou Sharon, fazendo um olhar gélido.

– Fique quieta, Bridget – mandou Tom. – Você está bêbada. Está tentando afogar sua carência emocional na bebida.

– Bom, a Sharon também – retruquei.

– Não estou – disse Sharon.

– Tá sim – insisti.

– Escutaqui – apartou Jude. – Vampdimasum Chardonnay?

Sexta-feira, 13 de outubro

58,5 quilos (me transformei num barrilzinho de vinho), 0 unidade alcoólica (mas me alimento do barrilzinho), 0 caloria (mt. b.)*.

---

*Devo ser honesta quanto a esse detalhe. O conceito mt. b. está errado: 5.876 calorias foram vomitadas pouco depois de ingeridas.

Ai, Deus, estou tão sozinha. Passei o fim de semana inteiro sem ter ninguém para amar nem com quem me divertir. Não tem importância. Comprei um delicioso pudim de gengibre na M&S e vou prepará-lo no microondas.

Domingo, 15 de outubro

57 quilos (melhor), 5 unidades alcoólicas (mas numa ocasião especial), 16 cigarros, 2.456 calorias, 245 minutos pensando no Sr. Darcy.

8H55. Dei uma saidinha para comprar cigarros antes de me preparar para assistir à adaptação do livro *Orgulho e preconceito* na BBC. É incrível como as ruas estão cheias de carros Será que essas pessoas não deviam estar em casa se preparando para ver o programa? Acho ótimo que o país seja tão viciado em tevê. A razão do meu vício, eu sei, é que sinto uma necessidade humana de que Darcy durma com Elizabeth. Tom contou que o guru de futebol Nick Hornby diz em seu livro que não é por acaso que os homens têm mania por futebol. Hornby afirma que os fãs cheios do hormônio sexual masculino testosterona não querem jogar, mas sim considerar o time como representante deles, como os mem bros do Parlamento. Elizabeth e Darcy são meus representantes na área do amasso, ou melhor, do galanteio. Nem por isso eu faço questão de vê-los marcando gols: detestaria ver Darcy e Elizabeth na cama, fumando um cigarro depois de transarem. Seria errado e pouco natural, e eu logo perderia o interesse pela história.

10H30. Jude acaba de ligar e passamos 20 minutos falando "Uau, aquele Sr. Darcy". Adoro o jeito dele de falar, como se não pudesse ser interrompido. Uau! Depois ficamos horas discutindo as qualidades do Sr. Darcy em relação a Mark Darcy e concordamos que o Sr. Darcy era mais atraente porque era mais rude, mas, como se trata de um personagem, era uma desvantagem intransponível.

Segunda-feira, 23 de outubro

58 quilos, 0 unidade alcoólica (mt. b. Descobri um ótimo substituto para as bebidas alcoólicas: um refrigerante chamado Smoothies – mt. gostoso, com sabor de fruta), 0 cigarro (Smoothies tira a vontade de fumar), 22 Smoothies, 4.265 calorias (das quais 4.135 por causa de Smoothies).

Argh. Vou assistir agora ao programa *Panorama*, sobre "Mulheres de ótimo nível, independentes, que conseguem os melhores empregos" (peço ao Senhor que está no céu e a todos os anjos que eu logo vire uma delas). A pergunta a ser discutida é: "Reformar o currículo educacional será a solução?" Foi aí que bati o olho numa foto de Darcy e Elizabeth abraçadinhos no *Standard*: horrorosos, vestidos como namorados modernos abraçados num gramado – ela num conjunto de malha; ele, de camisa pólo, jaqueta de couro e com um bigode fininho. Pelo jeito, já estão dormindo juntos. Que coisa mais desagradável. Fico me sentindo perdida e preocupada, pois certamente o Sr. Darcy do livro jamais seria um ator, coisa tão inútil e frívola, mas o fato é que ele *é* ator. Humm. Tudo mt. confuso.

Terça-feira, 24 de outubro

58,5 quilos (malditos Smoothies), 0 unidade alcoólica, 0 cigarro, 32 Smoothies.

Estou numa fase ótima no trabalho. Desde a entrevista com Elena Qualquercoisa, acho que não dei mais nenhum fora.

Quando entrei na redação, Richard Finch estava de punhos fechados como um boxeador, dizendo:

– Vamos! Vamos! Rosemary West!

Cheguei um pouco atrasada, é verdade, mas isso é o tipo da coisa que pode acontecer com qualquer um.

– Estou pensando em vítimas de estupro que são lésbicas. Estou pensando na escritora Jeanette Winterson. Estou pensando no *Good Afternoon!*. Estou pensando em como é que as lésbicas transam. Isso mesmo! *O que* as lésbicas fazem na cama?

De repente, ele me olhou.

– *Você* sabe? – todo mundo olhou também. – Vamos, Bridget-atrasada-outra-vez – gritou, nervoso. – O que as lésbicas fazem na cama?

Tomei fôlego e disse:

– Acho que devíamos fazer uma reportagem sobre o romance na vida real de Darcy e Elizabeth.

Ele me olhou de cima a baixo, devagar.

– Excelente idéia, excelente. Quem são os atores que interpretam Darcy e Elizabeth? Vamos, vamos – disse, terminando com a reunião.

 – Os atores são Colin Firth e Jennifer Ehle – acrescentei.

– Você, minha querida – disse ele, olhando para um dos meus seios –, é simplesmente um gênio.

Sempre quis virar gênio um dia, mas nunca pensei que fosse acontecer comigo – nem com meu *seio esquerdo.*

Novembro

Uma criminosa na família

Quarta-feira, 1º de novembro

56,9 quilos (consegui, consegui!), 2 unidades alcoólicas (mt. b.), 4 cigarros (não pude fumar na casa de Tom para não botar fogo na roupa que ele ia usar no concurso Miss Mundo Alternativo), 1.848 calorias (b.), 12 Smoothies (grande progresso).

Dei uma passada na casa de Tom para uma reunião do alto-comando só para conversar sobre o assunto Mark Darcy. Mas Tom estava preocupado com o concurso Miss Mundo Alternativo. Há muito tempo ele resolveu concorrer fantasiado de Miss Aquecimento Global e agora estava numa crise de insegurança.

– Não tenho a menor esperança de ganhar – disse, olhando-se no espelho e caminhando até a janela. Sua fantasia era uma esfera de poliestireno imitando o globo terrestre com as calotas polares derretendo e uma grande mancha de queimado em cima do Brasil. Numa das mãos, Tom segurava um pedaço de madeira tropical e um aerosol Lynx, e na outra uma pele que garantia ser de jaguatirica. – Você acha que eu devo pintar um melanoma na pele? – perguntou ele.

– É um concurso de beleza ou de fantasias?

– É esse o problema, eu não sei de que é o concurso, ninguém sabe – disse ele, tirando seu adereço de cabeça, uma miniatura de árvore que ficaria iluminada durante o desfile. – São as duas coisas, é tudo. Beleza. Originalidade. Arte. É ridiculamente confuso.

– É preciso ser gay para participar? – perguntei, tocando no poliestireno.

– Não, qualquer um pode entrar: mulher, animal, o que for. É esse o problema – explicou, voltando a se olhar no espelho. – Às vezes acho que teria mais chance se desfilasse com um cachorro bem metido.

Acabamos chegando à conclusão de que, embora em si o tema aquecimento global fosse correto, o globo de poliestireno não tinha um design muito insinuante para um traje de luxo. Achamos melhor colocar uma tira de seda chinesa em azul estilo Yves Klein flutuando em meio a fumaça e sombras para simbolizar as calotas polares derretendo.

Como percebi que não ia conseguir falar com Tom a respeito de Mark Darcy, fui embora antes que ficasse muito tarde, prometendo pensar em algum traje de praia ou esporte para ele se fantasiar.

Cheguei em casa e liguei para conversar com Jude, mas ela só falava numa nova e maravilhosa invenção oriental chamada Feng Shui, divulgada na revista *Cosmopolitan* desse mês. Essa técnica ajuda as pessoas a conseguirem tudo na vida: basta desbloquear os caminhos tirando todos os armários do apartamento e dividi-lo em nove partes (o que se chama fazer o *bagua*). Cada uma das partes representa uma área da vida: profissão, família, relacionamentos, dinheiro ou filhos, por exemplo. Essas coisas vão depender da disposição de móveis e objetos pela casa. Por exemplo: se você está sempre sem dinheiro, pode ser por causa de um cesto de papel colocada no seu Canto da Prosperidade.

Muito interessada na nova teoria, já que pode explicar muitas coisas. Vou já comprar a revista. Jude disse para eu não contar para Sharon pois, obviamente, ela acha que Feng Shui é besteira. Depois de toda essa conversa, consegui levar o assunto para o tema Mark Darcy.

– *Claro* que você não acha graça nele, Bridget, sempre tive certeza disso – garantiu Jude, acrescentando que só havia uma solução: eu devia fazer um jantar e convidá-lo. – É a melhor coisa, diferente de convidar para sair. Não há tensão, você fica à vontade e pode se exibir loucamente, e fazer com que seus amigos finjam que acham você maravilhosa.

– Jude, você disse "finjam"? – perguntei, magoada.

Sexta-feira, 3 de novembro

58 quilos (argh), 2 unidades alcoólicas, 8 cigarros, 13 Smoothies, 5.245 calorias.

11 HORAS. Estou muito animada com o jantar. Comprei o novo e maravilhoso livro de receitas de Marco Pierre White. Afinal, consegui entender a simples diferença entre comida caseira e de restaurante. Como diz Marco, o segredo está na *concentração* de sabor. O segredo dos molhos, além da concentração de sabor, está nos bons caldos. É preciso cozinhar muitos ossos de peixe, carcaças de frangos etc. e congelar tudo em forma de cubos de gelo. Depois, fica tão fácil merecer uma estrela no *Guia Michelin* como fazer uma torta de carneiro. Aliás, muito mais fácil, já que não é preciso descascar as batatas, basta passar no azeite. Incrível eu não ter percebido isso antes.

Vou preparar o seguinte cardápio:

Velouté de aipo (mt. simples e barato, basta preparar o caldo).
Atum grelhado no carvão sobre *velouté* de tomates-cereja acompanhados de *confit* de alho e batatas *fondant*.
Confit de laranjas. Creme inglês ao Grand Marnier.

Vai ficar uma delícia. Vou virar uma grande e famosa chef, sem muito esforço.

As pessoas vão invadir meus jantares, dizendo em coro: "É ótimo jantar na casa de Bridget, lá tem pratos com qualidade Michelin num ambiente descontraído." Mark Darcy vai ficar muito impressionado e perceber que sou uma pessoa diferente e com prendas domésticas.

Domingo, 5 de novembro

57 quilos (horror), 32 cigarros, 6 unidades alcoólicas (não tem mais Smoothies na mercearia – esses comerciantes são uns desleixados), 2.266 calorias, 4 bilhetes de loteria instantânea.

19 HORAS. Hum. Hoje é a Noite da Fogueira e não fui convidada para nenhuma fogueira. Ouço fogos estourando por todo lado. Vou dar uma passada na casa de Tom.

23h. Foi ótimo. Tom estava tentando se acostumar com o fato de o título de Miss Mundo Alternativo ter sido concedido à maldita Joana d'Arc.

– O que me deixa mais chateado é eles dizerem que não é um concurso de beleza, mas no fundo é. Tenho certeza de que, se não fosse o meu nariz... – concluiu, se olhando no espelho, furioso.

– O quê?

– Meu nariz.

– O que ele tem de errado?

– Ah, o que tem de errado. Puxa, basta *olhar*.

O nariz tinha uma pequena marca no lugar onde alguém tinha jogado um vidro quando Tom tinha 17 anos.

– Entendeu o que estou dizendo? – perguntou ele.

Expliquei que não tinha sido por causa daquela marca que Joana d'Arc ganhou o prêmio, a menos que os jurados estivessem usando um telescópio Hubble para examinar os candidatos, mas aí Tom começou a reclamar que, além do mais, estava muito gordo e ia começar uma dieta.

– Quantas calorias se deve ingerir por dia numa dieta? – perguntou.

– Umas mil. Bom, eu geralmente pretendo comer mil e acabo em 1.500 – afirmei, sabendo muito bem que a última parte não era bem verdade.

– Mil? Mas eu achava que a gente precisasse de duas mil só para continuar vivo – confessou Tom, incrédulo.

Olhei-o, confusa. Percebi que fazia dieta há tantos anos que nem passava pela minha cabeça que o corpo necessita de calorias para sobreviver. Cheguei num ponto em que o ideal de nutrição é não comer absolutamente nada e a única razão para as pessoas comerem é o fato de serem tão gulosas que não conseguem parar e acabam interrompendo a dieta.

– Quantas calorias tem um ovo cozido? – perguntou Tom.

– 75.

– Uma banana?

– Pequena ou grande?
– Pequena.
– Sem casca?
– É.
– 80 – garanti.
– Uma azeitona?
– Preta ou verde?
– Preta.
– 9.
– Um drinque?
– 81.
– Uma caixa de chocolate Milk Tray?
– 10.896 calorias.
– Como você sabe tudo isso?
Pensei um pouco.
– Da mesma forma que se sabe recitar o alfabeto ou ler as horas.
– Certo. E quanto é 9 × 8?
– 64. Não, 56. Aliás, 72.
– Responda rápido: qual a letra antes do J?
– P. Quer dizer, L.

Tom disse que estou doente, mas sei que sou igual a todo mundo – isto é, Sharon e Jude. Honestamente, estou preocupada com Tom. Acho que participar de um concurso de beleza fez com que ele não suportasse a pressão que nós, mulheres, há muito suportamos, e está ficando inseguro, obcecado pela aparência e quase anoréxico.

A noite terminou com Tom se divertindo na cobertura do prédio, soltando rojões no jardim dos vizinhos de baixo, que, segundo ele, têm horror a gays.

Quinta-feira, 9 de novembro

56,7 quilos (melhor sem os Smoothies), 5 unidades alcoólicas (melhor do que ficar com um estômago dilatado, cheio de frutas amassadas), 12 cigarros, 1.456 calorias (excelente).

Estou muito animada com o jantar. Marquei para a próxima terça-feiia. Eis a lista de convidados:

Jude	Richard o Vil
Sharon	
Tom	Jerome o Pretensioso (a não ser que eu tenha muita sorte e até terça eles tenham terminado)
Magda	Jeremy
Eu	Mark Darcy

Mark Darcy gostou muito quando liguei para convidá-lo.

– O que você vai preparar? – perguntou. – Sabe cozinhar bem?

– Bom, na verdade, eu sigo o livro de Marco Pierre White. É incrível como fica simples cozinhar quando a pessoa sabe concentrar o sabor.

Ele riu e recomendou:

– Bom, não faça nada muito complicado. Lembre-se de que as pessoas vão ao jantar para vê-la e não para comer doces confeitados dentro de forminhas.

Daniel jamais diria algo tão gentil assim. Estou louca para que chegue o dia do jantar.

Sábado, 11 de novembro

56,2 quilos, 4 unidades alcoólicas, 35 cigarros (crise) 456 calorias (só estou tomando líquidos).

Tom sumiu. Fiquei preocupada porque Sharon ligou de manhã dizendo que não podia jurar, mas achava que, na quinta-feira, quando estava num táxi na Ladbroke Grove, tinha visto Tom com um olho roxo e escondendo a boca com a mão. Quando Sharon conseguiu que o táxi voltasse, ele tinha desaparecido. Ontem deixou dois recados na secretária dele pedindo notícias, mas não teve resposta.

Enquanto ouvia, lembrei que tinha deixado um recado para Tom na quarta-feira perguntando se ele estaria em casa no fim de semana e não tive resposta, o que nunca acontece. Liguei para ele na hora. Tocou várias vezes e ninguém atendeu, então liguei para Jude, que também não tinha notícias dele. Tentei falar com Jerome o Pretensioso e nada. Jude disse que ligaria para Simon, que mora numa rua vizinha à de Tom, e pediria para que ele fosse à casa dele. Ela ligou vinte minutos depois dizendo que Simon tocou a campainha de Tom e bateu na porta durante horas, mas ninguém atendeu. Sharon me ligou de novo. Tinha falado com Rebecca, que achava que Tom ia almoçar na casa de Michael. Liguei para Michael: ele disse que Tom tinha deixado um recado estranho na secretária, com uma voz enrolada, dizendo que não poderia ir ao almoço, sem explicar por quê.

15 HORAS. Estou começando a entrar em pânico e, ao mesmo tempo, estou adorando o fato de ser o centro do drama.

Sou praticamente a melhor amiga de Tom, então todo mundo fica ligando para mim, e passei a fazer uma voz calma e mostrar grande preocupação. Estou achando que ele encontrou um novo amor e está em uma espécie de lua-de-mel, escondido uns dias em algum lugar. Talvez não tenha sido ele que Sharon viu, ou o olho roxo fosse conseqüência do sexo entusiástico ou de uma maquiagem pós-moderna no estilo *Rocky Horror Show*. Preciso dar mais uns telefonemas para confirmar essa tese.

15H30. As pessoas discordam da tese, todos acham que é impossível Tom encontrar um novo homem, quanto mais ter um novo caso, sem ligar para todo mundo contando. Não posso dizer nada. Pensamentos muito loucos percorrem minha cabeça. É verdade que Tom andava meio perturbado. Comecei a pensar se sou mesmo uma boa amiga. Em Londres, somos tão egoístas e ocupados. Será que um dos meus amigos poderia ficar tão infeliz a ponto de... ah, olha só onde meti a revista *Marie Claire* desse mês: em cima da geladeira!

Fiquei folheando a *Marie Claire*, imaginando o enterro de Tom e que roupa eu usaria. Aaargh, de repente me lembrei daquele membro do Parlamento que se sufocou com um saco plástico na cabeça, um laço de corda no pescoço e uma laranja de chocolate na boca, ou alguma coisa assim. Será que Tom pratica atos sexuais esquisitos e não conta para a gente?

17 HORAS. Acabo de ligar para Jude de novo.

– Você acha que devemos chamar a polícia e pedir para arrombar o apartamento? – perguntei.

– Eu já chamei – disse Jude.

– E o que eles disseram? – sem conseguir disfarçar minha chateação porque ela chamou a polícia sem me consultar. A melhor amiga de Tom sou eu, e não ela.

– Os policiais não pareceram muito preocupados. Disseram para ligarmos se ele não aparecer até segunda-feira. É compreensível. Não se pode ficar muito assustado porque um solteiro de 29 anos não está em casa no sábado de manhã e não compareceu a um almoço ao qual disse que não iria.

– Mas tem alguma coisa errada, eu sinto – disse eu, com uma voz misteriosa e soturna, percebendo pela primeira vez como sou uma pessoa sensitiva e intuitiva.

– Sei o que você está querendo dizer – pressentiu Jude. – Eu também sinto. Tem alguma coisa muito errada.

19 HORAS. Extraordinário. Depois que falei com Jude, não consegui fazer compras nem nada assim mais fútil. Achei que era a melhor hora para fazer o Feng Shui, então saí e comprei a *Cosmopolitan*. Com cuidado, seguindo o desenho publicado na revista, fiz o *bagua* do apartamento. Levei um susto. Tinha um cesto de papel no meu Canto dos Amigos. Claro que era por isso que o Tom tinha sumido.

Liguei correndo e contei para Jude. Ela disse para eu tirar o cesto de papel daquele lugar.

– Mas onde ponho? Não vou colocar no meu Canto das Relações ou dos Filhos.

Jude disse para eu aguardar um instante enquanto ela dava uma olhada na revista. Na volta, perguntou:

– Que tal colocar o cesto no Canto da Prosperidade?

– Hum, não sei, logo agora que o Natal está chegando e tal – respondi, me sentindo muito sovina.

– Bom, se você acha isso. De todo jeito, vai acabar tendo de comprar um presente a menos... – acusou Jude.

Coloquei o cesto de papel no meu Canto do Conhecimento e fui a uma floricultura comprar plantas de *folhas arredondadas* para colocar no Canto da Família e dos Amigos (plantas com espinhos, principalmente cáctus, não são indicadas). Estava tirando o cachepô do armário embaixo da pia quando ouvi um barulho de chaves. Dei um tapa na própria testa: como não lembrei antes? Aquelas eram cópias das chaves de Tom, que ele tinha deixado comigo quando foi para Ibiza.

Pensei em ir até a casa dele *sem Jude*: ela não telefonou para a polícia sem me avisar? Mas achei que seria muito mesquinho, então liguei para ela e resolvemos chamar Sharon também, porque foi quem deu o alarme.

Quando entramos na rua de Tom, imaginei o jeito digno, trágico e composto que eu teria ao ser entrevistada pelos jornais, ao mesmo tempo em que sentia um medo paranóico de a polícia achar que matei Tom. De repente, aquilo deixou de ser uma brincadeira. Talvez tivesse mesmo acontecido alguma coisa terrível e trágica.

Subimos a escada do prédio sem nos olharmos nem dizer uma palavra.

Quando coloquei a chave na fechadura, Sharon teve uma dúvida:

– Será que não é melhor tocar a campainha primeiro?

– Eu toco – disse Jude, dando uma olhada para nós e tocando a campainha.

Ficamos quietas. Nada. Ela tocou de novo. Eu já ia virar a chave quando ouvimos uma voz no interfone.

– Alô?

– Quem é? – perguntei, com a voz trêmula.

– Quem você acha que pode ser, sua boba?

– Tom! – gritei de alegria. – Deixa a gente subir.

– A gente quem? – perguntou, desconfiado.

– Eu, Jude e Sharon.

– Querida, preferia que vocês não subissem, para dizer a verdade.

– Ai, droga – disse Sharon, me empurrando. – Tom, sua bicha idiota, você simplesmente deixou metade de Londres desesperada ligando para a polícia, vasculhando a cidade inteira atrás de você porque ninguém sabia onde você estava. Droga, deixa a gente entrar.

– Não quero ninguém, só Bridget – disse Tom, arrogante. Passei gloriosa entre as duas.

– Não fique tão metida – disse Sharon.

Silêncio.

– Anda, seu idiota, deixa a gente entrar.

Houve um silêncio e ouvimos o som da porta abrindo.

Chegamos no último andar e ele abriu a porta, perguntando:

– Vocês agüentam ver isso?

Nós três gritamos. Tom estava com o rosto todo desfigurado, com marcas amarelas e escuras e um gesso no nariz.

– Tom, o que houve?! – gritei, tentando dar um abraço desajeitado nele e acabando por beijar sua orelha. Jude começou a chorar, Sharon deu um soco na parede.

– Não se preocupe, Tom. Vamos descobrir os bárbaros que fizeram isso – ameaçou ela.

– O que houve? – repeti, com lágrimas escorrendo pelo rosto.

– Bom, é... É que eu fiz uma plástica no nariz – disse Tom, se soltando do meu abraço.

Sem ninguém saber, ele tinha sido operado na quarta-feira e ficou com vergonha de contar para nós porque achávamos a marca no nariz dele insignificante. Jerome devia ter cuidado

 dele – e a partir de então passou a ser chamado de Jerome o

Canalha (devia ser Jerome Sem Coração, mas concordamos que o outro apelido soava melhor). Mas quando Jerome o Canalha viu Tom depois da cirurgia ficou tão assustado que explicou que ia embora por uns dias e sumiu. O coitadinho do Tom estava tão deprimido e traumatizado, tão esquisito por causa da anestesia, que simplesmente desligou o telefone, se enfiou debaixo dos lençóis e dormiu.

– Então era você que estava na Ladbroke Grove quinta-feira à noite? – perguntou Sharon.

Era. Ele esperou ficar bem escuro para ir comprar comida. Apesar da nossa alegria por ele estar vivo, Tom estava muito triste por causa de Jerome.

– Ninguém me ama – disse ele.

Eu disse para ele ligar para minha secretária eletrônica e ouvir os 22 recados desesperados dos amigos dele, preocupados porque estava sumido há 24 horas, o que afastou nosso medo de morrermos sozinhos e sermos comidos por um pastor alemão.

– Ou do corpo só ser encontrado três meses depois, em decomposição sobre o tapete – completou Tom.

Perguntamos então como um lunático com um nome daquele podia fazer Tom achar que ninguém o amava?

Dois *bloody mary* depois ele estava rindo da mania que Jerome tinha de usar o termo "autoconfiante" e de suas cuecas Calvin Klein samba-canção. Enquanto isso, Simon, Michael, Rebecca, Magda, Jeremy e um rapaz que disse se chamar Elsie ligaram para saber notícias dele.

– Sei que todos nós somos neuróticos, solteiros, completamente malucos e que nossa vida gira em torno do telefone – disse Tom, enrolando as palavras, emocionado. – Mas é meio parecido com uma família, não é?

Eu *sabia* que o Feng Shui ia funcionar. Agora que deu certo, vou rapidamente mudar a planta de folhas arredondadas para o Canto dos Relacionamentos. Gostaria que existisse um Canto da Culinária também. Faltam só nove dias para o jantar.

Segunda-feira, 20 de novembro

56,2 quilos (mt. b.), 0 cigarro (é horrível fumar quando se está realizando milagres gastronômicos), 3 unidades alcoólicas, 200 calorias (o esforço de ir ao supermercado deve ter queimado mais calorias do que as que comprei, sem falar nas que comi).

19 HORAS. Acabo de voltar da odiosa experiência de solteira de classe média no supermercado, que fica na fila do caixa ao lado de adultos com filhos comprando feijão, nuggets, macarrão de letrinhas etc., trazendo os seguintes mantimentos:

20 cabeças de alho;
1 lata de banha de ganso;
1 garrafa de Grand Marnier;
8 filés de atum;
3 dúzias de laranjas;
4 latas de creme de leite;
4 bastões de baunilha de 1,39 libra cada.

Tenho de começar os preparativos hoje à noite, já que trabalho amanhã.

20 HORAS. Argh, não estou com a menor vontade de cozinhar. Muito menos de mexer nesse horrendo saco de ossos de galinha: que nojo.

22 HORAS. Já coloquei os ossos de galinha na panela. O problema é que Marco manda amarrar dois ingredientes que acentuam o sabor – alho-poró e aipo – com um barbante, mas o único que tenho é azul. Bom, espero que funcione.

23 HORAS. Meu Deus, o caldo leva séculos para cozinhar, mas vale a pena porque rende quase 10 litros, que vou congelar em cubos de gelo – e tudo por apenas 1,70 libra. Hum, o *confit* de laranja vai ficar uma delícia. Agora, basta descascar 36 laranjas e ralar a casca. Faço isso em dois tempos.

1 HORA. Estou morrendo de sono mas faltam umas duas horas para o caldo cozinhar e mais uma hora para as laranjas assarem no forno. Já sei o que vou fazer. Deixo o caldo em fogo brando durante a noite e as laranjas na temperatura mínima do forno, assim ficarão mt. macias, como um ensopado.

Terça-feira, 21 de novembro

55,8 quilos (o nervosismo queima as gorduras), 9 unidades alcoólicas (mt. ruim mesmo), 37 cigarros (mt. mt. ruim), 3.479 calorias (e tudo um nojo).

9H30. Acabo de destampar a panela. Os 10 litros de caldo concentrado esperados viraram um monte de ossos de galinha queimados e cobertos por uma geléia. O *confit* de laranja parece delicioso, igualzinho ao da foto do livro de receitas, só um pouco mais escuro. Agora vou trabalhar. Saio da redação às 16 horas, na volta penso numa solução para o problema da sopa.

17 HORAS. Ai, Deus. O dia virou um pesadelo. Richard Finch me deu uma bronca na frente de todo mundo na reunião da manhã:

– Bridget, pelo amor de Deus, esqueça esse livro de receitas. Pense em crianças queimadas por fogos de artifícios. Estou pensando em mutilações. Estou pensando em alegres comemorações familiares que se transformam em pesadelos. Estou pensando em vinte anos depois. O que aconteceu com aquele menino dos anos 1960 que queimou o pinto com bombinhas de São João guardadas no bolso da calça? Onde está ele? Bridget, descubra o menino das bombinhas que ficou sem pinto. Ache o John Bobbitt dos anos 1960.

Argh. Eu estava no quadragésimo oitavo telefonema para saber se existia um grupo de apoio às vítimas de pinto queimado quando o telefone tocou.

– Alô, querida, é a mamãe – ela parecia mais animada e histérica do que nunca.

– Oi, mãe.

– Alô, querida, liguei só para me despedir, espero que fique tudo bem.

– Despedir? Aonde vai?

– Ah. Rá-rá-rá. Eu contei, Julio e eu vamos passar duas semanas em Portugal só para ver a família dele e tomar um pouco de sol antes do Natal.

– Você não tinha contado.

– Não seja boba, querida. Claro que contei. Você tem que aprender a prestar atenção. Mas fique direitinha, sim?

– Tá.

– Ah, querida, só mais uma coisa.

– O quê?

– Estive tão ocupada que esqueci de comprar meus cheques de viagem.

– Ah, não se preocupe, você pode fazer isso no aeroporto.

– O problema, querida, é que estou indo para o aeroporto e esqueci meu cartão do banco.

Incrível, pensei, encarando o telefone.

– Uma chatice. Então achei que você talvez pudesse me emprestar algum dinheiro. Não muito, só umas 200 libras para cheques de viagem.

Ela falou de um jeito que lembrava os mendigos pedindo esmola para tomar uma xícara de chá.

– Estou trabalhando, mãe. Julio não pode emprestar?

Ela ficou cheia de melindres.

– Não posso acreditar que você seja tão sovina, querida. Depois de tudo o que fiz por você. Dei-lhe o dom da *vida* e você não pode emprestar algumas libras para sua mãe comprar cheques de viagem?

– Mas como vou entregar o dinheiro para você? Terei de ir ao caixa eletrônico e mandar por um motoboy. Aí o dinheiro será roubado e vai ser um problema. Onde você está?

– Aah. Bom, por sorte eu não podia estar mais perto: se você atravessar a rua em frente ao NatWest nos encontramos daqui a cinco minutos. Obrigada, querida. Tchau!

– Bridget, onde *diabos* você está indo? – berrou Richard quando tentei sair de fininho. – Já achou o menino do pinto queimado?

– Estou com uma pista ótima – respondi, e saí correndo.

Minha mãe chegou na hora em que eu esperava o dinheiro sair do caixa, novinho em folha, e pensava como ela ia passar duas semanas em Portugal com 200 libras. Surgiu esbaforida e escondida atrás de óculos escuros, embora estivesse chovendo muito.

– Ah, querida. Você é um amor. Muito obrigada. Tenho de correr senão perco o avião. Tchau! – disse ela, arrancando as notas da minha mão.

– O que está acontecendo? – perguntei. – Por que você estava por aqui, tão distante do aeroporto? Como vai se arranjar sem o cartão do banco? Por que Julio não pode emprestar? Como você vai fazer? Hein?

Ela pareceu assustada, como se estivesse prestes a chorar, mas logo fez um olhar distante e uma magoada cara de princesa Diana.

– Vou ficar bem, querida – deu seu sorriso corajoso. – Cuide-se – acrescentou com uma voz trêmula, me deu um abraço rápido, fez sinal para os carros pararem e atravessou a rua.

19 HORAS. Acabo de chegar em casa. Certo. Calma, calma. Equilíbrio interior. A sopa vai ficar uma delícia. Vou só cozinhar e amassar os legumes como está na receita e depois – para concentrar o sabor – cozinhar aquela geléia azul da carcaça de galinha com o creme e a sopa está pronta.

20H30. Vai tudo muito bem. Os convidados estão na sala. Mark Darcy, muito gentil, trouxe uma garrafa de champanhe e uma caixa de chocolates belgas. Ainda não fiz o prato principal, só cozinhei as batatas, mas logo termino isso. De todo jeito, a sopa é o primeiro prato.

20H35. Ai, Deus. Destampei a panela para retirar os ossos. A sopa está toda azul.

21 HORAS. Adoro meus adoráveis amigos. Tiveram uma atitude bem esportiva em relação à sopa azul. Mark Darcy e Tom chegaram até a discutir preconceito contra comidas coloridas. Mark argumentou: por que não pode haver sopa azul, só porque não existe legume azul? Afinal de contas, nuggets de peixe não são, originalmente, de cor dourada. (A verdade é que, apesar de todo o meu esforço, a sopa ficou com gosto de creme cozido, como Richard o Vil teve a gentileza de observar. Nesse momento, Mark Darcy perguntou qual era a profissão dele e foi ótimo porque Richard o Vil acabou de ser demitido na semana passada por fraude nos gastos.) Mas tudo certo. O prato principal vai ficar bem gostoso. Bom, vamos começar cuidando do *velouté* de tomates-cereja.

21H15. Ai, Deus. Houve alguma coisa na mistura, algo de estranho: o purê de tomates-cereja está espumoso e numa consistência três vezes maior. E as batatas cozidas deviam estar prontas há dez minutos, mas estão duras como pedra. Talvez seja melhor eu colocar no microondas. Aargh, aargh. Dei uma olhada na geladeira e não achei o atum. Que fim levou o atum? Onde foi parar?

21H30. Graças a Deus. Jude e Mark Darcy vieram para a cozinha, me ajudaram a preparar uma grande omelete, amassaram as batatas meio cozidas e fritaram como se fossem batatas coradas. Colocamos o livro de receitas aberto em cima da mesa para vermos pelas fotos como seriam as fases de preparo do atum grelhado. Pelo menos o *confit* de laranja vai ficar bom, está com uma cara ótima. Tom disse que era melhor a gente não se preocupar com o creme inglês ao Grand Marnier e beber o licor puro.

22 HORAS. Estou bem triste. Fiquei na maior expectativa quando as pessoas deram a primeira garfada na sobremesa. Houve um silêncio embaraçoso.

– O que é isso, meu bem? – Tom acabou perguntando. – Geléia?

Apavorada, provei. Era, como ele disse, pura geléia. Concluí que, depois de gastar tanto dinheiro, acabei servindo aos meus amigos:

Sopa azul
Omelete
Geléia

Sou um completo fracasso. Estrela do *Guia Michelin* de gastronomia? Pareço mais uma marmiteira.

Pensei que as coisas não pudessem ficar piores do que estavam, depois da geléia. Mas assim que terminamos aquela horrenda refeição, o telefone tocou. Felizmente atendi no quarto: era papai.

– Você está sozinha? – perguntou.

– Não, está todo mundo aqui, Jude e tal. Por quê?

– É que gostaria que você estivesse com alguém... desculpe, Bridget. As notícias não são muito boas.

– O que houve? O quê?

– A polícia está procurando sua mãe e Julio.

2 HORAS. Northamptonshire, cama de solteiro num quartinho da casa dos Alconbury. Argh. Tive de me sentar e tomar fôlego enquanto papai ficou repetindo "Bridget? Bridget? Bridget?" como um papagaio.

– O que aconteceu? – consegui perguntar.

– Os dois pegaram – acredito e espero, sem o conhecimento de sua mãe – muito dinheiro de uma porção de gente, inclusive meu e de alguns amigos nossos. Ainda não sabemos quanto foi, mas, pelo que a polícia disse, sua mãe pode ser condenada a muitos anos de prisão.

– Ai, meu Deus. Foi por isso que ela viajou para Portugal com minhas 200 libras.

– Ela agora deve estar bem longe.

Vi o futuro surgindo como um horrível pesadelo: Richard Finch me chamando de a filha da detenta apresentadora do *Suddenly Single*, no *Good Afternoon!* e me obrigando a fazer uma entrevista ao vivo da sala de visitas do Presídio Holloway antes de ser De Repente, Demitida ao vivo.

– O que eles fizeram?

– Parece que Julio usou sua mãe como testa-de-ferro, digamos assim, para pegar muito dinheiro de Una e Geoffrey, Nigel e Elizabeth, Malcolm e Elaine (ai, Deus, os pais de Mark Darcy). Muito, mas muito dinheiro para dar como entrada em apartamentos num condomínio.

– Você não sabia que seus amigos estavam metidos nisso?

– Não. Acho que não me disseram nada porque ficaram sem graça de fazer negócio com aquele cafajeste engomadinho que corneou um dos mais antigos amigos deles.

– E o que aconteceu?

– Os apartamentos nunca existiram. A poupança da sua mãe acabou, e também minha aposentaria. Foi bobagem minha colocar a casa no nome dela, sua mãe penhorou. Bridget, estamos falidos, sem recursos, sem casa e com sua mãe prestes a ser condenada como criminosa.

Depois de dizer isso, ele não agüentou. Una veio ao telefone e disse que ia dar um pouco de Ovomaltine para papai. Falei que chegaria lá dentro de duas horas, mas ela disse para eu só dirigir depois de me recuperar do choque, pois não se podia fazer nada, melhor ir na manhã seguinte.

Desliguei o telefone e bati com a cabeça na parede, me xingando por ter largado os cigarros na sala. Mas Jude apareceu com um copo de Grand Marnier.

– O que foi? – perguntou ela.

Contei tudo, bebendo o Grand Marnier de um gole. Jude não disse uma palavra e foi procurar Mark Darcy.

– Sinto-me culpado – confessou ele, passando a mão no cabelo. – Devia ter sido mais claro naquela festa dos Vigários e Vigaristas. Eu sabia que Julio tinha alguma coisa estranha.

– Como assim?

– Ouvi quando ele falou ao celular perto dos canteiros do jardim. Ele não sabia que eu estava ouvindo. Se eu soubesse que meus pais também estavam envolvidos, eu... – ele balançou a cabeça. – Agora me lembro de minha mãe dizendo alguma coisa, mas fiquei tão distraído com a simples menção da palavra "condomínio" que devo ter mandado ela ficar quieta. Onde sua mãe está agora?

– Não sei. Em Portugal? No Rio de Janeiro? No cabeleireiro?

Ele começou a andar de um lado para outro na sala, fazendo perguntas como um grande advogado.

– O que está sendo feito para encontrá-la? Qual é a quantia envolvida? Como descobriram a fraude? O que a polícia sabe? Quem mais tem conhecimento do caso? Onde está seu pai? Você gostaria de falar com ele? Você permite que eu vá junto? – foi uma cena super sexy, juro.

Jude apareceu trazendo café. Mark resolveu que era melhor achar o motorista dele para nos levar até Grafton Underwood e, por um segundo, tive a sensação completamente inusitada de ser grata à mamãe.

Foi tudo muito dramático quando chegamos à casa de Una e Geoffrey: tinha os Enderbys e os Alconburys chorando por todo canto e Mark Darcy telefonava sem parar. Fiquei me sentindo culpada, pois uma parte de mim estava – apesar do medo – adorando não ter de ir trabalhar e viver uma situação totalmente diferente do cotidiano, com todo mundo podendo beber vários copos de xerez e comer sanduíches de salmão como se fosse Natal. Foi a mesma sensação que tive quando vovó ficou maluca e, depois de tirar toda a roupa, correu para o pomar de Penny Husbands-Bosworth e precisou ser contida pela polícia.

Quarta-feira, 22 de novembro

55,6 quilos (viva!), 3 unidades alcoólicas, 27 cigarros (muito compreensível, já que minha mãe está sendo considerada uma criminosa), 5.671 calorias (ai, Deus, parece que meu apetite voltou), 7 bilhetes de loteria instantânea (este foi um ato de desprendimento, tentando recuperar o dinheiro de todo mundo. Mas cheguei à conclusão de que, se ganhasse, não ia dar tudo para eles), 10 libras ganhas, 3 libras de lucro (preciso começar a partir de alguma coisa).

10 HORAS. Cheguei em casa exausta por não ter dormido. Para completar, tenho de ir trabalhar e ainda vou levar bronca por estar atrasada. Quando vim embora, papai parecia estar melhorando: numa hora mostrava-se muito satisfeito porque Julio tinha provado que era um salafrário e assim mamãe poderia voltar para casa e começar vida nova. Em outra hora caía em profunda depressão, achando que a dita vida nova ia consistir em visitas à prisão, aonde chegaria de ônibus.

Mark Darcy voltou para Londres de madrugada. Deixei um recado na secretária eletrônica dele agradecendo a ajuda e tal, mas ele não ligou de volta. Não posso culpá-lo. Aposto que Natasha e todas as outras mulheres que ele conhece não servem sopa azulada para ele, nem viraram filhas de criminosa.

Una e Geoffrey disseram para não me preocupar com papai, pois Brian e Mavis vão ficar e ajudar a cuidar dele. Fiquei pensando porque sempre falam Una e Geoffrey e não Geoffrey e Una, mas dizem Malcolm e Elaine e Brian e Mavis. Por outro lado, dizem Nigel e Audrey Coles. Do mesmo jeito que nunca se diz Geoffrey e Una, jamais se diria Elaine e Malcolm. Por quê? Por quê? Sem querer, fico pensando em Sharon e Jude daqui a muitos anos, chateando as filhas, dizendo: "Você conhece Bridget e *Mark*, querida, que moram naquela casa enorme em Holland Park e sempre passam as férias no Caribe." Isso mesmo. Seria Bridget e Mark. Bridget e Mark Darcy. Os Darcy. E não Mark e Bridget Darcy, pelo amor de Deus: horrível. De repente, me sinto mal por estar pensando em Mark Darcy nesse contexto, como se fosse a governanta Maria com o Capitão Von Trapp no filme *A noviça rebelde* e precisasse fugir para conversar com a madre superiora que vai cantar "Climb Every Mountain" para mim.

Sexta-feira, 24 de novembro

56,7 quilos, 4 unidades alcoólicas (mas tomadas na presença da polícia, por isso, nada a declarar), 0 cigarro, 1.760 calorias, 11 ligações para o 1471 para saber se Mark tinha me ligado.

22H30. As coisas estão indo de mal a pior. Estava achando que o único lado positivo do processo contra mamãe tinha sido fazer com que Mark Darcy e eu nos aproximássemos, mas não soube mais dele, desde que saiu da casa dos Alconbury. A polícia acaba de vir ao apartamento pegar meu depoimento. Comecei a me comportar como as pessoas que são entrevistadas na televisão quando um avião cai no jardim delas, usando aqueles chavões de telejornais, de filmes passados em tribunais e coisas do tipo. Acabei descrevendo minha mãe como tendo "estatura mediana" e "pele clara".

Os policiais eram muito interessantes e tranqüilizadores. Ficaram até tarde, e um dos detetives disse que ia aparecer de novo no meu apartamento para ver como estavam as coisas. Simpático mesmo, adorei.

Sábado, 25 de novembro

57 quilos, 2 unidades alcoólicas (xerez, argh), 3 cigarros (fumados na janela da casa dos Alconbury), 4.567 calorias (só de biscoitos recheados e sanduíches de salmão), 9 ligações para o 1471 para saber se Mark Darcy tinha ligado.

Graças a Deus. Mamãe ligou para papai. Parece que disse para ninguém se preocupar, ela estava bem, tudo ia bem, depois desligou de repente. A polícia estava na casa de Una e Geoffrey interceptando a linha, como no filme *Thelma e Louise*, e disseram que ela estava mesmo em Portugal, mas não conseguiram localizar a cidade. Gostaria tanto que Mark Darcy ligasse. Claro que ele deve ter ficado assustado com meus desastres culinários e por haver uma criminosa na minha família, mas era muito educado para demonstrar isso. Claro também que o fato de termos compartilhado uma piscininha de plástico na infância não significa nada depois do roubo das economias dos pais dele pela vexaminosa mãe da malcriada Bridget. Vou encontrar papai hoje à tarde como uma solteirona desprezada por todos os homens e não do jeito que já tinha me acostumado: ao lado de um grande advogado, dentro de um carro com motorista.

13 HORAS. Viva! Viva! Na hora em que ia sair de casa, o telefone tocou, mas eu só conseguia ouvir um ruído. Depois, tocou de novo. Era Mark, falando de Portugal. Que gentileza e que sagacidade. Ele passou a semana inteira em contato com a polícia, além de continuar mantendo seu escritório de grande advogado e ter ido para Albufeira ontem. A polícia local encontrou mamãe; Mark acha que ela vai ser inocentada porque está bem evidente que ignorava o que Julio estivera fazendo. A polícia conseguiu recuperar parte do dinheiro, mas ainda não encontrou Julio. Mamãe volta hoje à noite e terá de ir direto para a delegacia ser interrogada. Mark disse para eu não me preocupar, que tudo vai acabar bem e ele já está vendo se vai ser preciso pagar fiança. Desligamos, sem dar tempo nem para eu agradecer. Fiquei louca para falar com Tom e contar as maravilhosas notícias, mas lembrei que não era para ninguém saber do problema de mamãe e, infelizmente, na última vez em que falei de Mark Darcy para Tom, acho que disse que ele é um detestável filhinho de papai.

Domingo, 26 de novembro

57,6 quilos, 0 unidade alcoólica, meio cigarro (não fumo mais), Deus sabe quantas calorias, 188 minutos gastos desejando matar minha mãe (número aproximado).

Dia horrível. Fiquei aguardando a chegada de mamãe ontem à noite, hoje de manhã e à tarde; quase fui três vezes para o aeroporto de Gatwick. Acabou que ela chegou à tarde no aeroporto de Luton, escoltada pela polícia.

Papai e eu estávamos nos preparando para consolar uma pessoa bem diferente daquela que conhecíamos. Ingênuos, achávamos que, depois de tudo por que tinha passado, ela teria se redimido.

– Me larga, seu *pateta* – ouvimos no saguão de chegada do aeroporto. – Agora estamos em território britânico, tenho certeza de que me conhecem e não quero que todo mundo me veja *destratada* por um policial. Ih, sabe de uma coisa? Acho que deixei meu chapéu de palha embaixo da poltrona do avião.

Os dois policiais fizeram uma cara de espanto enquanto mamãe – de casaco xadrez preto-e-branco estilo anos 1960 (provavelmente ela planejou para combinar com o uniforme dos policiais), lenço na cabeça e óculos escuros – entrava na sala de bagagens seguida pelos agentes da lei. Meia hora depois, saíram. Um dos policiais trazia o guarda-sol.

Colocá-la no carro da polícia foi quase uma luta corporal. Papai estava chorando ao volante do seu Sierra e eu tentava explicar para mamãe que ela precisava ir à delegacia saber se ia pagar uma fiança, mas só o que ouvi sem parar foi:

– Não seja boba, querida. Vem aqui: o que você passou no rosto? Não tem um lenço para eu limpar?

– Mãe – disse eu, enquanto ela tirava um lenço da bolsa e dava uma cuspidela nele. – Você pode ser condenada – avisei, com ela esfregando o lenço no meu rosto. – Acho melhor ir para a delegacia com os policiais.

– Veremos, querida. Talvez amanhã, depois que eu esvaziar a cesta de legumes. Deixei 1 quilo de batatas lá e devem estar apodrecendo. Ninguém cuidou das plantas enquanto estive fora e aposto o quanto você quiser como Una deixou o aquecimento ligado.

Só quando papai se aproximou e comentou que a casa ia ser penhorada, incluindo a cesta de legumes, ela ficou quieta e, muito mal-humorada, entrou no banco de trás do carro, ao lado dos policiais.

Segunda-feira, 27 de novembro

57,6 quilos, 0 unidade alcoólica, 50 cigarros (isso mesmo!), 12 ligações para o 1471 para saber se Mark Darcy ligou, 0 hora de sono.

9 HORAS. Acabo de fumar o último cigarro antes de ir para a redação. Estou arrasada. Na noite passada, papai e eu tivemos de esperar duas horas sentados num banco na delegacia. Até que ouvimos uma voz pelo corredor.

– É, sou eu mesma. Apresento o *Suddenly Single* todas as manhãs! Claro que você pode pedir. Tem uma caneta? Escrevo aqui? Autografo em nome de quem? Ah, seu danado. Sabe que eu morro de vontade de experimentar um desses...

– Ah, você está aí, papai – constatou minha mãe, surgindo no corredor com um capacete da polícia na cabeça. – O carro está lá fora? Sabe, estou morrendo de vontade de chegar em casa e esquentar água para um chá. Será que Una lembrou de ligar o *timer*?

Papai parecia abatido, assustado e confuso. Eu, idem.

– Você foi libertada? – perguntei.

– Ah, não seja boba, querida. Libertada! Não sei! – disse ela, revirando os olhos para o detetive-chefe e me empurrando rumo à porta. Do jeito que o detetive estava corado e agitado, eu não me surpreenderia se ela tivesse conseguido se livrar concedendo alguns favores sexuais na sala de interrogatório.

– Mas o que houve? – perguntei, enquanto papai colocava todas as malas, chapéus, burro de palha ("Não é uma graça?") e castanholas no bagageiro do Sierra. A seguir, papai ligou o carro. Eu tinha decidido que ela não ia fugir dos problemas, varrer tudo para baixo do tapete e começar a mandar em nós dois.

– Está tudo esclarecido, querida, foi apenas um mal-entendido. Alguém fumou dentro do carro?

– O que houve, mãe? O que houve com o dinheiro das pessoas e os apartamentos do condomínio? – perguntei. – Onde estão minhas 200 libras?

– Nossa! Foi só um probleminha com o projeto dos prédios. Você sabe que esses funcionários portugueses às vezes são bem corruptos. Só querem saber de propina e gorjeta, iguaizinhos a Winnie Mandela. Então, Julio devolveu todos os depósitos. Acabamos tendo umas férias ótimas! O tempo estava um pouco nublado, mas...

– Onde está Julio? – perguntei, desconfiada.

– Ah, ficou em Portugal para resolver o problema com o projeto.

– E como fica a minha casa? E a poupança? – indagou papai.

– Não sei do que você está falando. Não há nenhum problema com a casa.

Mas, infelizmente, mamãe estava enganada. Quando chegamos em The Gables, todas as fechaduras tinham sido trocadas e tivemos de voltar para a casa de Una e Geoffrey.

– Ai, Una. Estou exausta, acho que vou direto para a cama – disse mamãe depois de ver as caras desapontadas, o lanche frio sobre a mesa e as fatias murchas de beterraba.

Papai foi atender o telefone e voltou dizendo:

– Era Mark Darcy.

Tentei não demonstrar que meu coração tinha pulado para a boca.

– Ele está em Albufeira. Parece que conseguiram pegar o... o cafajeste engomadinho... e recuperaram parte do dinheiro. Pode ser que a gente consiga The Gables de volta.

Quando ele disse isso, todos gritaram de alegria e Geoffrey começou a cantar "Ele é um bom companheiro". Esperei que Una comentasse alguma coisa a meu respeito, mas ela não disse nada. Era sempre assim. Exatamente na hora em que resolvo gostar de Mark Darcy todos param de querer me juntar a ele.

– Aceita um pouco de chá no leite, Colin? – ofereceu Una, passando para papai um bule de chá decorado com um friso de flores de damasco.

– Não sei... não entendo por quê... não sei o que pensar – disse papai, preocupado.

– Olha, não precisa mais se preocupar – interrompeu Una, com um ar calmo e controlado que não era comum nela. De repente a vi como a mãe que jamais tive. – Coloquei muito leite na sua xícara. Vou tirar um pouco e completar a xícara com água quente.

Quando finalmente saí da confusão, peguei a estrada para Londres a mil por hora, fumando sem parar, num ato insensato de rebeldia.

Dezembro

Ai, Deus

Segunda-feira, 4 de dezembro

58 quilos (humm, tenho de emagrecer antes que chegue a comilança natalina), 3 modestas unidades alcoólicas, 7 beatíficos cigarros, 3.876 calorias (ai), 6 ligações para o serviço 1471 para saber se Mark Darcy tinha ligado (b.).

Fui ao supermercado e, não sei por quê, fiquei pensando sem parar em árvores de Natal, lareiras, cânticos de Natal, pasteizinhos de carne etc. Depois percebi por quê. Os respiradouros do supermercado costumam soltar um cheiro de pão assado, mas hoje o cheiro era de pasteizinhos natalinos. É incrível como os comerciantes são descarados. Me lembrei do meu poema preferido de Wendy Cope, que diz:

> No Natal, as crianças cantam, os sinos tocam.
> O ar frio do inverno faz nossas mãos e rostos ficarem gelados.
> Felizes, as famílias vão para a igreja, se envolvem na alegria.
> E a coisa toda vira um horror se você está sozinha.

Até agora, nada de Mark Darcy.

Terça-feira, 5 de dezembro

58 quilos (certo, vou começar mesmo uma dieta hoje), 4 unidades alcoólicas (início da estação festiva), 10 cigarros (excelente), 3.245 calorias (melhor), 6 ligações para o serviço 1471 (franco progresso).

É uma distração olhar os catálogos de roupas e acessórios que vêm encartados dentro dos jornais. Gostei principalmente do apoiador de metal prateado para óculos, justificado com a seguinte legenda: "Os óculos costumam ser colocados de qualquer jeito sobre a mesa, o que é um convite para acidentes." Concordo plenamente. Outro acessório é o interessante chaveiro Gato Preto, com um mecanismo simples que, "ao acender uma luzinha vermelha, ilumina a fechadura de toda pessoa que adora gatos". E os conjuntos de bonsai! São uma graça. "Pratique a antiga arte bonsai com esta caixinha de mudas de árvores-da-seda rosa originárias da Pérsia." Lindo, lindo demais.

Fico triste porque meu romance com Mark Darcy, que brotava como uma muda de árvore-da-seda rosa, foi arrancado pela raiz por Marco Pierre White e minha mãe. Mas estou tentando encarar tudo sob uma ótica filosófica. Talvez Mark Darcy seja perfeito e certinho demais para mim, com sua competência e inteligência. Além de não ser fumante, não beber e ter carros com motorista. Pode ser desígnio de Deus: vou acabar achando um homem mais extravagante, mais mundano e mais light. Como Marco Pierre White, por exemplo, ou, só para citar um nome completamente ao acaso, Daniel. Humm. É. Tenho de seguir em frente, não posso ficar com pena de mim.

Liguei para Sharon, que disse que não é desígnio nenhum que eu tenha de ficar com Marco Pierre White e muito menos com Daniel. A única coisa de que uma mulher moderna e atual precisa é dela mesma. Viva!

2 HORAS. Por que Mark Darcy não me ligou? Por quê? Por quê? Vou acabar sendo devorada por um pastor alemão, apesar de todos os esforços para evitar que isso aconteça. Deus, por que eu?

Sexta-feira, 8 de dezembro

59,4 quilos (desastre), 4 unidades alcoólicas (b.), 12 cigarros (excelente), 0 presente de Natal comprado (ruim), 0 cartão enviado, 7 ligações para o 1471.

16 HORAS. Humm. Jude acaba de telefonar e, quando nos despedimos, disse:

– Vejo você domingo, na casa de Rebecca.

– Rebecca? Domingo? Que Rebecca? Onde?

– Ah, você não foi...? Ela está só reunindo alguns... Acho que é uma espécie de jantar pré-Natal.

– De todo jeito, já tenho compromisso no domingo – menti. Finalmente, uma boa oportunidade para espanar todos os cantinhos de casa. Eu *achava* que Jude e eu tivéssemos a mesma amizade em relação a Rebecca, mas então por que ela convidou Jude e não eu?

21 HORAS. Fui ao Bar 192 tomar um vinho com Sharon, e ela perguntou:

– O que você vai usar na festa de Rebecca?

Festa? Então é uma *festa* mesmo.

MEIA-NOITE. Deixa para lá. Melhor não me chatear com isso. É o tipo da coisa que não tem mais importância na vida. As pessoas devem convidar quem elas querem e os outros não precisam ficar de mau humor por causa disso.

5H30. Por que Rebecca não me convidou para a festa dela? Por quê? Por quê? Para quantas outras festas todo mundo foi convidado menos eu? Aposto que neste exato momento estão todos numa festa, rindo e bebendo champanhe caro. Ninguém gosta de mim. O Natal vai ser um deserto de festas, exceto as três festas que tenho no mesmo dia, 20 de dezembro, quando vou passar a noite inteira na sala de edição.

Sábado, 9 de dezembro

0 convite para festas de Natal.

7H45. Mamãe me acordou.

– Alô, querida. Estou ligando rápido porque Una e Geoffrey perguntaram o que você quer de presente de Natal e eu pensei numa sauna facial.

Como é que minha mãe pode – depois de cair em desgraça e por pouco não ser condenada a muitos anos de prisão – ficar exatamente como era antes, flertando com policiais e me torturando.

– Por falar nisso, você vai... – por um segundo, tive um sobressalto só de pensar que ela ia dizer "ceia de peru ao curry" e com isso trazer à tona o nome de Mark Darcy. Mas não: ela queria saber se terça-feira vou à festa da Vibrant TV.

– Vai? – quis saber, entusiasmada.

Fiquei morta de humilhação. Meu Deus, eu *trabalho* na Vibrant TV.

– Não fui convidada – murmurei. Não há nada pior do que ter de admitir para sua mãe que você não é uma pessoa popular.

– Ah, querida, claro que você foi convidada. *Todo mundo* foi.

– Eu não fui.

– Bom, vai ver que é porque você trabalha lá há pouco tempo.

– Mas mamãe, você nem trabalha lá.

– Meu caso é diferente, querida. Bom, estou com pressa. Tchau!

9 HORAS. Breve oásis emocional ao receber um envelope pelo correio, mas trata-se de uma miragem: convite para a liquidação de óculos de grife.

11H30. Liguei para Tom em desespero paranóico para ver se ele queria sair à noite.

– Sinto muito, Jerome e eu vamos numa festa no Groucho Club – desculpou-se, com uma vozinha cantante.

Ai, Deus, detesto quando Tom está feliz, seguro e de bem com Jerome. Prefiro quando está péssimo, inseguro e deprimido. Como ele sempre diz: "É tão bom quando tudo vai mal com os outros."

– Vejo você amanhã, então – disse ele, tentando compensar –, na casa de Rebecca.

Tom só viu Rebecca duas vezes na vida, ambas na minha casa, e eu a conheço há nove anos. Resolvi fazer compras e parar de pensar nisso.

14 HORAS. Dei de cara com Rebecca na Graham Greene, comprando uma echarpe por 169 libras. (O que está acontecendo com as echarpes? Uma hora elas são vendidas por quilo e custam 9,99 libras; outra hora, são de um veludo divino e têm o mesmo preço de um aparelho de televisão. No ano que vem isso com certeza vai acontecer com as meias ou as calças e vamos nos sentir por fora se não estivermos com calcinhas de veludo negro que custaram 145 libras na loja English Eccentrics.)

– Olá – cumprimentei, animada, achando que finalmente ia acabar com o problema da festa e ela também diria: "Vejo você no domingo."

– Ah, oi – respondeu ela, friamente, sem me olhar. – Não posso conversar, estou com muita pressa.

Ela saiu da loja, onde estava tocando a música "Chestnuts roasting on an open fire" ["Castanhas assando na fogueira", tradução livre] e fiquei olhando para um fantástico coador do famoso designer Phillipe Starck que custava 185 libras, mal contendo as lágrimas. Detesto Natal. Tudo é programado para a família, o afeto, o aconchego, o sentimento, os presentes, e se você não tem namorado nem dinheiro, se sua mãe está saindo com um português ladrão e foragido, e seus amigos não querem mais ser seus amigos, dá vontade de emigrar para um desses horríveis países muçulmanos onde pelo menos *todas* as mulheres são consideradas párias. Não tem problema. Vou passar o fim de semana lendo um livro tranqüilamente e ouvindo música clássica. Talvez leia *The Famished Road.*

20H30. *Blind Date* estava ótimo. Vou pegar mais uma garrafa de vinho.

Segunda-feira, 11 de dezembro

Cheguei do trabalho e encontrei um recado ríspido na secretária.

– Bridget. Aqui é Rebecca. Sei que você está trabalhando na tevê. Sei que agora tem grandes festas para ir todas as noites mas, mesmo assim, acho que poderia ter a gentileza de responder ao convite de uma amiga, apesar de você estar importante demais para se dignar a ir à festa dela.

Liguei para Rebecca na mesma hora, mas nem a secretária eletrônica atendia. Resolvi ir até a casa dela deixar um bilhete e, descendo a escada do prédio, encontrei Dan, o australiano que mora no andar de baixo e do qual escapei em abril.

– Oi, feliz Natal! – disse ele, animado. – Você pegou sua correspondência?

Olhei-o sem entender o que estava dizendo.

– Tenho colocado embaixo da sua porta para você não ter de descer de camisola para pegar de manhã, morrendo de frio.

Subi a escada correndo, levantei o capacho e embaixo dele, como um milagre natalino, havia uma pilha de cartões, cartas e convites, todos endereçados a mim. A mim, a mim, a mim.

Quinta-feira, 14 de dezembro

58,5 quilos, 2 unidades alcoólicas (ruim, pois não bebi nada ontem – amanhã tenho de compensar o que já bebi, para evitar um ataque cardíaco), 14 cigarros (será ruim, ou bom? Dizem que uma pequena quantidade de nicotina no sangue pode ser bom, desde que a pessoa não fume sem parar), 1.500 calorias (excelente), 4 bilhetes de loteria instantânea (ruim, mas seria bom se o dono da Virgin Store, Richard Branson, tivesse ganho sua fortuna numa loteria sem fins lucrativos), 0 cartão enviado, 0 presente comprado, 5 ligações para o serviço 1471 (excelente).

Festas, festas, festas! E Matt, colega da redação, acaba de ligar perguntando se vou ao almoço de Natal na terça-feira. Não pode estar interessado em mim, tenho idade para ser tia-avó dele, mas então por que ligou à noite para me convidar? E por que perguntou com que roupa eu estava? Não devo ficar muito animada nem deixar que a festa e o telefonema do rapaz me subam à cabeça. É melhor lembrar o velho ditado que diz "gato escaldado tem medo de água fria" e também que "onde se ganha o pão não se come a carne". E recordar o que aconteceu na última vez em que me meti com um frangote: passei pela humilhação de ouvir Gav dizer: "Ah, você é toda fofa." Humm. O sexualmente emocionante almoço de Natal será seguido de uma noite numa discoteca (para o editor, é esse o ideal de diversão). O evento exige uma criteriosa escolha de roupa. Acho melhor ligar para Jude.

Terça-feira, 19 de dezembro

60,3 quilos (mas tenho quase uma semana para perder 3 quilos até o Natal), 9 unidades alcoólicas (sofrível); 30 cigarros

4.240 calorias, 1 bilhete de loteria instantânea (excelente), 0 cartão enviado, 11 cartões recebidos, incluindo 1 do jornaleiro, 1 do gari, 1 dos funcionários da concessionária da Peugeot e 1 do hotel onde passei uma noite, quatro anos atrás, em uma viagem de trabalho. Ou eu sou uma pessoa pouco popular, ou vai ver que este ano todo mundo está enviando seus cartões mais tarde.

9 HORAS. Ai, Deus, estou me sentindo horrível: com uma acidez no estômago causada pela ressaca, e hoje é o dia do almoço e discoteca. Não posso ficar assim. Vou explodir por causa de tantas obrigações que deixei de cumprir, parece até revisão para provas de final de ano. Não consegui mandar os cartões nem fazer as compras de Natal, exceto as coisas que comprei ontem correndo na hora do almoço, quando vi que aquela noite na casa de Magda e Jeremy seria a última vez que eu ia encontrar as garotas antes do Natal.

Detesto troca de presentes entre amigos porque, ao contrário da família, não há como saber quem vai ou não dar presentes e se estes devem ser uma lembrancinha ou um presente mesmo, então tudo se transforma numa terrível troca de cartas marcadas. Há dois anos comprei para Magda uns brincos lindos na Dinny Hall e ela ficou sem graça porque não tinha comprado nada para mim. No ano passado, então, não comprei nada para ela e ela me comprou um vidro do caríssimo perfume Coco Chanel. Este ano comprei para ela um vidro grande de óleo de açafrão com champanhe e uma saboneteira de arame trançado e ela ficou gaguejando aquelas mentiras de sempre, de ainda não ter feito as compras de Natal. No ano passado, Sharon me deu uma espuma de banho numa embalagem em forma de Papai Noel, então na noite passada dei para ela um vidro de hidratante da Body Shop e um creme para passar no banho e ela me deu uma bolsa. Eu tinha levado um embrulho extra com um vidro de azeite fino como presente neutro de emergência, mas ele caiu do meu casaco e quebrou em cima do tapete de Magda da loja Conran.

Argh. Seria ótimo se o Natal apenas *acontecesse*, sem trocas de presentes. É uma coisa tão idiota, todo mundo se estressando, gastando rios de dinheiro em coisas inúteis que as pessoas jamais usarão: os presentes deixaram de ser provas de afeto para virarem uma angustiada solução para problemas. (Humm. Mas tenho de admitir que adorei ganhar uma bolsa nova.) O que adianta o país inteiro ficar correndo durante seis semanas, de mau humor, preparando-se para um inútil teste sobre qual será o gosto dos outros, no qual o país inteiro é reprovado e depois fica com coisas horrendas e indesejadas? Se acabassem com os presentes e os cartões, então o Natal passaria a ser como um animado festival pagão para distrair as pessoas do inverno deprimente. Mas se o governo, as instituições religiosas, os pais, a tradição etc. insistem que, se não houver recolhimento do imposto sobre presentes de Natal o país será arruinado, por que não obrigar cada pessoa a sair e a gastar 500 libras em presentes para si mesma, depois distribuir para os parentes e amigos embrulharem e darem para elas, em vez desse tormento psicológico?

9H45. Mamãe ligou.

– Querida, estou telefonando para dizer que esse ano resolvi não dar presentes para ninguém. Você e Jamie agora já sabem que Papai Noel não existe e todos nós estamos muito ocupados. Este ano vamos apenas ter o prazer de nos reunir.

Mas sempre ganhamos presentes de Papai Noel em sacos colocados na beira da cama! O mundo agora ficou sem graça e cinzento. Não vai parecer o mesmo Natal de sempre.

Ai, Deus, melhor eu ir trabalhar – mas não vou beber nada no almoço e discoteca, só vou ser simpática e profissional com Matt, ficar lá até às 15h30, depois sair e voltar para escrever meus cartões de Natal em casa.

2 HORAS. Tudo bem – todo mundo bebe nas festas de Natal do trabalho. Bem divertido. Tende dormi – nuonem tirarop.

Quarta-feira, 20 de dezembro

5H30. Ai, meu Deus. Ai, meu Deus. Onde estou?

Quinta-feira, 21 de dezembro

58,5 quilos (na verdade, não tenho motivo para emagrecer para o Natal, já que estou tão empanturrada – em qualquer momento a partir da ceia de Natal é perfeitamente aceitável recusar comida, pois todo mundo está empazinado. Aliás, acho que é a única época do ano em que não comer não é problema).

Passei os últimos dez dias num estado de permanente ressaca e levando uma subvida, sem fazer as refeições direito nem comer pratos quentes.

O Natal é uma espécie de guerra. Fazer compras na Oxford Street é algo que me ameaça. Será que a Cruz Vermelha ou os alemães vão chegar e me descobrir? Argh. São

10 horas. Não fiz as compras de Natal. Não mandei os cartões. Tenho de ir trabalhar. Certo, nunca, mas nunca mais na vida eu vou beber. Argh, telefone.

Argh. Era mamãe, mas podia muito bem ser Goebbels tentando me convencer a invadir a Polônia.

– Querida, estou ligando só para saber a que horas você vai chegar na sexta à noite.

Com incrível competência, mamãe planejou um Natal familiar cheio de afeto: ela e papai estão fazendo de conta que nada aconteceu o ano inteiro, uma atitude "para o bem das crianças", isto é, eu e Jamie, que tem 37 anos.

– Mãe, *acho* que já falamos sobre isso: não vou para sua casa na sexta-feira, vou na noite de Natal. Lembra que combinamos tudo? Naquela primeira vez que você ligou, em agosto...

– Ah, não seja *boba*, querida. Você não vai ficar sozinha no seu apartamento o fim de semana inteiro quando estamos em época de Natal. O que vai comer?

Argh. Detesto essas coisas. Como se, pelo simples fato de ser solteira, você não tivesse um lar, amigos nem compromissos e é considerada egoísta por se recusar a ficar à disposição de todos o Natal inteiro e feliz porque vai dormir torta num saco de dormir no quarto dos adolescentes, descascar batatas o dia inteiro para cinqüenta pessoas e *ser gentil* com pervertidos a quem chama de "tios", enquanto eles ficam olhando para os seus peitos.

Já meu irmão pode ir e vir quando bem entende, todo mundo acha ótimo e compreensível só porque ele consegue viver com uma eco-chata praticante de tai chi chuan. Honestamente, eu prefiro tocar fogo no meu apartamento a ficar nele com Becca, a namorada de Jamie.

É espantoso minha mãe não demonstrar gratidão a Mark

 Darcy por ele ter resolvido tudo para ela. Pelo contrário: ele passou a fazer parte daquele assunto que não deve ser comentado, isto é, o grande drama do condomínio, e ela se comporta como se ele jamais tivesse existido. Tenho certeza de que ele teve um bocado de trabalho para conseguir recuperar o dinheiro de todo mundo. Mark Darcy é uma pessoa ótima. Boa demais para mim, claro.

Ai, Deus. Tenho de colocar um lençol na cama. É horrível dormir num colchão todo cheio de botões. Mas onde estão os lençóis? Gostaria de ter algo para comer.

Sexta-feira, 22 de dezembro

Agora que o Natal está chegando, sinto uma espécie de ternura em relação a Daniel. É inacreditável eu não ter recebido um cartão de Natal dele (embora eu também não tenha conseguido mandar nenhum até agora). Parece estranho ter estado tão próxima dele o ano inteiro e não ter mais nenhum contato. Isso é muito triste. Talvez Daniel tenha virado um judeu ortodoxo. Talvez amanhã Mark Darcy telefone para me desejar Feliz Natal.

Sábado, 23 de dezembro

58,9 quilos, 12 unidades alcoólicas, 38 cigarros, 2.976 calorias, 0 amigo ou pessoa querida para me cumprimentar nessa época festiva.

18 HORAS. Resolvi ser uma solteira sozinha em casa, igualzinha à princesa Diana depois do divórcio.

18H05. Onde estão as pessoas? Imagino que estejam todas com seus namorados ou em casa, confraternizando com a família. Mas é uma oportunidade para fazer tudo o que preciso... ou eles têm suas próprias famílias. Bebês. Criancinhas de pijamas, rechonchudas, bochechas rosadas, olhando animadas para a árvore de Natal. Ou vai ver que estão todos numa grande festa, menos eu. Não tem importância, tenho um monte de coisas para fazer em casa.

18H15. Não tem importância. Falta só uma hora para começar *Blind Date.*

18H45. *Ai, Deus, estou tão sozinha.* Até Jude me esqueceu. Ela ligou a semana inteira, apavorada porque não sabia o que comprar para Richard o Vil. Não quer nada muito caro porque dá a impressão de que o caso está ficando sério ou que ela está tentando humilhá-lo (boa idéia, se ela quer saber). O presente também não pode ser nada para vestir, já que essa área é um convite aos problemas, podendo fazer Richard o Vil lembrar da última namorada, Jilly a Vil (para quem ele não quer voltar, mas finge ainda gostar para não ter de ficar com Jude – verme). A última idéia dela era dar uma garrafa de uísque com outros presentinhos para não parecer pão-dura nem neutra – talvez com moedas de chocolate e tangerinas. Tudo depende da forma como Jude encara a cena "meias penduradas na lareira": uma coisa tão exageradamente chata que chega a dar náusea ou, pelo contrário, algo muito elegante em sua pós-modernidade.

19 HORAS. Situação de emergência: Jude telefonou chorando. Vem para cá. Richard o Vil voltou para Jilly a Vil. Jude culpa os presentes. Ainda bem que fiquei em casa. Devo ser uma emissária do Menino Jesus para ajudar os perseguidos no Natal por essa espécie de Herodes, isto é, Richard o Vil. Jude vai chegar às 19h30.

19H15. Droga. Tom telefonou e com isso perdi o começo de *Blind Date*. Está vindo para cá. Jerome, que tinha voltado para ele, terminou o caso e voltou para o ex-namorado que faz parte do coro do musical *Cats*.

19H17. Simon vem para cá. A namorada dele voltou para o marido. Graças a Deus fiquei em casa, assim posso receber os amigos chutados por seus respectivos casos como se eu fosse a Rainha de Copas ou a Deusa da Bondade. Mas sou uma pessoa assim mesmo: gosto de gostar dos outros.

20 HORAS. Viva! Um milagre natalino. Daniel acaba de ligar dizendo com a voz enrolada:

– Jonesh. Eu te amo, Jonesh. Cometi um erterrível. A idiota da Suki é de plástico. Peitos sempre apontando para o norte. Eu te amo, Jonesh. Vou aparecer na sua casa para dar uma olhada na sua saia.

Daniel: o maravilhoso, confuso, sexy, sedutor, engraçado Daniel.

MEIA-NOITE. Argh. Nenhum deles apareceu. Richard o Vil mudou de idéia e voltou para Jude. O mesmo em relação a Jerome e à namorada de Simon. Tudo não passou de uma exasperação emocional do espírito natalino que fez todo mundo ficar inseguro a respeito de ex-casos. Melhor nem falar em Daniel, que ligou às 22 horas para dizer:

– Escute, Bridget. Você sabe que todo sábado à noite eu assisto ao jogo na tevê, não sabe? Posso ir amanhã antes do jogo?

Incrível ? Fantástico? Extraordinário?

1 HORA. Estou completamente só. O ano foi um fracasso total.

5 HORAS. Droga, não tem importância. Talvez o Natal não vá ser uma chatice. Talvez meus pais apareçam na manhã seguinte, de mãos dadas, meio sem graça, dizendo: "Crianças, precisamos conversar uma coisa com vocês", e eu poderia ser dama de honra na cerimônia de confirmação de votos conjugais.

Domingo, 24 de dezembro: noite de Natal

58,9 quilos, 1 mísera taça de xerez, 2 cigarros sem a menor graça, já que fumados escondido, na janela, cerca de um milhão de calorias, 0 pensamento festivo.

MEIA-NOITE. Estou meio confusa sobre o que é real ou não. Tem uma fronha de travesseiro na beira da minha cama que mamãe colocou antes de ir dormir, dizendo: "Vamos ver se Papai Noel vem." A fronha agora está cheia de presentes. Mamãe e papai estão separados e pensando em se divorciar, mas dormindo na mesma cama. Por outro lado, meu irmão e a namorada, que moram juntos há quatro anos, estão em quartos separados. Não sei direito por que tudo isso, a não ser que seja para não preocupar a vovó que a) está maluca e b) ainda não chegou. A única coisa que me mantém ligada ao mundo real é que, mais uma vez, estou passando o Natal de um jeito humilhante: dormindo sozinha numa cama de solteiro na casa dos meus pais. Talvez papai esteja neste instante tentando transar com mamãe. Argh, argh. Não, não. Por que o cérebro da gente pensa essas coisas?

Segunda-feira, 25 de dezembro

59,4 quilos (ai, Deus, virei um Papai Noel, um pudim de Nata ou coisa parecida), 2 unidades alcoólicas (completa vitória), 3 cigarros (idem), 2.657 calorias (quase só molhos); 12 presentes de Natal que nada têm a ver comigo, 0 presente a ver comigo, 0 reflexão filosófica a respeito de uma virgem dar à luz, hum... número de anos desde que não sou mais virgem.

Desci para a sala, esperando que meu cabelo não estivesse com cheiro de cigarro. Mamãe e Una trocavam opiniões políticas e colocaram enfeites nas pontas das couves-de-bruxelas.

– Ah, sim, eu acho aquele homem... como é que ele se chama?... *muito* bom.

– É, quer dizer, mas ele se meteu naquela... como é que se chama? ...maracutaia que ninguém esperava, não?

– Ah, mas então é melhor você tomar cuidado porque pode acabar tendo um problema como aquele ...como é mesmo o nome dele? ...que costumava perseguir os mineiros. Mas sabe de uma coisa? Salmão defumado não me faz bem, estou sentindo azia, principalmente depois que comi muita castanha-do-pará com cobertura de chocolate. Ah, olá, querida – disse mamãe, quando apareci. – O que você vai usar no dia de Natal?

– Isso aqui – murmurei, de mau humor.

– Ah, não seja boba, Bridget, você não pode usar isso no *dia de Natal*. Não vai aparecer na sala para cumprimentar tia Una e tio Geoffrey antes de mudar de roupa? – perguntou, com aquela vozinha especial de não-está-tudo-ótimo? que significa "Faça o que estou dizendo ou passo o espremedor elétrico Magimix em você".

– Olá, como vai Bridget? Como vão os namorados? – brincou Geoffrey, dando um daqueles abraços especiais, ruborizando e puxando o cós da calça para cima.

– Ótimos.

– Quer dizer que você ainda não arrumou um namorado. Nossa! O que a gente faz com você?

– Isso é um biscoito de chocolate? – perguntou vovó, olhando para mim.

– Levante os ombros, querida – cochichou mamãe.

Meu Deus, por favor, me ajude. Quero ir para casa. Quero minha vida de volta. Não me sinto adulta, parece que sou uma adolescente que todo mundo fica irritando.

– Então como *é* que vai fazer em relação a bebês, Bridget? – quis saber Una.

– Ah, olha só, um pênis – disse vovó, segurando um tubo gigante de chocolate Smarties.

– Vou trocar de roupa – avisei, sorrindo sem graça para mamãe. Corri para o quarto, abri a janela e acendi um Silk Cut. Vi a cabeça de Jamie na janela do andar de baixo, também fumando. Dois minutos depois a janela do banheiro abriu e uma cabeça ruiva apareceu e acendeu um também. Era a droga da mamãe.

0H30. A troca de presentes foi um pesadelo. Faço sempre uma festa com todo presente horrível que recebo, dou gritinhos de alegria, por isso a cada ano recebo mais presentes horrendos. Quando eu trabalhava na editora, a namorada de meu irmão me deu uma série de terríveis escovas de roupa, calçadeiras e enfeites de cabelo em forma de livro. Este ano ela me deu ímã de claquete para geladeira. Una, para quem cada tarefa doméstica exige uma engenhoca útil e prática, me deu uma série de pequenas chaves de fenda que cabem em diversos tipos de tampas de jarro ou garrafas na cozinha. E mamãe, que me dá presentes para tentar fazer com que minha vida fique mais parecida com a dela, me deu um fogareiro de uma boca.

– Basta você refogar os temperos antes de ir para o trabalho e colocar alguns legumes na panela. (Será que ela tem idéia de que há certas manhãs em que é difícil tomar um copo d'água sem vomitar?)

– Ah, olha só. Não é um pênis, é um biscoito comprido – constatou vovó.

– Pam, acho que vamos ter de passar esse molho na peneira – disse Una, saindo da cozinha com uma panela na mão.

Ai, não, por favor. Agora chega.

– Acho que não precisa, querida – disse mamãe, falando cuspindo. – Você já mexeu bem o molho?

– Não fique me ensinando, Pam – disse Una, sorrindo de um jeito ameaçador. Elas se posicionaram como se fossem dois lutadores. Essa história do molho se repete todo ano. Felizmente, algo interrompeu a luta iminente: um barulho e um grito quando uma pessoa entrou pela porta envidraçada. Era Julio.

Todo mundo se assustou e Una deu um grito.

Ele estava barbado, segurando uma garrafa de xerez. Foi cambaleando até papai e levantou-o da poltrona.

– Você dormiu com minha mulher.

– Ah, Feliz Natal, ahn... Posso lhe oferecer um xerez? – cumprimentou papai. – Ah, vejo que já tem. Muito bem. Aceita um pastelzinho de carne?

– Você dormiu com minha mulher – disse Julio, ameaçador.

– Ele é tão latino, rá-rá-rá – comentou mamãe de um jeito coquete enquanto todo mundo ficava olhando apavorado. Sempre vi Julio limpo, bem penteado e com uma bolsa masculina. Agora estava desarrumado, bêbado e, para ser sincera, exatamente do jeito que eu gosto. Não era de estranhar que mamãe parecesse mais excitada do que constrangida.

– Julio, seu bobo – disse ela. Ai, Deus, ela ainda gostava dele.

– Você dormiu com ele – disse Julio, dando uma cuspida no tapete chinês e subindo para o primeiro andar. Mamãe foi atrás, dando um gritinho para nós:

– Papai, por favor, pode partir o peru e chamar as pessoas para a mesa?

Ninguém se mexeu.

– Muito bem, gente – disse papai, com uma voz tensa, séria e máscula. – Tem um criminoso perigoso lá em cima fazendo Pam de refém.

– Ah, se quer saber, acho que ela não está ligando – opinou vovó num raro e inadequado instante de lucidez. – Ah, olha só, tem um biscoito no meio das dálias.

Olhei pela janela e quase caí dura. Lá estava Mark Darcy, firme como uma autoridade, atravessando o gramado e entrando pela porta envidraçada. Estava suado, sujo, com o cabelo desgrenhado, a camisa aberta. *Opa, opa*!

– Fiquem todos calmos e quietos, como se estivesse tudo normal – disse, tranqüilo. Estávamos todos tão apalermados e ele, tão seguro que fizemos o que disse, feito zumbis hipnotizados.

– Mark – sussurrei, quando passei por ele com o molho. – O que você está dizendo? Não tem nada normal.

– Não sei se Julio é uma pessoa violenta. A polícia está lá fora. Se conseguirmos fazer com que sua mãe desça e ele fique lá, a polícia pode subir e pegá-lo.

– Está bem, deixa comigo – disse eu, e fui para o primeiro degrau da escada.

– Mamãe! – gritei. – Não consigo achar os guardanapinhos de aperitivos.

Todo mundo ficou em suspense. Não houve resposta.

– Chame outra vez – disse Mark, baixinho, me olhando com admiração.

– Diga para Una levar o molho para a cozinha – murmurei. Ele fez um sinal positivo com a mão. Respondi com o mesmo sinal e tomei fôlego.

– Mamãe? – gritei para cima outra vez. – Sabe onde está a peneira? Una está preocupada com o molho.

Dez segundos depois ouviu-se um barulho pela escada e mamãe apareceu, afogueada.

– Os guardanapinhos de aperitivos estão pendurados no gancho de guardanapinhos de aperitivos, sua boba. Mas o que Una aprontou com esse molho? Nossa! Vamos ter de usar o espremedor elétrico Magimix!

Quando ela falou, ouvimos passos lá em cima e um tumulto.

– Julio! – gritou mamãe e foi correndo para a porta.

O detetive que eu tinha conhecido na delegacia estava na porta da sala.

– Muito bem, fiquem calmos. Está tudo sob controle – garantiu.

Mamãe deu um grito quando Julio, algemado a um jovem policial, apareceu no corredor e foi levado pela porta da frente, atrás do detetive.

Fiquei olhando enquanto ela se recompunha e dava uma olhada em volta da sala, avaliando a situação.

– Bom, graças a Deus eu consegui acalmar Julio – concluiu ela, aliviada, depois de um silêncio. – Não foi fácil! Você está bem, papai?

– Mamãe, sua blusa está do lado avesso – disse papai.

Olhei aquela cena terrível, sentindo como se o mundo estivesse caindo à minha volta. Senti então uma mão forte segurando meu braço.

– Vamos – disse Mark Darcy.

– O quê? – perguntei.

– Bridget, não diga "o quê", diga, "desculpe, como disse?" – sussurrou mamãe.

– Sra. Jones – disse Mark, sério. – Vou levar Bridget comigo para comemorar o restante do aniversário do Menino Jesus.

Dei um grande suspiro e agarrei a mão de Mark Darcy.

– Feliz Natal para todos – disse eu, com um sorriso simpático. – Espero que a gente se veja na ceia de peru ao curry.

Eis o que aconteceu a seguir:

Mark Darcy me levou para o Hintlesham Hall para tomar champanhe e ter um almoço de Natal atrasado, que estava mt. b. Gostei principalmente da liberdade de colocar molho no peru de Natal pela primeira vez na vida sem me preocupar. Natal sem mamãe e Una era uma coisa diferente e maravilhosa. Foi muito fácil conversar com Mark Darcy, principalmente porque podia comentar sobre o cerco festivo da polícia a Julio.

 Mark tinha ficado quase o mês inteiro em Portugal,

agindo como um eficiente detetive particular. Ele me contou que seguiu Julio até Funchal e descobriu onde estava o dinheiro, mas não conseguiu convencer nem ameaçar Julio para que ele devolvesse coisa alguma.

– Acho que agora ele vai devolver – disse ele, rindo. Mark Darcy é mesmo uma pessoa maravilhosa, além de ser bonito à beça.

– Como é que ele voltou para a Inglaterra?

– Bom, desculpe usar um lugar comum, mas descobri seu calcanhar-de-aquiles.

– O quê?

– Bridget, não diga "o quê", diga, "desculpe, como disse?" – consertou ele. Eu ri. – Percebi que, embora sua mãe seja a mulher mais impossível do mundo, Julio a ama. De verdade.

Maldita mamãe, pensei. Como é que ela consegue ser uma irresistível deusa do sexo? Talvez eu devesse pintar o cabelo.

– E aí, o que você fez? – perguntei, me contendo para não começar a gritar: "E eu? E eu? Por que ninguém me ama?"

– Eu apenas avisei a ele que sua mãe ia passar o Natal com seu pai e que eles iam dormir na mesma cama. Desconfiei que ele era maluco e burro o suficiente para tentar, digamos, *impedir* isso.

– Como você sabia?

– Palpite. Faz parte do meu trabalho – explicou Mark. Nossa, como ele é incrível.

– Mas você foi maravilhoso. Largou seu trabalho para fazer tudo isso. Por quê?

– Bridget, não acha bem óbvio?

Ai, meu Deus.

Quando subimos, ele tinha reservado uma suíte. Foi incrível, muito elegante e uma delícia e mexemos em tudo e tomamos mais champanhe e ele disse como gostava de mim: tipo da coisa, aliás, que Daniel jamais faria.

– Então, por que você não me ligou antes do Natal? – perguntei, desconfiada. – Deixei dois recados na sua secretária eletrônica.

– Eu não queria falar com você antes de terminar meu trabalho. E não achava que você gostasse de mim.

– *O quê*?

– Bem, você não saiu comigo porque estava secando o *cabelo*. E quando nos conhecemos, eu estava com aquele ridículo suéter e as meias com estampas de abelhinha que minha tia tinha me dado, parecia um completo idiota. Achei que você tinha pensado que eu era um pateta.

– Bom, um pouco, mas...

– Mas o quê?

– Não está querendo dizer "mas desculpe, o que disse?"

Aí ele tirou a taça de champanhe da minha mão, me beijou e disse:

– Certo, Bridget Jones, vou perdoar você por isso.

Levou-me em seus braços para o quarto (que tinha cama de dossel!) e fez todo tipo de coisas que farão com que, no futuro, sempre que eu vir um suéter de losangos com gola em V vou entrar em combustão espontânea de tanta vergonha.

Terça-feira, 26 de dezembro

4 HORAS. Finalmente descobri o segredo da felicidade com os homens e, com grande pesar, raiva e enorme senso de derrota, coloco esse segredo nas palavras de uma adúltera, cúmplice de um criminoso e celebridade:

– Querida, não diga "o quê", diga "desculpe, o que disse?" e faça o que sua mãe mandar.

Janeiro-dezembro

Resumo

3.836 doses de bebida (ruim);

5.277 cigarros;

11.090.265 calorias (repulsivo);

3.457 unidades de gordura (aproximadamente) (idéia horrível de qualquer maneira);

peso ganho: 32,6 quilos;

peso perdido: 33 quilos (excelente);

42 números certos na loteria (mt. b.);

387 números errados na loteria;

98 bilhetes de loteria instantânea comprados;

110 libras ganhas com bilhetes de loteria instantânea premiados;

12 libras de lucro na loteria instantânea (siiim! siiim! Venci o sistema e, ao mesmo tempo, contribuí para boas causas, como grande benfeitora que sou);

um bocado de ligações para 1471;

1 cartão de Dia dos Namorados (mt. b.);

33 cartões de Natal (mt. b.);

114 dias sem ressaca (mt. b.);

2 namorados (até agora um só por seis dias);

1 namorado legal;

1 resolução de ano-novo cumprida (mt. b.).

Foi um ano de *grande* progresso.

fim

ATENDIMENTO AO LEITOR E VENDAS DIRETAS

Você pode adquirir os títulos da BestBolso através do Marketing Direto do Grupo Editorial Record.

- Telefone: (21) 2585-2002
  (de segunda a sexta-feira, das 8h30 às 18h)
- E-mail: mdireto@record.com.br
- Fax: (21) 2585-2010

Entre em contato conosco caso tenha alguma dúvida, precise de informações ou queira se cadastrar para receber nossos informativos de lançamentos e promoções.

Nossos sites:
www.edicoesbestbolso.com.br
www.record.com.br

EDIÇÕES BESTBOLSO

Alguns títulos publicados

1. *Sex and the City*, Candace Bushnell
2. *O diário de Bridget Jones*, Helen Fielding
3. *Baudolino*, Umberto Eco
4. *A casa das sete mulheres*, Leticia Wierchowski
5. *O poderoso chefão*, Mario Puzo
6. *O diário de Anne Frank*, Otto H. Frank e Mirjam Pressler
7. *Educar sem culpa*, Tânia Zagury
8. *Viagem à luta armada*, Carlos Eugênio Paz
9. *Os carbonários*, Alfredo Sirkis
10. *O misterioso caso de Styles*, Agatha Christie
11. *O caso do hotel Bertram*, Agatha Christie
12. *O silêncio dos inocentes*, Thomas Harris
13. *Ramsés – O filho da luz*, Christian Jacq
14. *Ramsés – O templo de milhões de anos*, Christian Jacq
15. *Ramsés – A batalha de Kadesh*, Christian Jacq
16. *Ramsés – A dama de Abu-Simbel*, Christian Jacq
17. *Ramsés – Sob a acácia do Ocidente*, Christian Jacq
18. *O buraco da agulha*, Ken Follett
19. *O príncipe das marés*, Pat Conroy
20. *O grande Gatsby*, F. Scott Fitzgerald
21. *Suave é a noite*, F. Scott Fitzgerald
22. *Toda mulher é meio Leila Diniz*, Mirian Goldenberg
23. *Getúlio*, Juremir Machado da Silva
24. *O primo Basílio*, Eça de Queirós
25. *Exodus*, Leon Uris
26. *O jogo das contas de vidro*, Hermann Hesse
27. *Uma mente brilhante*, Sylvia Nasar
28. *Acima de qualquer suspeita*, Scott Turow
29. *Fim de caso*, Graham Greene
30. *O poder e a glória*, Graham Greene

EDIÇÕES
BestBolso

Este livro foi composto na tipologia Minion, em corpo 10,5/13, e impresso em papel off-set 56g/m² no Sistema Cameron da Divisão Gráfica da Distribuidora Record.